春色不减来时路
CHUNSE BUJIAN LAISHILU

劲行/著

重庆出版集团 重庆出版社

图书在版编目(CIP)数据

春色不减来时路 / 劲行著. —重庆：重庆出版社，2013.9
ISBN 978-7-229-06645-1

Ⅰ.①春… Ⅱ.①劲… Ⅲ.①都市小说—中国—当代
Ⅳ.①I247.5

中国版本图书馆CIP数据核字（2013）第124755号

春色不减来时路
CHUNSE BUJIAN LAISHILU

劲　行　著

出 版 人：罗小卫
特约策划：秦光中
责任编辑：陶志宏　曾　玉
责任校对：胡　琳
装帧设计：王丽丽

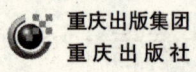

重庆出版集团
重庆出版社　出版

重庆长江二路205号　邮政编码：400016　http://www.cqph.com
北京雁林吉兆印刷有限公司印刷
重庆出版集团图书发行有限公司发行
E-MAIL:fxchu@cqph.com　邮购电话：023-68809452
全国新华书店经销

开本：710mm×1000mm　1/16　印张：16　字数：200千字
2013年9月第1版　2013年9月第1版第1次印刷
ISBN 978-7-229-06645-1
定价：29.80元

如有印装质量问题，请向本集团图书发行公司调换：023-68706683

版权所有　侵权必究

目录
CONTENTS

第一章　同学会/1

第二章　旧梦/15

第三章　局内人/34

第四章　暴风将至/66

第五章　一路狂奔/103

第六章　针锋相对/136

第七章　痛苦的领悟/179

第八章　回归之路/200

尾声/233

春色不减来时路

——佛言，人生在世如身处荆棘林中，心不动则人不妄动，不动则不伤；如心动则人妄动，则伤其身痛其骨，于是体会到世间诸般痛苦。

第一章　同学会

一

找情人太累，找小姐太贵，不如开个同学会，拆散一对是一对。

这话说得让人都不敢去参加同学会了，可是毕竟毕业十年了，有传说漂亮的已经像个包租婆，英俊的正在打拼路上形容憔悴，外表纯情的已小三转正，羡慕死人的一对已离婚，人见人爱前途远大的班长已经成功下岗，这样一些传闻只是听都让人心痒痒的，不去参加，眼见为实，实在太可惜了。倒是这次同学会的组织者是李谦，在大学时也不特别突出，其貌不扬，用现在的话说就是一个屌丝，十年后的今天竟然混进了华尔街某知名投资银行，成了金融家。混得这么好，当然要回国显摆一下，趁着休假，联络组织起了这次毕业十周年同学会。

同学会在温榆河畔的某高级会所举办，能在这个富丽堂皇，纸醉金迷的地方举办，那都靠方俊涛，方俊涛是什么人？去Forbes上查查就知道了，虽说家庭有背景，但年纪轻轻就能当上市公司总裁，能力也不是盖的。何况相貌堂堂，气质出众，学生时代就是好多女生的梦中情人，典型的高富帅。

还有那位穿着像参加金像奖颁奖晚会的女士，名叫米娜，身材高挑，性感迷人，当年在学校就被称为校花，现在更增加了成熟魅力，举手投足间的优雅得体真是没得说，她现在是某美资公司驻京代表。

好了，这次聚会主要就是这三位，一个翻身屌丝、一个高富帅、一个白富美出钱出力组织起来的。至于那些矮穷挫如果受不了刺激，来不来也就无所谓了。到了同学会的那天，大部分的同学都到了，不少同学还是从外地赶过来的，许多人已近十年未见面了，有变化大的，也有相貌依旧的，或多或少都带有些意外的惊喜，尖叫声不停，欢笑声不绝，让那些启程前心思重重的同学欣慰了不少，毕竟同学间的情谊比社会上那些朋友还是来得深，来得真实。没开篇说的那么可怕。

到了下午四点钟，该来的来得差不多了，就剩下一个人，一个万众期待的，最闪亮的人物——方俊涛。

俊涛本来在开会，一个会开了五六个小时，一群人仍意犹未尽，到了下午三点，实在是不行了，他强行结束了会议，带着也是同学现在是他副手的周宇匆匆离去，因为是周末，还没到晚高峰就堵车了。说起这次聚会，最初是李谦找到他，他觉得不错，一口答应了出钱，找地方，其他事他管不了了，也没精力管，李谦又去找了米娜，终于将一切安妥好。这位李谦当年和他一前一后赴美留学，在美国常靠支援过日子，没事就从新泽西跑到纽约找他混吃混喝，这还不算，吃了喝了还大嘴巴，他和米娜那点事，就是李谦从美国传回国内的，搞得纷纷扰扰，最后导致米娜和他反目，成为他提前回国的导火索之一。俊涛当时很生气，发誓再也不和李谦来往，不过事情过去了这么多年，也觉得没什么了，年少轻狂嘛，谁不会做点荒唐事。何况现在李谦做得那么成功，也许以后赴美融资，开拓业务什么的都用得着他。

俊涛自八年前从父亲手中接过事业，凭着家族的保驾和自己的聪明才智，再借着中国经济的繁荣，将这家以从事进出口贸易为主的企业——方信集团经营得风声水起。但是自金融危机后，国际市场波动比较大，进出口贸易自然受到了一定影响，随着中国制造业成本的上升，这个影响在未来可能进一步凸显，未雨绸缪，俊涛考虑扩大经营范围，周宇建议是将部分资金转向房地产市场。俊涛经过对房地产市场的考察和研究，也认可了这种想法，目前部分前期工作在启动，俊涛希望能找到一位好的管理者。

"我们地产业务这块，不知道李谦能帮上什么忙不？我知道美林入股了银泰。"周宇问道。

"资金这块我们不缺，再说李谦这人我拿捏不准，我不希望他介入。"俊涛答道。

"我也这么觉得，就凭咱们公司实力和人脉，在地产这块应该是能做起来的，其实公司虽没有地产业务方面的行家，但也有不少精英，还是依靠内部的力量就好。"周宇说道。

"老周，你觉得你在这方面有把握吗？"俊涛问道。

周宇笑了笑答道："做哪行不是学着来的。"

"你知道我们同学里面有没有从事地产方面工作的？"俊涛问道。

"这，我还真没听说过。"

两人边走边聊，停停走走，不知不觉就到了目的地。下了车就见李谦满面笑容走了过来迎接，李谦穿着礼服，虽胖了不少，但气派非凡，与十年前的模样有天壤之别。

"我们的商界巨子，就等你们两个人了，大家都在说着你。"李谦握着俊涛的手说道。

"实在不好意思，工作耽搁了，路上又堵车。"俊涛抱歉道。

两人边聊着边步入会所大堂，忽然一阵如雷鸣般的掌声袭来，抬头见到许许多多常见面和更多许久不曾见面的同学都走过来欢迎他，心中不免一阵感动，赶紧走过去与大家握手。

"方总，是我，不认识我了？"

"是……加菲猫啊？叫什么方总，太见外了！"

"还有这位……"

"这位……"

俊涛一时有些激动得喘不过气来。刚松开这个人的手，又与那位握手，突然一个人紧紧握住他的手，却没有说话，只是微笑着看着他，他仔细瞧瞧，惊喜地喊道：

"江铭……"

"你好，很久不见！"江铭说道。

江铭可以说是俊涛在大学最好的朋友之一，可惜在他去美国之后失去了联系，回国后曾多次打听关于江铭的消息，有的人说他出国了，也有的人说他回老家了，但一直没有确切消息，早前他还问过李谦江铭是否会来参加同学会，李谦一直说没联系上，现在突然出现，真是给了他莫大的惊喜。眼前的江铭相比十年前成熟、精干了许多，一袭黑色休闲西服让他更显温文尔雅。

"你小子，我找了你好久。"俊涛说道。

"瞧你说的，好像我躲起来了。"江铭依然握着他的手说道。

俩人似乎想多说几句，李谦插了进来，搂住俊涛的肩膀说道：

"来，让你惊喜一下。"

然后拉着俊涛往里边走，接着就听见一个女人尖叫着大声叫着他的英文名字：

"Andy！"

原来是米娜，依旧是美丽动人，一袭深V的礼服将身材勾勒得玲珑有致，

3

比往日的风情更有一番滋味。

"米娜！"

米娜热情地与俊涛拥抱着，那种亲切感似乎当年他们之间的不愉快都没有发生过。

"Don't you know how much I miss you！"米娜用英文说道。

"Thank you. So am I！"俊涛答道。

"David（指李谦）说今天在这里能见到你，你果然来了，要不然我们只能在Forbes上见到你了。"

"米娜，你说话还是那么夸张。"

"呵呵，既然来了，咱们就得好好聊聊。"

米娜微笑着端来两杯香槟，一杯递给了俊涛，欢快地和他聊了起来。在交谈中，知道米娜在美国拿到硕士学位后为了留在美国，嫁了一个美国人，不过这段婚姻只维持了四年。现在在芝加哥一家机械设备公司工作。

"我这次回国就是帮助公司打开中国市场，还请你多多帮忙。"米娜直言不讳地说道。

"有帮得到的地方，一定的。"俊涛答道。

正说着，李谦又不失时机地出现了。

"呦，什么事聊得这么开心啊？谁说往事不用再提，都是越提越有味啊！"

旁边的一些好事者开始起哄，特别是到了晚餐时，但凡当年有些故事的男女，都被再次挖了出来，接受大家戏弄，在李谦等好事者推波助澜下，当事人是既难堪又兴奋。俊涛和米娜自然成了重点之一，闹得俊涛喝下不少酒，到了舞会开始时都有些飘了。

两首舞曲下来，便感累了，走到室外休息一下，正好看见江铭也坐在那儿休息，忙拍拍他的肩膀问道：

"一个人待着干吗呢？"

"没事想休息一下。"江铭笑笑答道。

俊涛挨着江铭坐下问道："这些年都干吗去了，那年我和晓梅结婚，到处找你，还托同学给你送请帖，你都没来，还说咱们是哥儿们，晓梅的干哥哥。"

"真的不好意思，那年我已离开北京了，这些年我一直待在上海。这些年我也听说了你的事，也曾想过来找你，可又怕高攀不起啊！"江铭说道。

"瞧你说的什么话，这样也太不够朋友了吧！你在上海都做些什么啊？"俊涛问道。

"我在一家房企工作。"

江铭说着掏出名片递给俊涛，俊涛看了看，江铭现在是香港一家著名地产公司上海分公司的项目经理。俊涛顿时又来了兴致，详细问着在地产方面的情况，江铭不温不火地向他一一解答。俊涛告诉江铭他也准备投入地产行业，不知道能否有什么建议。

"我倒没什么好的建议，凭你手中掌握的资源和关系，应该是能够打开局面的。"江铭答道。

"都靠我怎么行，集团旗下有贸易公司、咨询公司、品牌代理等业务，事事都由我来做我就是日夜不歇也转不过来啊。"

"主要是看你手下执行力的水平了，初入这个行业的企业，需要一个强有力的执行官，在规划和公关方面有序推进，能够通过与相关职能部门的事务性联系、沟通来获取和判断对房地产市场有着重要影响的城市规划，基础设施统筹，各行各业法规、政策出台讯息，并在第一时间嗅到机遇或危机等。"江铭说道。

"不错，确是地产精英，我现在就是找不到这样一个人。"俊涛说道。

"不着急，刚入行，总要一步一步走，你手下都是些精英，你应该放手让他们做。"

正说得热烈，周宇过来了。

"你瞧，周宇就很不错，当年就是以机灵、能干出名的。"江铭说道。

"他啊！就爱在女孩子面前机灵，能干。"

两人说着忍不住笑起来。

周宇见他们俩望着自己笑，忙问道：

"什么事这么好笑，说来让我也乐乐。"

"我们在说你和刘媛媛的事，都追了十年了，还没结果啊？"江铭问道。

"没意思，尾巴都翘天上去了，她以为她是谁啊？都剩斗士了。"周宇说道。

"别打击他了,这可是他心中永远的痛。不说了,我看也差不多了,一起到我家去坐坐如何,也见见晓梅吧,你们也近十年没见过了吧。"俊涛握着江铭的手说道。

江铭和周宇相视笑了笑,忙答应了。

二

西山脚下的一栋别墅里,俊涛的夫人晓梅安排好女儿莉莉睡觉后,卸了妆,洗了澡,穿着睡衣无聊地靠在沙发上看电视,电视里那些所谓的爱情故事越看越无聊,不一会儿就哈欠连天。这时手机响了,一看是俊涛打来的,她懒洋洋地接通问道:

"喂,啥事啊?"

"你别睡觉,我有两个朋友过来,你接待一下。"俊涛说道。

"这么晚了,还瞎折腾什么啊?好了,我等你。"

晓梅放下电话,无奈又起身补妆,穿衣服,还没完全弄完便听见楼下汽车声,俊涛已经回来了,虽说时间不过晚十点,俊涛能这时回来算是难得,但这时还带着客人来拜访,真是难得中的意外。晓梅走到窗前,稍微撩开窗帘,看见车里有三个人走了下来,最前面的是丈夫俊涛,紧随其后的是周宇,最后边的那个人有点陌生,可形态看上去又有点熟悉,这是谁啊?

一行三人越走越近了,楼下阿姨已将大门打开,忽见那个陌生人微微抬了下头,那眼神如同闪电般与她相遇,让她顿时大脑一片空白。

是他,江铭。

过了好一阵子,她才渐渐回过神,见俊涛已站在了房间门口对她说道:

"快来,快来,有位老朋友来了。"

"哦!谁啊?"

"你见着就知道了。"

俊涛带着一脸诡秘莫测的微笑说道。

两人一起下了楼,晓梅便看见江铭坐在沙发上,旁边还有周宇。听见他们下楼的脚步声,江铭赶紧起身,眼神中满怀着期待看过来。这么多年没有见到江铭了，在目光相触的那一瞬间，晓梅的心还是忍不住咯噔了一下，一时语塞，都不知道该说什么了。

"晓梅，这是你江哥，你都不认识了。"俊涛在一旁说道。

"江哥，好久不见。"晓梅说道。

"是啊！好久不见，没想到你还是老样子。"江铭答道。

"哪里哪里，老了不少啦！"晓梅答道。

"有自知之明就好。"俊涛在一旁说道。

晓梅没加理会，而是继续问道：

"这些年在哪里高就，怎么没和大家联系啊？"

"呵呵，我一直在上海，其实我也常和同学们在联系，只是可能你没在意而已。"

这话说得晓梅有些难堪，她低下头没再说话。

"是啊，是啊，江铭常和我们联系，只是在上海不如我们都在北京这么方便嘛！"周宇忙帮腔道。

俊涛感到有些失望，他总以为晓梅见到江铭多少会有些激动，但是两人看上去都平淡至极，甚至能聊的话题都没有，他不明白晓梅现在为什么会变得如此无趣，什么事都提不起她的兴趣。一杯茶也没喝完，江铭就准备告辞了。

俊涛送江铭回酒店，晓梅送他们到了大门口就回了，回到卧室，打开灯，晓梅忽然感到全身都软了一般，忍不住颤抖了起来。赶紧又重新洗澡卸妆，躺到了床上，翻来覆去怎么也睡不着，十三年前第一次见到江铭的情景又浮现在眼前。

那年晓梅十八岁，从湖南来到北京上大学，父亲带着她从西客站下了火车，站外广场到处是人，父亲带着她四处张望着，不知道该往哪个方向走。突然，她看见不远处有一面小小的横幅，上面写着学校的名字，便赶紧拉着父亲走了过去。横幅下有张小桌子，上面铺着红布，红布靠外的下摆写着欢迎新生的词句，三个学生坐在那有说有笑。两个男的，一个女的，父亲走过去跟他们说了两句，一个长相颇俊朗的男生将头伸了过来，看见了晓梅，朝她笑了笑问道："湖南老乡啊？难怪看着这么熟悉，过来坐吧。"

这个男生说着将父亲手中的行李接过，然后将凳子移过来给他们坐。

"我叫江铭，也是湖南人。"这位叫江铭的男生对着她笑着说道。

她点了点头。

"我们屋里这妹子不大爱说话，也是第一次出远门，以后还得请你多多照顾。"父亲对江铭说道。

"那当然，当然。"

江铭又转过头对着她笑了笑，说来很奇怪，晓梅一向对男生的暧昧表情反感，这次对江铭却没有，反而有种淡淡的暖意。

江铭没再和她多说话，只是和父亲在不停地聊着，在他们交谈中，她知道江铭的家乡离他们家不远，大约是百里外的一个县城。江铭现在刚上大二，比晓梅大两岁，曾是他们学校的高考文科状元。

那天江铭就一直这样陪着他们，从西客站到学校，从报名注册到宿舍，江铭都给帮助安排好。他一直没有和晓梅多说话，紧要的事都跟父亲交代，只是隔一段时间回头看看她，多年后晓梅再回忆起，那种关切的目光，让她这位初次远离家乡的女孩，少了些惊慌和茫然。

开学后江铭自然而然常来找她，有时带着她散步聊聊天，有时带着她去参加一些活动，他让她叫他江哥，后来晓梅也就一直这么叫，晓梅似乎很享受这样淡淡如流水，没有任何负担的平静生活，未来会怎么样，她不愿去多想，毕竟她只有十八岁。

但是这种平静，在一年多后被打破了。秋天的时候，江铭和几个湖南老乡组织去箭扣长城玩，晓梅当然也就跟着去了，在路上，江铭接到一个电话，一个叫方俊涛的同学要过来，这位方俊涛晓梅听说过，是她们宿舍一个叫刘媛媛的女同学的梦中情人，在刘媛媛嘴里，这个俊涛是完美的人，帅气、幽默、得体，家境富有，今天真来了，晓梅还有些好奇。

俊涛是开着自家路虎来的，一见大家的面就嚷嚷道，怎么出去玩也不叫上他，他也算是个湖南人啊！江铭笑道他算哪辈子的湖南人，祖上在革命年代就走出了湖南，在北京定居算上他已是第三代，基本上没啥瓜葛了。

俊涛这人还真如刘媛媛所叙，英俊帅气，幽默风趣，只是有些张扬。俊涛很快就看见了晓梅，笑着嚷道：

"呦，这从哪儿来了这么一个漂亮美眉，你们可真行啊，躲着我带着美女爬长城，肯定是有心防着我。"

说得晓梅脸都红了。

"你别胡说，这可是我妹，你可别打什么主意。"江铭说道。

"真是妹？"俊涛问道。

"真是！"

"那么说你们的关系是纯洁的？"

"当然是纯洁的。"

"那太好了，我就怕是你女朋友。"

俊涛说着还将头回过来笑着望了望晓梅，俊涛的这种笑与江铭完全不同，张扬、火辣间带着暧昧。俊涛一路上总是不停在说话，似乎也是一个很有亲和力的人，每次说完他总是要看看晓梅，这让晓梅很不自在。

回到学校以后，晓梅将俊涛的事告诉了媛媛，媛媛听了极其兴奋，问这问那，恨不能将每个细节都打听清楚，从媛媛嘴里晓梅对俊涛更进一步了解了，虽然出身显赫，但并不是纨绔子弟，相反成绩还不错，学识挺渊博，最不得了的是，这个帅哥还信佛，谈起佛经头头是道，不管他是装的还是真的，总之是比较难得嘛。至于感情方面，暂时没什么明确的消息，只是听说他对校花米娜有点那个意思。

"他好像对你也有意思吧！"媛媛说道。

"不可能，他无非就是喜欢调侃女孩子。"晓梅答道。

但事情就朝着她不愿相信的事实方向发展，没过几天，江铭告诉晓梅，俊涛托他告诉她，他很喜欢她，希望能和她交往，问她是否愿意。她很恼火地望了江铭一眼，很明确地拒绝了。并不是因为真的讨厌俊涛，而是因为江铭，她不明白为什么是江铭来为俊涛做说客。在她明确拒绝那一刻，江铭又笑了，似乎是那种如释重负的笑，温暖而亲切。

俊涛当然不会善罢甘休，很快他找到了媛媛，媛媛经过一番痛苦的挣扎，点头同意了。在对晓梅进行一番思想开导后，晓梅终于答应和媛媛一起接受俊涛的邀请去了顺义潮白河畔的一家高级乡村会所，这里丛林环抱、松杨叠翠、浓荫蔽日的林间，北欧式的小木屋，各种奢侈生活用品一一俱全，三人尽情地玩乐，满园的欢歌笑语，让晓梅对生活有了重新的认识，原来人的生活品质可以如此不同。

在接下来的日子里，媛媛渐渐消失了，俊涛带着她去看国外著名艺术团体的演出，在高级酒店餐馆品味美食，让她几乎深陷在这样一种享乐中不能自拔，俩人的感情也日渐深厚，终于在俩人来往一个月后，晓梅彻底投入了俊涛的怀抱，成为俊涛的女朋友。

江铭在得知消息后找到了晓梅，问她当初不是拒绝了俊涛，现在怎么又接受了他。面对江铭她不知道该如何回答，这时江铭才向她表明了自己的感情，但是一切都晚了，晓梅觉得自己不仅仅只是爱上了奢华的生活，更是爱上了俊涛这个人，他的确不是个纨绔子弟，是个有着让人难以抵抗其魅力的人。

此后的江铭，至少在表面上还是个有风度的人，他依然和俊涛维持着好朋友的关系，依然称呼晓梅为小妹，微笑中依然有着温暖的感觉。这样的日子让晓梅感到非常满足，她期待着毕业后就和俊涛结婚，然后做悠闲、优雅的主妇。可是俊涛毕业后去了美国留学，虽然俊涛承诺从美国留学回来后就和她结婚，但是俊涛离开后，她常常陷入莫名的恐惧和慌张之中。

三

晓梅突然从回忆中惊醒了，她听见黑暗中有人走过来，原来是俊涛回来了，是啊！当年她为什么会陷入这样的恐惧和慌张之中？十年过去了，俊涛不还是安安稳稳地在她身边。

俊涛在她身边躺下，然后推了推她，轻轻问道：

"睡了吗？"

晓梅"嗯"了一声，表示还是在清醒之中。

"你怎么没点意外的惊喜呢？"俊涛问道。

"有什么值得惊喜的？"晓梅答道。

"你这人怎么越来越没意思了。"俊涛说道。

"那你说怎么才有意思？"晓梅问道。

俊涛笑了两声，将手搭在晓梅身上游离。

"就这最有意思吧！"

晓梅用力将俊涛推开说道：

"没意思!"

"没意思我睡了!"

俊涛说着便翻过身,睡去了。

晓梅叹了口气,江铭带来的回忆,让她无法睡着。俊涛不一会儿就陷入了熟睡中,发出了微微的鼾声。想起他在美国的那些事,晓梅到如今依然无法全部放下。

都说女人是敏感的,当年21岁的晓梅就被这种敏感折磨得死去活来,她喜欢男友对她全神贯注的爱,也依赖被爱包围的感觉。所以俊涛的突然离去,让她极其失落,虽然俊涛再三许诺,拿到硕士学位就回来结婚,但是相去千万里,谁能把这话当作保证,何况他们之间家庭出身如此悬殊。

为了不让这种敏感把自己逼疯,她强忍着不主动给他电话,也不要求他每天给她电话,她不想自己患上强迫症。可很快从纽约传来了消息,曾经是俊涛爱慕对象的校花米娜也去了美国,而且还在同一个学校,两人好像有点那个暧昧。更有好事者还在同学录里上传了俊涛给米娜开生日庆祝Party的照片,让人不得不相信事情是真的。

空前的挫败感让晓梅极其愤怒,得了强迫症般要求俊涛每天给她打电话,可是在通话的时候并不愉快,一想到自己的幸福生活可能就要毁在米娜手里,她恨不能马上飞去美国。其实这种事情发生在任何一个女人身上,都容易歇斯底里发作,何况关于俊涛和米娜的传闻已是源源不断。猜测、愤怒、较劲让晓梅自己都累了,终于有一天他们俩在电话里大吵了一次后,俊涛说道,晓梅,我们都冷静下吧。

"怎么冷静,你让我怎么冷静,我都快被你折磨疯了。"晓梅怒吼道。

"如果咱们的感情已成负担,那还不如咱们都退一步,这段时间都好好思考一下,我们是否还要继续下去。"俊涛说道。

"随便你,我才不稀罕。"

晓梅甩掉电话狂奔而去。

媛媛后来给晓梅做思想工作,说也许真的是她逼紧了,那就顺着他的意,冷静几天再说,等俊涛冷静了自然会再打电话给她,但是自从那次以后,俊涛再也没有给晓梅打过电话。

那段时间真的是度日如年,让人极其的绝望,就在这个时候江铭又再次出现了。

黑暗中传来俊涛有节奏的呼吸声，让晓梅再一次从回忆中回到现实，今日旧话重提不禁让晓梅陷入情绪中，无法安睡，断断续续回忆直到天明。

四

周一的下午，米娜打来电话说要来看望俊涛，俊涛没有拒绝，让她到他的办公室来。俊涛的办公室在金融街的核心地段，大约有一百平方米，这个面积放在别的城市也许不算什么，但这是北京，寸土寸金的地方，何况是在金融界的核心地段，全套意大利品牌办公家具。也许他让米娜来他的办公室就有炫耀的意思。

米娜如约而至，粉色CHANEL紧身套装，勾勒出妙曼的身材，齐肩飘逸长发，随着步伐轻轻摆动，似乎比十年前更为迷人了，不由得让人呼吸急促，浑身上下不自在。

"怎么见我生分了？"米娜说道。

"没有的，只是一时不知该如何说。"

"你仍在生我的气？"米娜问道。

"没有，真的没有。"俊涛答道。

米娜笑了笑，没有再说话，她起身看了看俊涛的办公室，这间办公室面朝西二环，没有什么大的建筑物遮挡，视野广阔，下午的阳光照进办公室，给冷峻色调的办公室增添了一丝暖意。

"找我有什么事吗？"俊涛问道。

"着什么急啊？你还是这样的性格，前天晚上，我和李谦本想和你找个安静的地方多聊聊，谁知你一眨眼就不见了。"米娜说道。

"呵呵，前天晚上临时有点事，就提前走了，实在不好意思啊！"

"道什么歉啊，谁不知道成功男人的事总是很多。"

米娜说着走到窗户口，面无表情地看着窗外的车流不再说话。

"米娜，我……"

米娜转身打断了他的话道：

"能给我一杯酒吗？我想喝点。"

俊涛起身从柜子里拿出一瓶洋酒，倒了一杯加了一块冰，递给米娜，米娜道了声谢，然后仰头喝下。

"俊涛，我现在过得很不愉快，很艰难。"

"别说这些好吗？"俊涛说道。

"你不就想看见我这样吗？"米娜说道。

"我没那意思，都是过去的事了。"俊涛答道。

"我现在想请你帮我一个忙，你愿意吗？"米娜问道。

"能帮得上的，你尽管说。"

"真爽快，这对你来说还不是小菜一碟。"米娜马上笑着说道。

"好，你先说吧！"

"你和王群贵很熟吧！"

"王处长，原来你是要找王处长。是为了你们那批机械产品的事吧？"俊涛问道。

"你都知道的。"

"这事还真不好办，再说如果你们那批机械产品要是达不到要求怎么办？"俊涛答道。

"怎么会达不到要求，我们现在的竞争对手是小松和特雷克斯，如果我们没有实力，怎么敢与他们竞争，你知道中国是个人情社会，我们只有比他们在这方面做得更好，才能在竞争中获胜。"米娜说道。

"好了，我现在不跟你说这些，我得多了解了解你们的情况，等一段时间再说，好吗？"俊涛说道。

"那今天晚上有时间吗？咱们一起吃饭吧！"米娜问道。

"真的对不起，晚上有约了。"俊涛答道。

"那好了，我就不打扰你了，成功男人就是忙。"

米娜说着伸手告别，俊涛笑着将她送出办公室。一直到电梯口告别才转身回来。回到办公室，他叹了口气，拿起酒杯也倒了一杯酒，坐在沙发上独酌起来。

说起这次同学聚会，最让他高兴的是遇见了江铭，江铭看上去和别人还是不大一样，虽然毕业十年了，很多人已不是当初那味道了，要么更加浮躁了，要么更具城府了，只有江铭还是那个样子，如果说有变化，那就是更加稳重了。在大学的时候，他就喜欢去找江铭，江铭随意、健谈，充满了理想主义，谦虚，内敛，不喜欢争强好胜，反正跟他在一起就是轻松、愉快，到了今天还是一样。

前天晚上他与江铭聊了不长不短的时间，令他意外惊喜的是，江铭在上海一家著名的香港地产公司担任项目经理，对于房地产的操盘与开发有着相当丰富的经验，这正是他要寻找的人，何况他对江铭的人品应该是信任的。

在晚上应酬回来的路上，俊涛又和周宇聊起了江铭，精明的周宇似乎早已揣摩到俊涛的意图，忙问道：

"方总，你是不是有意将江铭挖过来？"

"呵呵，我是有这个想法。"俊涛答道。

"你想让他做什么呢？"周宇问道。

"看看再说吧！"

"我觉得你还是应该去上海了解一下江铭的现状，再做决定。"周宇建议道。

"呵呵，我对江铭还是了解的，你说呢？咱们都同学四年的。"俊涛说道。

"我不是说怀疑江铭什么，就算政府提拔一个官员也要考察一番吧。"周宇说道。

"那倒是。"俊涛点点头说道。

第二章　旧梦

一

　　为了表达诚意，俊涛决定亲自去一趟上海找江铭面谈，这次他没有带任何人，周宇也不知道，其实周宇对于地产公司老总的这个位置也是虎视眈眈，虽然周宇跟了他有将近十年，工作能力也是有目共睹，但是总还觉得欠缺些什么，而周宇所欠缺的，正是江铭所拥有的。

　　江铭接到俊涛的电话时，正在香港出差，他没想到离开北京后不到一个星期，俊涛就要到上海了。

　　"方总，真不好意思，我现在在香港，要后天，也就是周六才回来。"江铭在电话里说道。

　　"没关系，我等你。"俊涛答道。

　　方信公司在上海也有办事处，俊涛在办事处待了一天，到了第三天，也就是周六早上，俊涛接到了江铭的电话，说在公司等他，办事处主任立刻驱车带着俊涛前往目的地。江铭所在的地产公司——虞华地产位于陆家嘴的花旗集团大厦，占据了整整一层楼。

　　办事处主任一边开车一边说道：

　　"方总，你这同学可真牛，你到上海来，他不来见你，还要你亲自过去。"

　　"我们这老朋友了，计较这些干什么，人家也是太忙。"俊涛说道。

　　"虞华地产在上海还真是做得不错，他们楼盘销售在上海都是排名前几的。"主任说道。

　　"在那么高级写字楼里的公司，能不好嘛！"俊涛笑笑说道。

　　"那是，那是……"

　　车子很快就到了花旗集团大厦，刚到大堂已见江铭在等候了，江铭一套黑色职业装，显得精干而儒雅，他笑盈盈地走过来，握着俊涛的手说道：

　　"实在不好意思，有失远迎，主要是事情太多了。"

　　"没关系的，这次来上海是想看望下你。"俊涛说道。

　　"好，好，去楼上我办公室坐一会儿，有点事需要处理完，中午咱们一起吃饭。"江铭说道。

两人一起上了楼，虞华地产的前台小姐见客人来了，赶忙向俊涛鞠躬问好。公司很宽敞、气派，公司大厅很安静，可能是因为周末吧，只有几个人在加班。江铭在公司里边有间单独的办公室，办公室虽不大，但风景极好，落地窗外是黄浦江，越过黄浦江可见外滩的楼群。

"真好，在这里办公，心情都会开阔。"

"怎么个开阔法，就在这十几二十平米的范围内？和你在北京办公室相比，这叫什么地啊？"江铭说笑道。

正说着，前台小姐过来给倒茶了。

江铭对前台小姐说道：

"Jolie，你和马总说一下，我有朋友来了，我待会儿再去她办公室。"

前台小姐点头走了。

两人坐在沙发上喝着茶聊了一会儿，突然电话过来了，江铭接过电话，让俊涛稍等一下，他待会儿再过来。

江铭出去后，俊涛站起来仔细看了看办公室，江铭办公桌上放着一些材料，都是施工和设计方面的材料，桌上还有一镜框照，是江铭和一个陌生女人的合影，背景是泰国的曼谷。突然，身后有脚步声，他赶紧转过身，门开了，一个中年职业女性走了进来，见到俊涛伸出手，满面笑容地说道：

"方总，好久不见，好久不见。"

俊涛仔细一看，这位貌不惊人，却有着精干凌厉作风的女性似乎从未曾谋面。

江铭跟在后面赶紧介绍道：

"这位是我们公司副总经理，马丽芬。"

"哦！马总，久仰，久仰。"

俊涛一边说着，一边努力在记忆里搜索。

"方总可能不记得我了，前年在博鳌的一个酒会上我们见过的。"

俊涛前年是去过博鳌，但见的人太多，他的确没印象了，但嘴上还是说：

"哪儿的话，你还是老样子。"

这位马总让俊涛这么一说，劲头可大了，拉着俊涛聊这聊那简直不肯放手，把俊涛的计划全打乱了。总不能让俊涛对她说，我是来挖你手下的。

说实话，马总是个极具感染力的人，他甚至想着将来把她也一起挖走，但考虑到虞华地产的香港母公司和方信也有业务往来，什么事情不能做过分了，才打消这念头。

马总走了后，江铭驱车带着俊涛去了浦西一家私房菜馆吃饭，在饭桌上，俊涛将邀请江铭去北京工作的想法说了。江铭有些惊讶，说道：

"不是我要拒绝你，你也看见了，这边很多事都放不下。"

"我知道，特别是你那马总，我会让她崩溃吧，人家对你赞不绝口，却不知道我是来挖人的，不过我可以缓一缓，要不，我再和她谈谈，大不了是赔偿金的事。"

"你再让我考虑考虑好吗？"江铭说道。

既然江铭没有一口回绝，俊涛心中也有了底，钱他不缺，重要的是要人，只要是个合理价格，他是不会吝啬的。

二

俊涛是在回到北京后第四天接到马总电话的，马总在电话里一开始就抱怨说俊涛来挖她的墙脚，让她以后怎么开展工作，声音又嗲又哀怨，完全不像几天前在上海那么强悍。

"马总，你不要想多了，我虽有这想法，但还是江铭自己来做决定。"俊涛说道。

"呦，你方总出手那么阔绰，那么重要的职位，且你们是同学，我怎么拦也拦不住啊！"

"马总啊，这事咱们还是按规矩来办，该怎么样就怎么样，好吗？"俊涛说道。

马总无语了，见软硬兼施也没有办法，几天后亲自飞到了北京谈这事，最后请示香港总公司后，敲定了一百万为江铭赎身，下个月江铭就成了自由人。

三

解决好了江铭的问题，俊涛心情舒坦了不少，这天婉拒了多个饭局邀请，下了班就回家，一般的时候，俊涛喜欢自己开车上下班，家里的司机主要是接送女儿上下学，或晓梅急用。虽说是提早下班回家，但是回到家时天色也已漆黑，客厅里灯火通明，晚餐已上桌，晓梅和女儿莉莉早已坐在那儿等候。

俊涛走进家里，褪了衣服，忽然发现莉莉一言不发坐在那儿，便仔细看了两眼。

"闺女，你怎么啦？有点不对头啊！"

"什么对不对头，就你那样，换别的女孩坐在这儿，你也只当女儿坐在这儿。"莉莉说道。

"呦，别动，让我瞧瞧，换造型了？"俊涛问道。

"好几天了，你才发现啊？今天知道你要回来，我又好些整理了一番，不然明天我就撤了。"

莉莉说着赶紧将自己的Lady gaga式米妮头扶好。

"确实，这一向太忙了，我回来你就睡了，早上上学你又早，真不好意思。"俊涛抱起女儿说道。

"我才不稀罕！"莉莉说道。

"你不喜欢我稀罕，有时间我都看你微博，就知道你在干啥。"俊涛敲了敲莉莉的脑袋说道。

"呦，又撒谎了吧，我这照片前天就发微博了，你看了今天能这么惊讶吗？"莉莉说道。

晓梅见两人越扯越远了，忙打岔道：

"好了好了，少说两句不会死人，赶紧吃饭。"

"好，吃饭，吃饭。"

俊涛说着将莉莉放到椅子上，自己也在旁边坐下。他抬头看了看晓梅在给他们盛汤，便说道：

"跟你说件事。"

"啥事，说吧！"晓梅头都没抬答道。

"下个月江铭来咱们公司工作了，出任地产公司总经理。"

晓梅忽然手抖了一下，碗中的汤差点泼了出来，抬头见俊涛望着自己，忙稳住情绪说道：

"是吗？他怎么会想过来。"

"是我找到了他,可是花了大价钱的。"

晓梅"嗯"了一声,没再多说,俊涛甚觉无趣,转而和女儿扯其他的事去了。她端着汤坐下,心绪忽然变得非常复杂,十多年前第一次见到江铭的记忆又在脑海中浮现,她恍惚间又回到了人声鼎沸的西客站。

忽然莉莉尖叫了一声,她看见俊涛搂着女儿在笑,原来莉莉又准备把三楼楼顶一直属于莉莉玩乐世界的阁楼重新布置一遍,她在向俊涛申请拨款,她想把它变成哈利·波特里边的魔法世界,莉莉说完自己的创意,俊涛大笔一挥同意拨款十万给她布置小阁楼,莉莉当然高兴得尖叫。可莉莉说了些什么,她一个字也没听进去。恍恍惚惚吃完饭,晓梅想再仔细问下关于江铭的事,却见俊涛急匆匆往书房走,便忙跟着进了书房。可是话到嘴边又不知该怎么说。

俊涛打开电脑,问晓梅道:

"怎么啦,亲爱的?"

"地产公司筹备的事一向都是周宇在做,现在你交给了江铭,周宇会有意见吗?"晓梅问道。

"这事你就不要操心了,我会处理好的。"俊涛笑笑说道。

俊涛接着打开邮箱,忙着处理部下发过来的文件,而不再说话,似乎晓梅已经不存在了,晓梅在书房独自站了一会儿,帮他泡了一杯茶,便悄悄出去了。

这天夜里晓梅依然辗转反侧睡不着,当年的一幕幕在眼前挥也挥不去。

那年的春末夏初,晓梅深陷在感情失意中不能自拔,浑浑噩噩迎接着毕业的到来,有一天她忽然在寝室里惊醒,发现寝室里就剩下她一个人在睡觉,别的同学都在为自己的前程奔波,而她该何去何从,没人知道。关于俊涛和米娜的传闻似乎已路人皆知,大家也只是瞒着她,其实她心里都明白,她不想去打电话质问,也许是因为自尊,或许是因为绝望。而俊涛数月未给她电话,已说明了一切。

但是,离开了俊涛,晓梅自觉就像12点过后的灰姑娘,一切恢复到了从前,甚至比以前更差,窘迫和无望弥漫在四周,让她不知道如何是好。

她想改变下自己的生存环境,便也跟着投简历,参加招聘会,却发现这两年似乎什么都没准备，难得等上的面试，常无疾而终。当然也有单位因为她的美貌，负责人给过一些暧昧的暗示，她不是愚蠢的人，她能理解这些暗示，只要放下尊严，她可以获得好的机会和工作，但她看到那些人的表情，就想吐个底朝天。

很快毕业了，寝室里的六个女孩子三个留在了北京，这三个留在北京的，两个是有关系的，一个是凭自己能力进入了一家国际时尚杂志，这就是媛媛，还有两个准备回家乡拼爹，而晓梅，爹是个极其普通的人，回家等于失业，留在北京不知道前途如何，所以那个夏天常在街头徘徊，到了夜里就到媛媛的集体宿舍挤上一宿。

就在她准备打道回府，回家做待业青年时，接到了一家公司的面试通知，面试她的是一位姓马的女负责人，素面朝天，眼神凌厉，见到她后面无表情地问了几个苛刻的问题，便让她回去等通知，她明白这又是一次失败的面试，便起身一言不发匆匆离去，也许是心情太糟步伐太快，在门口撞上了一个人，将人家的文件都撞散了一地，她想蹲下帮拾起，却见对面那个人惊呼道：

"晓梅！"

她抬头看见了江铭。

意外的相逢让她措手不及，赶紧将地上文件拾起递给江铭后笑笑说道：

"真不好意思，你先忙，咱们回头再聊。"

说完便欲匆匆离去。江铭很快跟了上来，问晓梅道：

"着什么急呢？也不好好聊聊就走。"

"有什么好聊的，反正不就这样。"

"你说马主任啊？她就那样的人，也不是针对你，其实她人还不错，要么我去跟她说说。"江铭说道。

晓梅停了下来，笑笑道：

"这个不麻烦你了，你们马主任那样，我受不了，请我来我还不来，就你受得了那个气。"

江铭不好意思挠了挠脑袋道：

"瞧你老是这样，一点也不给我面子。"

"那你要我怎么给你面子？"晓梅问道。

"中午请你吃饭，可以吗？"江铭说道。

晓梅抬头望了望江铭,那如沐春风的笑容,让她僵硬的心轻轻触动了一下,便点头答应了。那次午饭说了些什么,聊了些什么,晓梅早已记不清了,但那次相逢成了生活的一次分界线,让她从情绪的谷底缓缓向上升。

在江铭的帮助下,晓梅很快在外企找到一份文秘的工作,工作上也还顺手。第一个月发工资,她请江铭吃饭,那天夜里她似乎有所触动,还喝了些酒,便没有回去,因为她的确不想和媛媛再挤一张单人床。她随着江铭去了江铭租住的地下室,酒精的作用让这对试图相互寻找温暖的年轻人失去了控制,彼此纠缠、缠绵到天明,那样的淋漓尽致、惊心动魄似乎在离开江铭后再也没有寻找到过了,就算是十年后的这个相似的夜晚,依然能感到一丝冲动。让她禁不住双手在全身游荡。

忽然房门被轻轻打开,将晓梅从回忆中拉回到现实,俊涛加完班回房睡觉了,他轻身在晓梅身旁躺下,晓梅翻了个身,俊涛便小声问道:

"还没睡着啊?"

晓梅"嗯"了声,抱住了俊涛,俊涛也轻轻抱住她说道:

"很晚了,早点睡吧!"

俊涛说完便松开她,翻身睡过去。

晓梅依然睡不着,窗外是盛夏如水的月光,带着微风轻轻吹进了房间。她转过头看见俊涛朦胧的面容,他正有节奏地发出低沉的鼾声。她叹了口气,起身坐起,穿着睡衣走到窗前,她拉开窗帘,夏夜微凉的风迎面扑来,钻进了她的睡袍,在她的身体上肆无忌惮地游荡着,时而轻柔,时而粗鲁,像极了曾经拥有的夜晚。

也不知在窗前待了多久,已渐见东边的天空发出微微的白光,她才掉头去了卫生间,脱下睡袍和内衣,全身赤裸站在镜前,镜前的她虽然已没有青春的娇艳,但依然玲珑剔透,只是这样苍白的脸色,在这样寂静凌晨的镜中,不免让人感到几分萧瑟。她打开水龙头,冰凉的水从头顶直冲而下,不禁打了几个寒战,身上的烈火才渐渐熄灭,思绪慢慢恢复正常。

也许是水流的声音惊醒了俊涛,俊涛起身上厕所,见晓梅在淋浴,迷迷糊糊问道:

"早着呢,就起床了?"

"没什么,睡不着。"晓梅答道。

"那我还睡一会儿。"

俊涛打了个哈欠，转身又去床上睡了。晓梅洗完澡，将头发吹干，回到床前，见俊涛睡得正香，便也轻轻躺下，从背后抱住他，忽然一阵疲倦感袭来，终于在黎明时分睡过去了。

四

江铭在一个月后到了公司正式上班，为了迎接江铭，俊涛举行了一个欢迎晚宴，不仅公司的中高层管理人员如数到场，一些同学如李谦、米娜、刘媛媛也赶了过来捧场，俊涛本想让晓梅也来参加，但晓梅说女儿学校有事，就没有过来了。

欢迎会由周宇主持，他一边介绍着，一边走到江铭身边，亲密地握着江铭的手，带着他走上台说道：

"江铭先生是方总的同学，也是我的同学，在学生时代，江总就是一位非常优秀的同志，这次我们方总能从上海将江总邀请过来担任我们房地产公司总经理，除了江总对我们公司前途的信任，也是对我们同学友情的一种回馈，现在，我们有请江总给我们讲讲话。"

江铭穿着一身黑色西装，一如既往的从容、平静，他朝大家笑了笑说道：

"各位来宾，各位同仁，还有李谦、米娜、媛媛，很高兴今天能看见你们。俗话说得好，千金易得，知音难求。离开学校以后，一直在房地产这一行业打拼，十年来虽然取得了一些小小的成绩，但总觉得有些遗憾，我想人活着不能总是追逐金钱，一些理想主义的东西总是在心中涌现，当然，做一个企业首先是效益，在能保障效益的情况下为什么不能引入人文主义的元素，而且地产与我们人的生活息息相关，这样千篇一律的房子，永远方格的小区，约束了人的空间，限制了人的精神扩张，所以总希望能有所改变，所幸在我渴求改变的时候，遇见了俊涛，自走出校门后，一直在深圳和上海工作，很多年没有见到俊涛了，尽管这些年没有见过面，却一直在关注他，他的成绩是我们学校，也是我们作为同学的骄傲，更难得的是，虽然纵横商海多年，他始终没有改变，什么叫'恰同学少年'，这就是我和俊涛重逢的感觉，我很高兴能受他的邀请加盟方信集团，今天我看见这么多年轻的，充满朝气的面孔，我相信这将是一个走向辉煌的起点，这个辉煌，不仅仅属于我，属于俊涛，更是属于方信和在座的所有同仁，在此我感谢俊涛给予我这次实现梦想的机会，也感谢大家对我的信任。谢谢大家！"

江铭的话刚落音，俊涛便站起来鼓掌，所有的人也随后站起来鼓掌。掌声稍息，俊涛也走上台，拍了拍江铭的肩膀说道：

"江铭同学太客气了，能邀请江铭加盟方信也是我的荣幸，其实说来江铭还是我的媒人，我和我太太的相识，也是通过江铭介绍的，所以，我们客套话就不要说了，我们方信经过了近十年的高速发展，也该到了转型的时期，需要新的血液和新的思维，江铭是一个具有独立思想的人，在过去的这几个月里，我们不断地交流、沟通，不断对现有的思维进行调整，对于新的子公司和新项目已有了系统的构想，江铭作为新公司的负责人，希望在座的各位能尽力协助他开展各方面的工作，使各项工作尽快得以展开，具体的实施规划我们以后在会上再说，今天我们先欢迎江铭，再次以热烈掌声祝贺江铭……"

几位主要负责人致欢迎辞后，晚宴就开始了，不知道谁的安排，将江铭和米娜安排在俊涛的左右，米娜总是渴望跨过俊涛和江铭聊天，俊涛就干脆和米娜换了一个位置，谁知位子换了，米娜反而不再和江铭多聊，转而四处敬酒。喝多了，米娜就开始说胡话，什么人生艰难，富贵生在丑人边什么的。到了散场时，米娜已是烂醉如泥，躺在沙发上不愿起来。

"李谦，你帮我送米娜回去吧！"俊涛招呼李谦道。

"呦，我刚接到一个电话，有点事马上得去西直门一趟，实在是抽不开身啊！"李谦答道。

俊涛四处看了看，大部分人都走了，只好让自己的司机过来，让他送米娜回去，俊涛扶着米娜摇摇晃晃站起来，告诉她，自己的司机送她回家，她一脸迷离地看了看司机问道：

"你谁啊？我不跟你走，你们都是坏人。"

司机一脸难堪，见米娜站立不稳，想扶住她，却被她手一甩，无法靠近。江铭见状，笑笑对俊涛说：

"恐怕只有你亲自送她回去了。"

俊涛摇着头，看看又躺倒在沙发上的米娜，对江铭说道：

"只能我送了，本想和你接着聊聊工作上的事，要么你先去办公室等我，我送她回来再去找你。"

"好的，你先去吧！"江铭答道。

五

俊涛只知道米娜住在望京一带，具体位置并不清楚，米娜在车里胡乱指着，绕了几个圈子才找到米娜的住处。到了米娜租住的小区的楼下，俊涛将车门打开，扶着米娜下车，车外的冷风一吹，她似乎清醒不少，回头向俊涛道了声谢，便往楼里走去，突然又见她一个趔趄，整个身子靠在廊柱旁，大口大口吐起来。俊涛见状，又赶紧走过去，扶住她问道：

"你喝这么多酒干什么？"

"我想喝，不行吗？"米娜答道。

"瞧你这样，我送你上去吧！"俊涛说道。

米娜点了点头，顺势靠在俊涛身上，摇摇晃晃向楼内走去。

到了房门口，米娜又要吐了，俊涛赶紧从米娜包里找出钥匙，打开房门，米娜冲进卫生间，大口大口吐起来。俊涛打开灯，看了看这个屋子，这屋子不大，标准的单身公寓，大约四十来平米，但装修高档细致。

过了好一会儿，米娜才从卫生间里出来，俊涛见状想与她告别，却见米娜无力倒在沙发上对他说道：

"我头好疼，能帮我泡一杯茶吗？"

俊涛答应着去厨房泡了杯铁观音，米娜接过茶说了声谢谢。

"我走了，你好生歇息一下吧！"俊涛说道。

米娜抬起头望着他，轻声说道：

"你就不能稍微坐一坐，陪我聊会儿？"

"对不起，米娜，我……"

"说对不起的应该是我！"

米娜说着便哭了起来。

俊涛叹了口气，在米娜身边坐下。米娜接着说道：

"俊涛，我真不知道该怎么跟你说，当年的事我挺后悔的，我知道你早就不介意了，但我很难受，一个人走错一步，全盘皆输。可能今天我的表现让大家笑话了，可是没人知道我的苦，我的难，连一个可倾诉的对象都没有，我也算名门之后，可自从父亲去世，与老公离婚后，根本没人在乎过我，没人在乎我，俊涛，我真的后悔，你知道吗？"

俊涛听了此番话，似乎有所触动，他看着米娜，昏暗的灯光让面色微红的她更加迷人，白色套装包裹的身体在起伏着，似乎传递着某种暧昧。他伸出手轻轻抱着她，她趁机将头埋入怀中。

"俊涛，帮帮我，我太累了，帮帮我……"米娜小声说道。

"米娜，你别这样。"

他忽然又试图将她推开，却没料到她越抱越紧。

"俊涛，俊涛……"

米娜失声大哭道。

"米娜，你别这样……"

他终于挣脱了米娜的双手，迅速起身，走到了门口。打开门，看见米娜蜷缩在沙发上仍在抽泣着，便低声说道：

"改天我带你去见王处长。"

米娜没说话，俊涛回过头，赶紧将门带上，匆匆离开了此地。

六

俊涛回到办公室，在大厅看见江铭一人坐在一楼大厅的沙发上独自抽烟，他抬手看了下时间，此时不算晚，才九点多，便走过去问道：

"怎么不上楼，咱们上去聊吧！"

江铭见俊涛回来了，起身说道：

"楼上锁了，所以我就在这里等你。"

俊涛赶紧打开手提包，没见钥匙，又在身上搜了一遍，也没看见，想给秘书打电话，让他送钥匙过来，江铭见状说太晚，不用麻烦了，就坐在大厅里聊也挺好的。

俊涛笑笑坐下，四周转了转身，总觉得不大对劲，东扯扯，西扯扯，整个人不了状态。江铭见状好奇问道：

"你怎么啦？好像坐立不安。"

"我说兄弟，连杯茶都没有，让人觉得特没气氛，也不知道该怎么说了，要不咱们去茶楼找个包间聊？"俊涛问道。

"也好，不过我觉得去你家聊聊也可，你们家那儿气氛好，晚上幽静，又在山坡上，是个彻夜长谈的好地方。"江铭说道。

"不错，就去我家，早几天有一朋友送了我一盒黄金芽，咱俩得好好品品，走吧！"俊涛说着立刻起身，往外走去。江铭笑了笑，赶紧跟上。

到了俊涛家已过十点，江铭和俊涛一进门就看见俊涛的女儿穿着浴袍尖叫着跑了过来，让俊涛看她的手机上下的新软件。

"爸爸，你看这个PeerBeauty，拍了照以后，可以把人的美貌评分，长得越美分数越低，长得越丑分数就越高。"

"是吗？那咱家的小宝贝得多少分？"俊涛抱住女儿问道。

"我是0.5分，已经是很低了，说明我的美貌值接近完美了。"女儿说道。

"是吗？小美人名不虚传啊！"

"爸爸，你也试试。"

女儿说着已将手机伸过来，咔嗒一声就拍了，PeerBeauty评分是7分。

"10分是极丑，爸爸虽然不是极丑，但也算比较丑了。"

"不可能，这破软件肯定有问题。"

两人正闹着，晓梅从楼上下来了，边走边训斥道：

"这么晚了，还不睡觉，到处疯什么？"

她抬起头，忽然看到了江铭，马上有些惊讶放低了声音问道：

"江铭，你也来了？"

"是啊，我和方总还有些事没聊完。"江铭答道。

"好，你们先聊，我带莉莉睡觉去了。"

晓梅说着赶紧带女儿上楼去了。

俊涛笑着摇摇头对江铭道：

"这孩子，可顽皮了，只有她妈才能管住她。"

"挺可爱的。"

"呵呵，咱们到书房去吧，那儿清静，宽敞。"

江铭答应着，赶忙紧随着俊涛去了书房。

七

　　江铭的突然出现，再一次让晓梅心神不宁，安排好女儿睡觉，便匆匆回到自己的房间，坐在窗前的沙发上许久也无法平息下来。夏末秋初的夜风带着莫名的花香飘了进来，昔日的点点滴滴就这么涌入了脑海。

　　九年前，也是这个时候，晓梅在离开俊涛后，与江铭的意外相遇让伤痛渐渐愈合，但江铭的狂热让晓梅感觉到陷入了另外一个陷阱。江铭似乎是一个两面人，白天他是一个文雅、有着书卷气的青年才俊，面上总是带着温暖的微笑，让人情不自禁靠近，但是到了晚上，却变成了另外一个人，忧郁、狂热、极端。在那个十来平米的地下室里，总是弥漫着情欲的气息，她不明白他那瘦长的身体内为什么藏着这么多的欲望，这些欲望不仅仅是肉体，还有来自对现实和梦幻的占有。

　　"晓梅，你知道吗？你代表着我自青春期以来对女人的所有幻想。"

　　江铭常跟她这么说。这种恭维常让她飘飘欲仙，在俊涛那儿从未曾体验。但是江铭的幻想总归只是幻想，当他发现现实中的晓梅和他的幻想出现偏差时，他曾试图让晓梅迎合他，晓梅很恼火地拒绝了，江铭情绪会很低落，有时甚至会哭泣。但这一切都只是发生在夜间，总的来说，江铭还是一个温和浪漫的人，那个暗无天日的地下室，总是被他收拾得干干净净，下班后总是要带束鲜花回来，花香的气息混合着情欲的味道，就在那个时候深深植入了她的记忆中，在以后的岁月中偶尔被莫名唤醒，逐渐变成一个幻想，一个不曾存在的幻想，根本未存在过。但是，江铭的再次出现，又让她相信，这不是幻想，那些细节是如此清晰，怎么可能是幻觉？

　　他们就这样经过一段时间后，江铭似乎不愿这样不明不白下去，他希望他们的关系得到大家的承认，正式以情侣身份见同学朋友，但他的想法遭到晓梅的强烈反对，因为晓梅觉得，俊涛的阴影并没完全消散，她和俊涛的关系还没被同学忘却，她不想这么急着展现出她的情感。江铭对她的这种想法非常生气，认为他在晓梅心中并没摆在应该的位置，为此他们第一次发生了争执，争执结果是晓梅的离去，她搬离了江铭的地下室，回到了媛媛的宿舍，又和媛媛挤在一张床上。

回想当年的一次争执为什么会让晓梅如此坚决离开江铭，可能还是对生活和前途的绝望，晓梅的父亲突发重病，让她措手不及，她没告诉江铭，她知道告诉江铭也没用，在搬到媛媛住处不久，晓梅便向单位请长假回家了，因为父亲的病已很严重，需要她回家去照顾。

再次回到这个破败的小城，让她更是绝望，父亲的工厂在二十世纪九十年代末那次工厂倒闭潮中消失后，每月只能在社保局领到三四百元钱，退休教师的母亲也没见比父亲多拿多少钱，这几年供晓梅上大学几乎没留下积蓄。这次突如其来的大病，几乎花光了哥哥家的积蓄，后来嫂子甚至为了此事和哥哥离婚。这些年来晓梅就是父亲的骄傲，全家都期待这个北京名牌大学的高材生毕业赚大钱，可是她回来也是行囊空空。

医生告诉晓梅，父亲的病已经没得治了，也许可以再拖延一段时间，但如果经济情况不允许，不如放弃治疗。面对这种状况，哥哥不说话，晓梅狠下心在出院通知单上签了字，带着父亲回了家，父亲回家后几天就不行了，这几乎成了晓梅一生自责的事。父亲临终时竟然问起了江铭，晓梅无言以对，泪如雨下，父亲握着她的手说道：

"去吧，他……"

父亲终没说完这句话就断气了，他想要说什么，她一直迷惑不解。

办完父亲的事，她又回到了北京，虽然母亲想留她在家多待些日子，可她无法忍受那种破败压抑的气氛。在回京的火车上，她不知道自己的归宿终在何处，如果可以她愿在中途随便找个小站下车，从此与这凡尘俗世做个了断。

晓梅再次见到江铭就在她回到北京的当天晚上，媛媛告诉她，在她离开北京的这段时间里，江铭天天来找她，每次来只是问问晓梅回来了没有，然后就走了。果然到晚上他就来了，分别十多天再次见面，那种感觉很特别。

"你回来了？"

江铭笑笑问道，平淡得像是问候一个几天不见的老朋友。

晓梅"嗯"了声，点点头。

"怎么回家也不和我说一声？"

他依然带着笑容问道，眼神中满是温暖和关切。

"家里有些事。"

她小声回答道，眼眶已红了。

"我们回去好吗？"他小声问道。

她点了点头，于是和媛媛告别，跟着江铭走了。一路无语，初秋的风从脸上拂过，总带点瑟瑟的味道。不知道走了多远，江铭转过身来，伸出胳膊搂着她的肩膀，晓梅记得那天他穿着一件薄的风衣，在这茫茫都市中忽然感到一种依靠，便将头埋进了他的怀里，混合淡淡烟草的清新体味充满四周，让她忍不住就哭了。

"你怎么啦？"他有些诧异地问道。

她不知道该如何回答，更加放开声哭起来。他赶紧将她紧紧抱着，一边轻声安慰着。一些路人好奇回望这对情侣，江铭只好用眼光将他们赶走。晓梅哭了一会儿停止了，抬起头来看见江铭正全神贯注看着她，忽感有些害羞，想再次把头低下去，却被江铭阻止。

"别这样好吗？不管遇到什么事，我都会在你的身边，希望你不要拒绝。"江铭说道。

晓梅赶紧点了点头。

"这些天我都快急死了，电话也不开机，再不出现，也许过几天我就去你家了。"江铭接着说道。

"我再也不这样了。"晓梅说道。

江铭笑了笑，再次将她抱着，情深所至而紧紧拥吻，夜色中有路人张望，但此刻他们已顾不了那么多了，潮水般的感觉已将他们的意识淹没。

八

忽然窗外传来俊涛和江铭的说话声，将晓梅从记忆中惊醒，她赶紧起身张望，原来他俩已经聊完了，俊涛正在送江铭回家。江铭的车就停在院子里，他健步走到车门口对俊涛说道：

"好了，你就留步吧，咱们明天会上再说。"

"好的，你路上小心。"

江铭微笑点着头，拉开车门，就在拉开车门瞬间，他忽然将头抬了下，眼神与站在窗前的晓梅相撞，晓梅心猛抖一下，赶紧闪回到屋里，关了灯，坐回到床头，看看时间已是凌晨两点。她听见汽车引擎发动的声音，接着车子启动了，缓缓行驶远了。待她再次起身到窗前，只看见远远两个即将消失的车尾灯。

不一会儿，门外传来了脚步声，是俊涛回来了。她赶紧回到床上，盖上被子，装着进入了熟睡状态。俊涛简单洗漱了一番后就上床睡了，不久就发出低沉的鼾声，这时晓梅手机短信铃响了，一个陌生的号码：

"我看见你在窗前，为什么这么忧伤？"

晓梅手一抖，赶紧将手机关了，转过身抱住熟睡中的俊涛，但俊涛依然发出有节奏的鼾声，再汹涌的心绪他也感觉不到。

晓梅不知道什么时候才睡着，梦中都是多年前的一幕幕，在那个暗无天日的地下室里，江铭没有节制地挥霍着自己的青春，当年她也许并没有感觉到多少激动，可是为何在多年后的这样一个夜晚，却有种难以节制的冲动在内心冲撞。

醒来的时候天色已经大亮，俊涛不知道什么时候已经起床了，她赶紧穿好衣服下了楼，看见俊涛正和女儿莉莉说说笑笑往外边走，见到她过来了，莉莉向她招了招手说道：

"妈妈，今天爸爸和周叔叔送我去学校，你就不要去了吧。"

莉莉嘴里的周叔叔是俊涛的司机，往日都是她带着莉莉，由周司机开着车送去学校。

"是啊，今天得提前去公司，顺便我就送莉莉去学校了。"俊涛说道。

两人说完，就说说笑笑走出去了。父女俩的关系，有时晓梅看来都有些妒忌，都说女儿是父亲前世的情人，用在俊涛和莉莉身上再合适不过了。似乎他们俩最大的乐趣就是说各自的趣事和拌嘴，然后各自得意地笑，在此时晓梅反而成了局外人，有时她会觉得，如果不是亲眼看见莉莉从自己肚子里掉下来，那莉莉一定是俊涛一个人生的。

望着他们远去的背影，晓梅站在门口发了一会儿呆，这时保姆走了过来说道：

"太太，先生和莉莉都已吃过早餐了，你现在吃吗？"

她回过神来，看着桌上的牛奶、面包和鸡蛋，赶紧点了点头走了过去。

早餐还没吃完，就响起了门铃声，这么早会有谁来呢？保姆赶紧走过去开门，她听见保姆打开门说道：

"原来是江先生，方先生刚刚出门了。"

是江铭又来了。

江铭答道："我刚给方先生电话了，他说他马上回来。"

"这事我得问下我们家的女主人。"保姆说道。

这时晓梅已经走到了门口，她瞟了江铭一眼说道：

"让他进来吧！"

江铭朝着她微微笑了一下，提着公文包走了进来，她用镇静的目光上下打量了一番江铭，江铭一身深灰色西装，头发短而平整，浑身上下透露着商界精英的干练与风度，似乎很难再从他身上找到十多年前那般的青涩。

"晓梅早！"江铭说道。

"你应该叫我方太太吧？"晓梅微笑着说道。

江铭不置可否点了点头，又说道：

"方总记性真的不大好，昨晚他说要我九点到他书房来，可这会儿他又跑公司去了。"

"那我给他打个电话！"晓梅说道。

"不用了，我已给他打过电话了，他马上就回来，我就在书房等他吧。"

江铭说着就自己往书房方向去了，晓梅说着赶紧跟上去，江铭走到书房，似乎没有一点陌生的感觉，放下包便坐到沙发上。反倒是晓梅感觉到有些不自在，不知道是该坐着还是站着。

正犹豫着，江铭已笑着抬起头望着她说道：

"晓梅，你干吗站着，也坐会儿吧！"

晓梅赶紧将眼神回过去，大声喊道：

"何妈，拿一壶茶来。"

然后小心翼翼在对面坐了下来。

"方太太，你还是老样子。"江铭说道。

"什么叫老样子，是恭维我呢，还是嘲笑我？"晓梅问道。

"方太太，你误会了，我没那么多想法。"

"还是叫我晓梅吧，啥太太长太太短的，叫着怪别扭的。"晓梅说道。

"呵呵，你说话也还是那样，就像那年第一次在西客站见到你一样，总有着脱不掉的青涩感。"

"是吗，这到底是好还是坏？"

"当然是好，在别人身上我看不到，世故与做作始终在你身上找不到，这是我一直以来最喜欢你的一点。"江铭说道。

晓梅赶紧抬起头望了望四周说道：

"你别胡说八道，这是我家。"

"这里隔音效果很好的，外边听不见，就算没关门，离客厅还有很远一段距离，俊涛跟我说的。"

"那你也不能这么说，这里是方家，我是方太太。"

"好了，好了，方太太，我都不知道该怎么称呼你了，在我眼里，你始终是那个心神不宁的小女孩，一直都是，虽然你现在女儿都七八岁了，我没感觉你和原来有什么不同，如果真说有什么不同，就是更漂亮了。"

"你别说了，我不喜欢听这些恭维的话。"

"我怎么会恭维你，我从来都没有恭维过你。"

"你应该恨我才对。"

"事情都过了这么多年了，我只希望你能幸福，如果你幸福我也就放心了。"

"是吗？也许是我想多了。"

晓梅说着，低下头喝了一口茶，头则再也没有抬起来。这时屋外传来汽车行驶的声音。

"他回来了！"晓梅说道。

"我知道，我本来就是等他的。"江铭答道。

忽然间气氛有些尴尬，晓梅抬头看见江铭将头扭到了一旁，而他端茶的手则有些微微的颤抖。不一会儿，客厅方向传来了脚步声，他赶紧将茶放下，起了身，伸了个懒腰说道：

"方总给我找了一个房子，在西直门，位置不错，环境也好，有时间可以去看看。"

"好的，有时间的话，我和俊涛一定会去探望你。"

"那一言为定啊！"

江铭说着，脸上顷刻间洋溢着温暖的笑容，就像她一直记忆中的那样。

就在这时，俊涛走进来了，他也笑着说道：

"在说什么啊？看你聊得这么开心，在门口就听见你们的笑声。"

江铭赶紧站了起来答道：

"方总，这么快就回来了，我们在聊读书时候的事。"

"哪些事啊？看你嘴都笑歪了。"

"还不是你的那些事。"晓梅答道。

"肯定在背后讲我坏话了。"

俊涛指了指晓梅说道。

"你本来就是一个坏人，能有什么好话。"

晓梅向着俊涛妩媚笑了笑，又接着说道：

"好了，不打扰你们谈正事了，我再去给你们加点茶。"

晓梅说着，端着茶壶就出去了，待她加满茶回到书房，江铭和俊涛已摊开一桌的资料，在聚精会神讨论和分析着什么。她将泡好的茶放在桌子上后，便悄悄出去了。

回到楼上，她走到镜子前仔细端详着自己。虽然已是年过三十，但是优裕的生活环境几乎让她看不出岁月的痕迹，皮肤依然是那样细嫩，面容依旧饱满，身材还是那样苗条，江铭刚才的话的确不是恭维，她明白，但是说和十八岁的年华没有区别，那肯定不会，就算容颜依旧，但是眼神抵抗不住岁月的侵袭。

她打开手机短信，查看昨夜江铭发的那条短信：我看见你在窗前，为什么这么忧伤？

这就是岁月无法掩盖的沧桑，再怎么掩饰，有心的人是一定会读懂眼睛中深藏的秘密，这也说明，她对江铭的感觉依旧在，而江铭也依然爱着她。

想到这里，她的心忽然颤了下，抬起手欲抚摸镜子中的自己，就像当年江铭抚摸自己的脸一样，那时如此仔细的端详，如此温柔的爱恋，时隔多年依旧能感觉到他手心的颤抖。

不知道过了多久，楼下院子里传来江铭和俊涛说话的声音，便赶紧走到窗前，看见俊涛和江铭一前一后钻进汽车，疾驶而去，她才叹了口气，无力地坐在沙发上。

33

第三章　局内人

一

　　俊涛驾着车和江铭一起回公司，这几天他们一直在研究房地产公司的发展方向，自金融危机后，国家加大了对基础建设的投资，房地产乘着这股东风，直上云霄，一年多的时间里，北京部分地段的房价翻了番，各种概念炒得天翻地覆，比如东五环六环外的通州地区，不到半年，房价从不到一万，直奔两万了，就是概念炒作的最佳代表。俗话说，商人都是逐利的，俊涛当然不例外，眼见一些当年的合作伙伴在这个领域赚个盆满钵满，他自然不甘落后，只是最近国家对于房地产调控的声调越来越高，又让他有些犹豫，可是拍下的地块总不能闲置，总归要想个周全点的办法。所以，这几天他一直和江铭讨论地产公司的发展方向。

　　江铭真的是没让人失望，他不仅对房地产的各种政策了如指掌，对市场的前景分析也颇有眼光，周宇之流真是没法相比。他认为，无论怎么样调控，也只是对低端市场一时的压制，特别是北京这种全国性中心城市，容量巨大，就算低端市场受到调控影响，并不会影响到高端市场，所以他强烈建议俊涛将在通州拍下的那块地，做高端的开发。在短短几天内，江铭甚至做出了一个一百多页的可行性报告，各种数据和详细分析一一列出，让俊涛极为满意。所以他们刚在书房讨论完，俊涛就迫不及待通知公司主要成员，就可行性报告进行讨论。

　　既然总裁已为江铭的可行性报告定了调，其他人也就没敢有大的反对意见，一班人也就是为一些细节问题在办公室里讨论来讨论去，一直讨论到天黑，如果不是俊涛晚上有饭局，开到半夜也是有可能的。

　　人都说俊涛是工作狂，工作起来没有白天黑夜，他常要求身边的人也和他一样，做到白加黑，五加二，当然身边的人可以庆幸的是，俊涛应酬太多，不能随时盯着他们，就像这次会议，到了下午六点，定好的饭局就要开始了，不得不结束会议，大家才暗自偷笑着回了家，只留下周宇和江铭陪同他去应酬。

今天的饭局是俊涛宴请王处长，王处长可谓是俊涛的老朋友了，在一起饭没少吃，球也没有少打，自然忙也是没少帮。虽说是老朋友，俊涛也是不敢怠慢的，不过还好，王处长出身贫寒，都是靠自己一步一个脚印走上来的，没什么架子，做什么都小心翼翼，在原则问题上还是有操守的。

王处长今天是自己开车来的，可惜不巧在饭店门口停车时，被一个二百五追了尾，把一个车尾灯给撞没了，王处长一看就来火了，刚买的新车，没开几天就给撞了，马上下了车，敲着后车的窗户问道：

"你怎么开车的？"

车里有一个人影朝他摆了摆手，就是不开车门，只是一个劲在车里忙碌着。正好这时俊涛的电话来了，问到了没，王处长就告诉他在门口车子被撞了，俊涛便赶紧出来了。

这时后边这部车的主人才摇下车窗说道：

"对不起，等我朋友来了再处理好吗？"

王处长一见这车主人，顿时声调降了不少，原来开车的是一位纤弱而楚楚动人的女人，她心神不宁而紧张地望着王处长，似乎都要哭了。男人都是怜香惜玉的，本来就没多大的事，反而弄得像男人做错了事似的。

"没事，没事，一点小问题，别紧张。"王处长安慰道。

话刚落音，俊涛已经出来了，他跑到王处长旁边问情况怎么样。王处长笑笑说没什么，就一个车灯嘛！

车内的女人看见俊涛，忽然惊呼道：

"方总，这么巧，原来是你的朋友啊？"

俊涛转过身去，一看原来是米娜。

"米娜，你怎么也在？"

王处长见状，赶紧打圆场说道：

"好了好了，都是朋友，没事了，没事了。"

俊涛赶紧将各自介绍了一番。此时的米娜，也一扫愁容，打开车门走了下来，说道：

"王处长，真的不好意思，待会儿我一定罚酒赔罪。"

"呵呵，不用了，不用了，既然是俊涛的老同学，这点小事何足挂齿。"王处长打着哈哈说道。

三人就这样一路说笑着一起步入了饭店。到了饭店里边后，米娜去了朋友的8号包厢，俊涛和王处长去了18号包厢。饭局的事都是有套路的，中国的饮食之道，也是人情融合之道，今天俊涛带江铭出来，也是帮江铭打开人脉关系，所谓人脉，圈子，社会关系，资源，一个人的能量，友谊，生意和交易，最后都绕不开饭局。饭局在中国，也是一个人的社会身份认同体系。有识之士往往能透过饭局见微知著，识人用人，洞察饮食之道里的经济利益、社会关系、人际规则和文化滋味。所谓饭局之妙，不在饭而尽在"局"——饭局千古事，得失寸唇知。

所以这次饭局，俊涛特地将江铭安排在王处长旁边，这既是看江铭的表现，也是给江铭机会，果然江铭没让人失望，比起周宇的一味献殷勤，江铭更懂得人情世故，收放自如，不一会儿就和王处长聊得非常开心。不过江铭的表现机会不长，没多久米娜就端着酒过来给王处长赔罪了。

米娜今天穿着黑色的薄纱套裙，雪肤冰骨步轻盈，性感中带着含蓄，就像美酒一般醇厚。

"王处长，今天实在是对不起，小米今天在这里先自己罚酒三杯给你赔罪了。"

米娜说着就一口气喝下三杯，看得王处长都有点不好意思了。

"来来来，小米坐，你的心意我都领了，一点小摩擦，没什么赔罪不赔罪的。"王处长说道。

周宇等人见状，马上起哄道：

"是啊，没有摩擦，哪来的高潮，今天这事算小了，要是我，一定要狠狠地把王处长的车撞一下，米娜，你说是吗？"

米娜娇嗔地望了周宇一眼说道：

"你这人就是没正经的。"

王处长忙笑着说道：

"其实今天我也是有错的，没注意看后视镜，让小米为难了，所以在这里我也敬小米一杯，以显诚意。"

王处长说着倒满一杯酒，和米娜轻轻碰杯后，一饮而尽。

也许是因为米娜的忽然加入，整个酒桌的气氛高涨，王处长是非常地尽兴，说到高兴处不禁喜形于色。

说实话，王处长并不是一个特别圆滑之人，在某些地方还有着憨厚，这也许是与他的出身有关，他在19岁考上大学之前，从未走出老家的那个县城，即使到北京读书工作后，也因为其貌不扬，出身低微而倍感自卑，故努力工作，对于今天所取得的成绩他自然是分外珍惜的。

这天的饭局结束的时候，王处长和米娜都喝醉了，王处长还好一点，米娜是烂醉如泥，周宇和江铭也是满脸通红，俊涛就让自己的司机送王处长和米娜各自回家了，至于后来的事，就看米娜自己的造化了，俊涛的任务算是在这里完成了。

二

莉莉这天在上学路上告诉俊涛，妈妈这一向脾气特别不好，没事总是教训人，有时在上学路上唠叨一路，全是鸡皮蒜毛的事。

"我看你妈是更年期提前到了，你别理她，她爱唠叨自个儿去唠叨，没人理她自己会好的。"俊涛说道。

"爸爸，什么叫更年期啊？"莉莉问道。

"就是女人由女人向老太婆过渡的过程。"俊涛说道。

"是吗？妈妈才多大，就要变老太婆了？"莉莉尖声问道。

"有些女人，不是外表变老太婆的问题，是心态，瞧你妈那唠唠叨叨的，难道不像你奶奶？"俊涛说道。

莉莉听了大笑点头道："像……像……"

此时的晓梅正在一个人逛街，忽然街上下起了小雨，她才赶紧打了一部车回家，到了小区大门口下了车，冒着细雨慢慢往家里走，走了不远就遇见了俊涛开车载着莉莉回家，车子响了几声喇叭，她才回过头来。

"下雨了，上车吧！"俊涛喊道。

"我自个儿走走，你们先回吧！"晓梅答道。

"有毛病！"

俊涛关上车窗，疾驶而去。

这个初秋的细雨，非但没有寒意，却有着丝丝的温柔，她真的喜欢这种感觉，所以才执意走路回家。

三

　　一般下午放学都是司机载着晓梅去接莉莉放学，像俊涛今天这般有空去接孩子的事，很难遇见。其实晓梅自己也有部车，是四年前她过生日时俊涛送的一部红色玛莎拉蒂，不过她不喜欢自己开车，所以车常停在车库里。第二天是周末，晓梅又像往常一样让司机载着她去接莉莉放学，到了学校门口看见莉莉正和一个高年级的男生在一起聊天，聊得特别开心，车子按了许多声喇叭都没听见，最后是晓梅走下车，大声喊道，莉莉才答应着飞奔过来。

　　"聊什么事啊？这么开心？"晓梅见莉莉坐好了问道。

　　"没啥，就是聊了一些暑假的事。"莉莉答道。

　　"那么大的男孩会是你们班的吗？"晓梅问道。

　　"不是的，但原来就认识。"莉莉答道。

　　"女孩子家的，随便和陌生男孩聊天可不好。"晓梅又说道。

　　"妈妈，我说了原来就认识的。"莉莉喊道。

　　"不是你们班的，怎么认识的？"

　　"去年我们去海南夏令营，我们是一队的。"莉莉又解释道。

　　"是吗？关系不错啊？过了一年多了，还这么热火朝天啊，我说莉莉，不要老以为你自己小，和男孩子交往可要有个度……"

　　"妈妈，我知道……"

　　"你知道，你知道个什么，我现在告诉你是为了以后少吃亏！"

　　"你有完没完啊？只不过说了几句话，有必要说这么多吗？"莉莉有些愤怒地喊道。

　　"有，怎么会没有！"晓梅也厉声回应道。

　　"还真是更年期到了！"莉莉嘀咕道。

　　"什么，更年期，你知道什么叫更年期？"

　　"就是向老太婆过渡啊！"

　　"谁说的，肯定是你爸告诉你的。"

　　"是又怎么样，难道你觉得你自己不像？"莉莉小声说道。

　　晓梅不说话了，懊恼地靠在座椅上。车子快到家的时候，忽然手机响了,她掏出手机一看,是俊涛的。

"晓梅,有个慈善晚宴,你赶紧准备一下,四十分钟后我来接你。"俊涛说道。

"四十分钟,你是让我去出丑吗?"晓梅说道。

"没关系,都是些熟人,王太太、刘太太、周太太都去了,你就随便收拾一下,我马上就回来了。"

还来不及再多说,俊涛已急忙把电话给挂了。

回到家里,晓梅把衣柜里的几件礼服翻了出来,试了试,没有一件是特别满意的,何况这衣服都穿过几次了,要是被那什么王太太、刘太太、周太太势利眼发现,肯定又要讽刺挖苦一顿,再说头发乱糟糟的,哪能去赴什么晚宴。

正在懊恼着,俊涛已经回来了,他一路跑上楼,见晓梅还穿着睡衣在那儿发呆,就问怎么回事?

"我不想去了,你是想让我出丑吗?"晓梅说道。

"又怎么啦?不就是一个晚宴,又没有要你走红地毯,也没什么媒体实况转播,只是几个夫人发起的,你怕什么?"俊涛说道。

"只是几个夫人,那几个夫人是什么人,我面子丢得起,你方俊涛丢得起吗?"

"什么丢不丢得起的,这件礼服不是去年我从纽约给你带回来的吗?还有这件是啥时了,哦!前年在巴黎定做的,哪给你丢脸了,你说啊!"俊涛拾起床上的几件礼服喊道。

"在你眼里是不丢脸,这话你跟王太太、刘太太、周太太说去,看她们什么表情,她们真正是更年期,说起话来只有更尖酸刻薄。"晓梅针锋相对道。

"不可理喻,你说你这不是更年期症状是什么?"

"哼,说我更年期,外边大把大把离更年期远着的女孩子,你去找啊!听说米娜又回来了,她肯定更年期未到,你还不赶紧去。"晓梅有些失去控制地说道。

"好了好了,你不去算了,我自然有可以带的人。"

俊涛说着就往外走,晓梅抓起一件礼服,就跟着往外走,走到楼梯口,将礼服扔了出去喊道：

"你爱带谁带谁，反正我是不去了。"

衣服扔了出去，并没有砸俊涛身上，而是砸在另外一个人身上，这个人是江铭。江铭接住了那件礼服，一脸茫然地望着她。

"别理会她，越来越情绪化了，别以为我找不到其他人了，我还有我的小公主。"

俊涛说着马上换了一个笑脸，唤道：

"莉莉，快来，跟爸爸参加晚宴去。"

莉莉没有回答，俊涛摇了摇头，跑到楼顶的阁楼，把正在设计自己魔法世界的莉莉抓了出来。

"跟爸爸参加晚宴去！"

"不，我要设计我的魔法世界！"莉莉喊道。

"你再说不，爸爸就让你的魔法世界一直停在设计图上，不给你拨款，你说怎么办？"俊涛说道。

"啊！爸爸，你也太霸道了吧！"莉莉喊道。

"不霸道，能叫爸爸吗？"俊涛笑着说道。

"可我也没有漂亮的礼服啊！"莉莉说道。

"爸爸马上带你去百货公司买。"俊涛说道。

"还是爸爸最好！"

莉莉答应着兴高采烈地随着俊涛出去了，江铭回头望了望晓梅，也转身离去，只留下委屈的晓梅站在楼梯上默默流泪。望着空荡荡的屋子，晓梅无奈转身回到了房间，倒在床上，什么也不想做，什么也不愿想，只是觉得非常的累，她都不知道自己为什么会变成这样了，到底是哪个环节出了问题，百思不得其解。

就在她迷迷糊糊将要睡去时，手机短信响了，她打开短信，是江铭发来的：

"晓梅，你不应该过这种日子。"

晓梅内心忽然抖了一下，赶紧将手机扔开。冲到卫生间里洗澡，洗了好一会儿才出来，看见扔在床头的手机短信提示又亮了，还是江铭发来的：

"我在学校门口的咖啡馆等你。"

晓梅的心像被捶了一下,她把手机扔到地上,然后掀开被子,钻了进去,仿佛只有被子是安全的,可以保护一切。但是杂乱的思绪是任何东西都抵挡不住的,愈是想让自己安静,却愈是无法抵御诱惑的侵袭。似乎有一股热潮袭来,让人在被子里无法喘过气来,而满头大汗。最后她无奈掀开被子,钻出被子,大口大口呼吸着,额头上的汗水才渐渐消失。

远处树林里传来夜莺的歌唱,婉转而动人,就像她此时的心情。她走到窗前,打开窗户,温柔的夜风飘了进来,带来初秋干草的芳香,像极了曾经的夜晚,好像那年也是初秋,江铭约她在母校门口的咖啡馆见面,喝完咖啡后,他们来到学校的操场上散步,初秋干草的芳香从远处的农田里飘来,让人在此刻感觉格外温暖、动情,江铭第一次向她表达了爱意,并深深吻了她,那种甜蜜的气息仿佛就在昨天。

晓梅悄悄穿好了衣服,来到了自家的车库,将那辆玛莎拉蒂开了出来,直接向母校方向奔去。不一会儿就到达了母校的大门口,左边有一个咖啡馆,十多年了一直在那儿,不知道见证了多少人的青春岁月。她停好车,便向咖啡馆的方向走去,还没到咖啡馆就听见江铭的声音:

"你来了,我知道你会来。"

她转过身,看见江铭已经在身后。

她无语回过身,缓慢地向前走着。江铭快速地跟上来问道:

"是去喝一杯,还是到操场上走走?"

"到操场上走走吧!"晓梅答道。

母校她已是几年没有来过了,校园的环境已经发生了很大的变化,就像是这个时代,一切都在裂变,重组,那些充满浪漫气息的黑瓦红墙教学楼早已被有着后现代气息的玻璃钢架结构建筑所代替,如果不是这个大门口的名字显示,也许和任何一所学校都没有什么区别,幸好还有熟悉的气息,青涩的味道,还有身边的这个曾经青涩,而如今心机重重的男人。

"你为什么要叫我出来?"晓梅问道。

"我觉得你不大快乐!"江铭答道。

"这不是你所希望看到的吗?"

"没有,晓梅,你别总那么敏感,我也是希望你能幸福。"

"我很好,谢谢!"

"我希望你说的是真话。"

晓梅低下头，没有回答，走了一会儿她问道：

"你这次回来到底想干什么？"

"我没有想回来，是俊涛三番五次邀请我回来的，我没什么其他意思。能够再次看见你我很高兴。"江铭答道。

"你不要对俊涛有什么企图！"晓梅说道。

"怎么可能，晓梅，你将我想得太复杂了。"

"那就好！"

他们就这样有一句没一句地聊着，然后顺着操场走了一圈又一圈。到了后来，晓梅走不动了，想坐下来休息一下，江铭建议到咖啡馆坐一下，喝一杯。晓梅抬起手看时间说道：

"时间不早了，我该回去了！"

"难道你就不想了解这些年我在做什么，过得好不好？"江铭问道。

"我知道，俊涛都和我说过了，说你过得不错，未婚妻现在在国外进修，很快要结婚了。"晓梅答道。

"不，我没那么快乐，我始终都在想念你！"江铭说道。

晓梅沉默了一下，答道：

"现在说这个已没有意义了，谢谢你今晚陪我聊这么久，我真的该走了。"

晓梅说完就匆匆往前走。

"晓梅，我……"江铭边走边说道。

"别说了，我不想再听了。"

晓梅说着快速奔跑到车旁，钻进车内启动了引擎，擦拭了一下面容，离去，在后视镜里看见江铭一直站在路边，直到在视野中消失。

晓梅开着车在夜色中乱串着，也许是因为在夜里很少开车，或是周边环境变化太大，慌乱中走错了路，走了好一会儿，她才将车停下，梳理梳理情绪，发现已是满头大汗，好不容易将心绪整理完毕，将GPS打开，重新找回了路，上了西四环，向家的方向飞奔而去。

回到家门口，停好车，抬头看见卧室的灯是亮着的，难道俊涛已经回来了？那待会儿该怎么解释自己今晚的事？

晓梅怀着忐忑的心情上了楼，轻轻推开房门，看见俊涛穿着睡衣坐在沙发上喝茶。听见推门的声音，他赶紧抬起头，用低沉的声音问道：

"你回来了？"

"是啊！"晓梅有些慌乱地答道。

"还在生我气吗？"

俊涛的语调温柔得有些令人意外。

"哦！没有。"

晓梅一边换衣服，一边答道。

"晓梅，我们聊聊好吗？"俊涛说道。

晓梅点了点头，换好了睡衣坐在沙发前。

"今天的事，我们都有些不对，特别是当着江铭的面，我没给你面子，江铭是我们的介绍人，我们这么吵，不也是给人家难堪吗？在路上我问了问江铭，他说我们真是应该好好沟通一下。"俊涛说道。

"江铭今天也去参加晚宴了吗？"晓梅问道。

"没有，他只是陪我办事去了，后来他就回家了。"俊涛答道。

"你就不问问我去哪儿了？"晓梅问道。

"那你去哪儿了？"俊涛忽若有所思地问道。

"我回学校的操场上坐了一会儿。"晓梅答道。

"晓梅，对不起，很多时候我忽视了你的感受，也许我们缺乏沟通，而导致了现在这种状况，我知道你是怀念当年的岁月，才去了学校，那个时候我们是很快乐的。其实很多时候你也不应该对我大喊大叫，我事情多，有时也难免心烦，所以就会出现争吵的情况，其实在那种情况下你说我们是不是该各自退一步？"

晓梅没有说话，只是点了点头。俊涛轻轻抓住她的手说道：

"我就喜欢你安静的样子。"

晓梅笑了笑道：

"我不是一直都很安静吗？"

"不，有时会有些更年期症状。"俊涛答道。

晓梅赶忙在俊涛身上捶了一下，娇媚地说道：

"讨厌！"

却措手不及被俊涛一把抱住说道：

"怎么？刚表扬你就尾巴翘天上去了？"

"谁尾巴翘天上去了？你这人真是的。"

晓梅顺势将头埋在俊涛怀里。

"呵呵，是我尾巴现在翘天上去了。"

俊涛说着将晓梅整个抱起倒在床上，窗外的风再一次将窗帘悄悄撩起，在屋内四处游荡着，然后轻轻抚摸着这对火热的身体，似乎要在这热烈的时刻加一把油。但是在这激情的巅峰过去后，俊涛马上就陷入疲劳状态中，迷迷糊糊将要睡去。晓梅赶紧推了推他说道：

"老公，你知道后天是什么日子吗？"

"什么日子？"俊涛迷迷糊糊问道。

"我们结婚纪念日啊！"晓梅说道。

"那得好好庆祝一下！"俊涛继续迷迷糊糊答道。

"去年和前年你都不在家，今年一定要记得……"

俊涛嗯嗯了两声，终于没有了声息，只剩下晓梅还在暗自兴奋地规划后天的结婚纪念日，一边自言自语说着什么，又紧紧抱着俊涛，害怕这失而复得的幸福转眼消逝。

四

俊涛是个急性子的人，什么事都要求严、快、好，这当然给手下人增加了很大的压力，比如这次方信地产的第一个项目——方信都市绿洲，俊涛就要求在明年初一定要开工，大家都觉得不可能，但他就死不松口，连江铭都劝他不要这么着急，前期工作一定要扎实，现在还在进行项目投资详细科研测算和编制可研报告，后边还有发改委、建委、首规委及各专业局的对科研报告的审查，两委会签什么的，这个流程走下来也少不了一两个月，这还是快的，后边还有规划局、土地局、房管局、园林局等等什么局走流程，谁也不能保证这一路顺利，就算只花上一两个月的时间，没有人来找碴，办完了这些事，还有项目的整体设计和规划，这都是需要时间的，最后这些问题都解决了，还有拆迁，这都是需要花时间和精力的，谁都不是铁打的。

俊涛听了这些话，自然是老大不高兴，为此差点和江铭吵了起来，他认为，各个流程走完是需要时间，可为什么要做完这一步，又再走下一步，为什么不能各项工作同时展开，江铭告诉他，这事是需要财力和人力的。

　　俊涛听后大笑三声，钱不是问题，集团公司财务总监于崇暂调到地产公司，协助江铭开展工作，其他的人，江铭需要谁，向俊涛开口就是，内部没这个人，到外边去找，去挖，只要江铭觉得值，给多少都值得。

　　于崇是方信的财务总监，年龄和俊涛、江铭差不多大，这年龄到哪里都是年轻有为，但是方信的总裁才33岁，所以于崇这般年纪坐上这个位置也不算什么了，其实于崇还有一个身份，就是俊涛的表妹夫，也就说于崇的岳母是俊涛的姑妈。于崇也算是名牌大学毕业的财经学硕士，但怎么看都有点像未成熟的大男孩，中等个子，圆圆的脸上架着一副黑框眼镜，说起足球就眉飞色舞，乍一看还以为是一位大学生，岂知他已是四岁男孩的爹。

　　大家都在背后说，于崇能当上财务总监靠的是老婆，但是没人会想一想，于崇虽然大的本事没有，可他最听老婆话，最听俊涛的话，所以于崇说出来的话，就是俊涛的话。

　　于崇第二天就搬了东西来到了江铭对面的办公室，只要江铭一打开门就可以看见于崇在忙碌着什么，这个时候，于崇就会对着他笑笑或招招手，让江铭觉得于崇就像是俊涛派来监视他的。其实地产公司刚起步，没有在外边租用写字楼，和集团公司相隔不过是楼上楼下的，完全没必要跟得这么紧。

　　从那以后，俊涛和江铭谈什么事，都要唤上于崇。

　　也许是因为地产公司的各项工作刚起步，太多的事情俊涛事必躬亲，什么这个委的，那个局的，都是俊涛带着江铭在跑，毕竟江铭回来时间不长，对这边的关系还不熟络，还有各种应酬，也是俊涛在唱主角。

　　这天俊涛又来到了江铭的办公室，不知道于崇不见了，就可研报告的部分细节进行修改，忽然江铭说晚上约了陈处长一起吃饭，也好和陈处长打听一下可研报告还有哪些不妥之处，陈处长还专门问方总能不能来。俊涛听后皱了下眉头，摇摇头说道：

　　"你告诉他今天不行，我和他下次再约吧！"

　　"你今天另有应酬吧？"江铭问道。

　　"也不是，今天是我和晓梅的结婚纪念日，我答应了要回去的。"俊涛答道。

"哦！真的啊？多少年了？"江铭笑着问道。

"八年了啊，一转眼就老夫老妻了。"俊涛答道。

"八年算什么，要天长地久啊！今天该送九百九十九朵玫瑰吧？"江铭哈哈笑着说道。

"哪来这么多浪漫，工作的事还忙不过来，我买了条项链，结了婚的女人都是需要实际的东西。不说这些了，我们还是先讨论报告，还有三个小时下班，我们得抓紧时间。"俊涛说道。

"行，咱们就别弄得这么死板，咱们去沙发上边喝茶边讨论吧，昨有朋友送我的金骏眉，一起尝尝？"江铭问道。

"行！"

喜欢品茶的俊涛，听说有名茶，自然是非常高兴，赶紧搬着可研报告坐到沙发上。待江铭泡好茶后，两人才投入地就可研报告的细节进行讨论。

俊涛六点钟自己开着车准时离开了公司回家，可巧遇上了晚高峰，车子开得比蜗牛还慢，最后不知道是前面啥车发生了追尾还是怎么着，反正就停在那里不动，俊涛看了看手表，已经六点四十了，说七点钟到家，是不可能了，便给晓梅打了一个电话，说遇上了堵车，可能要稍晚点到家，晓梅在电话里温柔地说没事，注意安全，她和莉莉在家里等他。

放下电话，俊涛不禁打了个哈欠，一股倦意涌上头，他赶紧用手揉了揉眼睛，这时车流忽然松动了，在缓缓地向前移动。他又禁不住连续打了几个哈欠，可能是近来太辛苦了，几个项目同时开始，尤其是地产公司的事，特别让人操心。但想起几年前，他刚接手公司的事，压力比现在大得多，也没有感觉怎么疲倦过，可能是因为开始老了吧。

很快，车流就通畅了，可俊涛不知道怎么弄的，倦意越来越浓了，倦到几乎抬不起头，眼睛都睁不开的地步，便赶紧将车停在了路边，将座位倒下，稍微歇息一下。谁知这一歇息，天色就完全黑了，睁开眼睛已将近十点了。

五

晓梅在皇冠饭店订了非常丰盛的法国菜，准备好蜡烛等待俊涛回来，记得上次吃烛光餐，莉莉还不会说话，而今莉莉已经这么大了，她高兴得上蹿下跳，穿着早几天在燕莎买的去参加晚宴的礼服，恨不能马上就将所有蜡烛点燃。

晓梅为了今天的晚餐，也特地选购了一件香奈儿银色礼服，坐在餐桌前等俊涛回来，七点半的时候，莉莉就忍不住了，直嚷着要吃最喜欢的煎鹅肝，晓梅笑着让丽丽再等等，然后拨通了俊涛的电话，谁知电话是通了，但一直没人接听。晓梅收起了笑容，坐在桌前，茫然地看着一桌子由银色餐具盛着的美味菜肴。

"妈妈，怎么啦？"莉莉忽见晓梅神情落寞问道。

"没什么，爸爸也许还有点事，我们再等等。"晓梅答道。

莉莉翘了翘嘴，不再说话。

过了十分钟，再打电话，依然还是没有人接听。晓梅面上渐渐露出不耐烦的表情，接着再连续拨打，都是无人接听。

"死到哪里去了，也该有个通知啊！"

八点多的时候，晓梅再也忍不住了，对着坐在旁边的莉莉说道：

"我们不等你爸爸了，吃吧！"

"可我还想等！"莉莉说道。

"他不会回来了，他事情多，我们吃吧！"

晓梅说着，切了一大块鹅肝放到莉莉的盘子里，切了一小块放在自己的盘子里，还有那瓶1982年的拉菲，晓梅打开给自己斟了满满一杯子。给丽丽倒了一杯橙汁。

"祝我们快乐吧！"

晓梅端起酒杯和莉莉碰了碰杯说道。

"谢谢妈妈，祝妈妈快乐，永葆青春。"莉莉说道。

晓梅笑了笑，端起酒杯，一饮而尽。然后又给自己斟满了一杯，端起一口喝光。

"妈妈，别老喝酒，吃点菜吧！"

莉莉说着给妈妈舀了一瓢鱼子酱。

"谢谢！"

晓梅吃了一小口鱼子酱，忽然眼泪就忍不住掉了下来。莉莉也不再说话了，一边安静地吃着菜，一边偷偷望着她。

吃了没多久，莉莉放下了刀叉说道：

"妈妈，我吃饱了。"

"吃饱了去房间休息吧，记得把作业做完。"晓梅说道。

"好的，妈妈，你也早点休息吧！"

晓梅点了点头，然后抱着莉莉亲了一下，道了晚安，莉莉像一只蝴蝶般飞上了楼。

望着空荡荡的一桌子菜，晓梅眼泪忽然又掉了下来，她拿过酒瓶，将剩下的酒斟满杯子，大口大口喝着，喝着喝着就呛住了，她扔掉酒杯，趴在桌子上大声哭了起来。但是这安静的屋子里，没有人来安慰她，连保姆也躲得远远的。

哭了一会儿，她觉得累了，又掏出电话，拨通了俊涛的电话，依然是无人接听。

忽然间她有些担心，转而打了周宇的电话。周宇告诉她，下午俊涛是和江铭在一起的，晓梅赶紧又拨通了江铭电话，但是也没人接电话。

他们究竟干什么去了？

晓梅正在思索着再给谁打电话时，手机忽然响了，是江铭打过来的。电话接通后，她听见了电话那头的歌舞升平。

"晓梅，不好意思，刚才我没听见电话响。"江铭说道。

"江铭，俊涛和你在一起吗？"晓梅问道。

"没有啊？"江铭答道。

"你知道他到哪去了吗？我打他的电话一直没人接听。"

"我不知道，六点多我们就分开了，电话没人接听很正常的，别那么担心，有时应酬的时候很吵很闹的，刚才我没听见铃声，所以也没接到你电话的。"江铭说道。

"那好，不打扰你了。"晓梅说着将电话挂了。

晓梅站了起来，欲往房间去，发现头晕得厉害，只好在楼梯口稳了一会儿，才摇摇晃晃上了楼，进了房间，忽然被裙摆绊住脚，重心不稳一个趔趄摔倒在地上。虽然地上铺着厚厚的羊毛地毯，但她还是痛了，只是更多在心里。她忽感觉全身无力，便躺在了地毯上没有起来，这时手机短信响了，她打开看见是江铭发过来的：

"晓梅，你不应该过这种日子。"

晓梅回过短信道：

"还好！"

接着江铭又发来短信说道：

"我已经出来了，在学校的大操场散步，我能在那里等你吗？我想你！"

晓梅将手机扔到一边，躺在地上茫然地看着天花板，忽然想起多年前也是这么躺着，但是在学校大操场上的草地上，抬头看见的都是星星，当时身边还有俊涛和江铭，也许还有媛媛、周宇，那时为什么没有现在这么多烦恼。她喜欢那时的感觉，纯洁，简单，日子像流水一般平淡，但心中却是温暖充满希望的。

想到这里，她摇摇晃晃站了起来，来到窗前，推开窗，抬头看着夜空，似乎这么多年来，也没有当年那么美丽的星空了，不知道是心情的改变，还是环境的变化。夜里的风吹来，冰凉惬意，让她的酒醒了不少，她忽然有个冲动，再一次去学校的大操场。

想到这里，她赶紧洗了个澡，换好衣服，开着车出了门。很快便到了学校的大门口，她将车子停好，刚走进大门，手机便响了，是江铭的。

"我看见你了，抬起头来就可以看见我。"

她马上抬起头，他真的就在前方，穿着一件白色的衬衫，在夜风中轻轻飘动着，就像第一次见到的他，在西客站，他也是穿着一件白衬衫，走在她的前边，和父亲不停交谈着，他不时地回过头来，眼神中带着暧昧，可她当时感觉不到，而今天再回忆起，连这件白衬衫也带着暧昧，就像当年的气息，白衬衫下的气息，青涩、清新却浓烈。

"我们是在这走走，还是去咖啡馆坐一下？"江铭问道。

"我们去咖啡馆坐一会儿吧！"晓梅答道。

江铭点了点头，便转身带着她往咖啡馆方向而去。咖啡馆在离校门不远处，存在有十多年了，当年他们也总是在这里聚会，很多年没有来了，虽然装修得更为雅致，更有情调了，但依然还是那种感觉。里面始终是淡淡的暗黄色调，有时晚上会有乐队驻唱，说是咖啡馆，其实到了晚上更有点Bar的感觉。

很巧，今天不是周末，但也有乐队和歌手在驻唱，唱的都是校园风格的老歌曲，比如《一条路》《光阴的故事》《爱的代价》等。中间有个空地，有时会有一些男女随着音乐跳一曲。

"喝点咖啡还是啤酒？"江铭问道。

"随便吧！"晓梅答道。

"那喝点酒，好吗？"江铭说道。

晓梅点了点头。

一大罐扎啤上来，江铭给两人都倒满了一大杯，晓梅没有拒绝就将一大杯喝了下去。让江铭大吃一惊。

"晓梅，我知道你心里不舒服，有什么话就说出来，别这么折磨自己。"江铭说道。

"没什么的，就是空虚！"晓梅笑笑说道。

这时驻唱的男歌手唱起了一首崔健的老歌《浪子归》：

"又推开这扇篱笆小门，

今天我归回。

不见妈妈往日泪水，

不认我小妹妹。

昨日我藏着十二个心愿，

……"

"我一直特别喜欢这首歌，能陪我跳一曲吗？"江铭说道。

晓梅点了点头，江铭赶紧伸出手牵着她的手来到舞池中央。

男歌手继续在唱着：

"面对着镜子我偷偷地窥，

岁月已上眉。

不忍再看见镜中的我，

过去已破碎。

妹妹叫我一声哥哥，
我却不回头。
不知是否她已经看见，
我满脸的泪水。
……"

江铭不由自主将晓梅轻轻抱住，晓梅想把他推开，却发现自己全身已无力，而江铭却越抱越紧，晓梅闻见他身上的气息，曾经是那么熟悉，在记忆中是青春的味道。一曲歌罢，江铭依然没有放手。

"完了，松开吧！"晓梅说道。

这时江铭才缓缓松开了手，在他抬起头的那一瞬间，晓梅看见他眼中有晶莹的东西在闪烁。突然，晓梅手机响了，是俊涛打来的。

"晓梅，你在哪里？"俊涛问道。

"我在哪里你管得着吗？"

晓梅说完就将电话挂了。

"我想我应该回去了。"晓梅收起电话说道。

"好，我也走了！"江铭说道。

江铭答应着，收拾完桌上的东西，往外走，晓梅跟在后边。这时驻唱乐队中，一位女歌手走上前，开始为大家演唱歌曲，开口唱的是一首校园民谣的经典之作《白衣飘飘的年代》：

"当秋风停在了你的发梢
在红红的夕阳肩上
你注视着树叶清晰的脉搏
她翩翩的应声而落
你沉默倾听着那一声驼铃
像一封古早的信
……"

屋外的风更大了，似乎有了些寒意，晓梅不禁裹紧了外套。她看着走在前边的江铭，依然穿着那件白衬衫，在夜风中走着，似乎孤独而冷清。她赶紧追了上去，问道：

"你的车停在哪儿？"

"我没有开车来,我打个车回去。"江铭答道。

"哦!"

女歌手的声音从屋内飘了出来:

"在这夜凉如水的路口

那唱歌的少年已不在风里面

你还在怀念那

一片白衣飘飘的年代

……"

"再见了!"江铭挥手说道。

"再见!"

晓梅也挥了挥手转身向车子走去,忽然她又转过身对江铭说道:

"我送你回去吧,夜里车子不好打。"

江铭笑着点点头上了车。

虽然夜色已晚,但路上的车依然不少,两人在车上一路无语,晓梅打开电台,欢快的乐曲似乎冲淡了刚才的忧伤。江铭开始说话了:

"你怎么不问问我怎么走,就将车子开得这么快。"

"我知道的。"晓梅答道。

其实从那天江铭告诉她住在西直门,晓梅心里就明白了他住在哪里,因为那是当年新婚时,俊涛父母送给他们的婚房,房子不大,大概一百二十平米,她和俊涛在那里住了四年,四年后,他们才搬到现在的别墅里。既然是熟门熟路,晓梅也没什么好问的了,一直将江铭送到楼下。

"是这里吗?"晓梅问道。

"嗯!"江铭点了点头。

"那,再见吧!"晓梅说道。

江铭打开车门,走了下去,走了一半,他忽然又转过身来说道:

"晚安,晓梅,我会想你的。"

"谢谢,晚安!"

晓梅转过头,又发现他的眼中有类似晶莹的东西在闪烁,那屋外的冷风吹着他的白衬衫,如同记忆中的岁月,在夜色中飘零。她马上又于心不忍地喊了一声:

"江铭！"

江铭停住了，回过身握住她的手，放在了他的胸前，她感觉到他的心在剧烈地跳动，然后他又将她的手放在了唇前，一股温柔的热息犹如来电般充满了她的全身，这时江铭一把抱住了她，将她放在怀里热烈拥吻着。

"再陪陪我好吗？"江铭说道。

事情发生到了这一步，晓梅已经没有了拒绝的能力，也许是当时的气氛，回忆和酒精的作用让她急不可待停好车，随着江铭上了楼。

到了屋里，两人再一次热烈拥吻在一起，从门口到沙发上，再从沙发到卧室。虽然离开这里已经五年了，但是这里的摆设并没有大的变化，当年这里的布置和家具都是晓梅一手操办的，家具是她从宜家亲自挑选的，她喜欢那种温暖中带着浪漫的北欧情调。四年后他们搬到了现在住的别墅，从装修到家具、布置，都是按照俊涛的意思在做，虽然也是欧式装修，却是具有贵族气质的巴洛克式风格，家具定制于意大利品牌阿列维，整体高贵、端庄、奢华，但晓梅并不喜欢，她总是怀念这套在西直门的小房子，温馨，具有情调。

江铭的气息已经包围了晓梅，让她的记忆似乎又回到了多年前，在暗无天日的地下室里，江铭总是在发泄着自己多余的精力，开始的时候，晓梅有点不喜欢，但是她慢慢喜欢上了这种感觉，就是有些粗鲁、狂野的爱，江铭从外表上看，似乎是一个斯文，带有些书卷气的男人，可是在这个时候却丝毫感觉不到他的斯文，那些来自山野的气息似乎始终在告诉她他的出身，她喜欢闻他身上的气息，特别是流汗的时候，是青春期才有的雄性荷尔蒙气息。

晓梅很惊讶，时隔多年，为什么他身上还有这种气息，也许这不仅仅只是青春期男性才有的气息，至少她在俊涛身上从未闻见过，从十多年前刚认识俊涛开始，他身上永远都是淡淡的古龙水气息。

晓梅和江铭已经热烈拥吻十多分钟了，从屋外到屋内，再到床上，几乎到了窒息的地步才停止。

"我爱你！"江铭喘着气说道。

晓梅没有回答，只是紧紧抱着他，望着他，这么多年了，不得不说他的变化很大，成熟了，沧桑了，但是有些感觉依然在，不是容貌，而是内在的。

江铭撩了撩她的头发，然后手顺势而下，抚摸着她的脸庞，再是脖子，再往下缓缓解开了她的衣服扣子,到了最后坦诚相见时,江铭再一次紧紧抱住了她,汹涌的潮水夹带着巨浪彻底将她吞噬在欲望的海洋中。

六

晓梅是突然被惊醒的,醒来的时候都有些分不清身在何处,此时的她躺在新婚时睡的床上,身边却是另外一个男人。她坐了起来,透过屋外的路灯,看见屋内的布置,才想起刚才发生的一切。

"我这是怎么啦?"她在内心自问道。

江铭听见了动静,赶紧打开了床头灯,也坐了起来问道:

"怎么啦?"

"不,我该回去了!"

晓梅说着赶紧起身穿衣服,然后在客厅寻找到了自己的手提包,头也没回地匆匆离去了。江铭自始至终都没有再说话,只是坐在那儿望着她,直到她离去,才叹了口气,重新躺下,回忆起当年最后的一次缠绵。

那好像是在一个夏天,他下班回到家,就似乎闻到了一丝不一样的气息,屋里开着灯,却是静悄悄的,桌上空空如也,而平时都是晓梅做好晚饭,开着音乐在等他。

他环顾了一周,看见晓梅悄无声息躺在床上,是一个很小的床,远没有现在这么宽大柔软,他赶忙走了过去,问道:

"你怎么啦?"

晓梅似乎突然被唤醒了般,立马坐起,挤出些许笑容答道:

"没什么,刚在想事呢!"

"想什么事啊?"

"没事,没事,工作上的事。我做饭去了。"

晓梅说着就往屋外的公共厨房走去。

江铭瞧着不对劲,赶紧跟上去拉住她道:

"你是累了吧,先歇着,我去做吧!"

江铭抢过晓梅手上的炊具和食材说道。

晓梅没有反对,她"嗯"了声,便停止了脚步。

江铭来到公共厨房，厨房里做饭的人都已离去，垃圾遍地，一片狼藉。他稍作了清理后淘米煮饭，接着开始切菜。过了一会儿，晓梅来了，帮着他洗菜。江铭瞧了瞧她，见面色有些灰暗，问她是不是不舒服。她也只是摇摇头，没有回答。

　　女孩子有时闹闹情绪是正常的，他没再多想，继续切菜。这时晓梅开始说话了。

　　"江铭，他回来了。"晓梅说道。

　　"谁？"江铭忙停下来问道。

　　"俊涛！"晓梅小声说道。

　　他没再继续问，只是低着头切菜，突然不小心切着了手指，一股股红的血从伤口涌出，晓梅赶紧回屋拿了创可贴给贴上，劝他先回屋休息。很快饭菜就做好了，两人又无声坐在一起吃饭，晓梅问他工作上的事，江铭随便应付几句，胡乱吃了饭。饭后他坐在床头看电视，晓梅悄无声息地在收拾着，空气中弥漫着一种难堪的气氛。

　　他多么希望晓梅在此时能意志坚定地对他说，我和他不再可能了，我爱的永远只有你。但她没这么说，只是沉默着，沉默得让人感到是风雨欲来的前奏。晓梅收拾完了，又开始拖地板，进进出出，晃来晃去让人心情极度烦躁。他终于忍不住了，对她说道：

　　"别忙了，坐一会儿，咱们聊聊。"

　　晓梅"嗯"了声，放下手上的活，坐在了江铭身边。他转过头望着晓梅，这张美丽而青春的脸庞似乎比四年前更迷人了，他自己也不明白，为什么这么的迷恋。

　　"他来找过你吗？"他问道。

　　晓梅无声地点了点头。

　　"你打算怎么办？"他继续问道。

　　"我……不知道。"

　　这就是他所得到的答案，他明白这几个字里边的全部含意，面对俊涛，他和她的防线都在迅速崩溃。

　　这天夜里他始终睡不着，想着过往岁月，就算是再艰苦都熬过来了，可现在怎么觉得怎么也过不去，这漫漫长夜何时才是尽头，忍不住眼泪就掉了下来。在黑暗中,他也听见了晓梅在轻轻地叹息,便伸出双臂将她紧紧抱住。

"不要离开我,好吗?我求你了。"江铭说道。

晓梅没有回答,江铭感到一阵绝望,试图更紧地抱住她,这时他明显感到她全身在颤抖,他伸出手去摸她的脸,发现她也已是泪流满面。

"别这样,别这样,我不逼你了。"江铭说道。

晓梅抬头望着他,眼神中满是倦意,让他倍觉怜惜,不由自主开始吻她,渐渐欲望又如潮水般涌来,两人在狭小的床上开始缠绵,喘息,直到精疲力竭。

七

晓梅驾着车回到家的时候,已是午夜时分,庭院里已是静悄悄,她停好车,悄悄上了楼,房间里开着微弱的夜灯,俊涛躺在床上已经睡了。听见晓梅回来的动静,俊涛翻了一个身,没有说话,晓梅赶紧去洗了个澡,换好睡衣躺到了床上,忽然间她对俊涛产生了些愧意,便轻轻抱住他,想和他说点什么。

"俊涛,我……"

"时间不早了,明天再说吧。"

俊涛说着又翻了个身,再也没有回音。留下晓梅独自在黑暗中翻来覆去,到了黎明时分才渐渐睡去,在梦中,她梦见自己站在高山之巅,任由狂风吹拂,远处有人在呼喊她的名字,回头却只见漫漫雾色,却不知人在何处,忽然一个人从中窜出来,将她用力一推,她一声惊叫,掉下了悬崖。

"啊!"

她尖叫一声醒来了,此时天已大亮,枕边已是空空如也,俊涛早已起床离去。她抹了抹额头上的汗,回忆起梦中的最后的那张脸,似乎像俊涛,但又有些像江铭,这样的梦到底代表着什么,她不知道。

这时门外响起了敲门声,是女儿推门进来了。

"妈妈,我都要上课了,你怎么还没起来?"

"哦!"

晓梅答应着赶紧起床洗漱。

"看见你爸爸没有？"

"他刚走，说有个重要的会议要开。"莉莉答道。

"他没说什么其他话吗？"晓梅继续问道。

"没有！"

晓梅没再多问，洗漱穿戴完毕，将女儿送到学校回来，又开始重复多年来每天做的事，无非是安排保姆的工作，然后自己收拾一下，事情不多，很快又闲下来了，想起昨天晚上发生的事，瞬间又心神不宁。想了很久，她决定约媛媛出来聊聊。可是媛媛身份已是今非昔比了，她已是国际著名时尚杂志《Style》简体中文版的执行主编，在同学里算自力更生的女强人典范。

媛媛接到晓梅电话的时候，正在上海浦东国际机场候机，听到晓梅急切的口气笑着说道：

"又有啥心事，好好的富家少奶奶生活，别人求都求不来，一天到晚瞎哀愁个啥啊？"

"真是有心事！"晓梅答道。

"好了好了，我待会儿就上飞机了，中午咱们一起吃饭吧，我还给你带了礼物。"媛媛说道。

约好了时间和地点，晓梅挂了电话。媛媛比晓梅大一岁，但到现在还没有结婚，人称"齐天大剩"。虽然三十多岁了终身大事还没着落，可媛媛照样日子过得精彩，每次见到她，晓梅心情就舒坦不少。

中午见到媛媛时，与早前相比，媛媛又换了一个新的造型，由先前的拉丁风情，变成了波希米亚风格，正所谓越活越精彩。为了见这位时尚界的精英，晓梅特别装扮一新，但是这身休闲的装扮还是遭到了媛媛的批判。

"你怎么老将自己往家庭主妇身上整，可惜了这天生丽质。"媛媛说道。

"现在不是主妇是什么，就算不是，也快了！"晓梅答道。

"哎呦，我的方太太，你可不是一般的家庭主妇，你是方太太，你看我给你带的什么，限量版的哦！"

媛媛说着拿出一个包，晓梅接过包，看了一下，淡淡笑着说道：

"谢谢，我非常喜欢。"

"什么啊，你这表情分明是不稀罕吗？"媛媛说道。

"媛媛，我真不是这意思。"晓梅解释道。

"好了，逗你玩的，方俊涛的太太看见啥都应该这种表情。说吧，又有什么心事了？"

"江铭回来了，你知道吗？"

"知道，我怎么会不知道，早前俊涛为江铭准备的欢迎晚宴，我还参加了，怎么你也见着他了？"

"是啊，俊涛带他到了家里，我真的不知道该怎么面对。"晓梅答道。

"事情都过去这么多年了，该怎么面对，就怎么面对吧，这有什么大不了的。"媛媛说道。

"你说我和江铭当年的事，俊涛知道吗？"晓梅问道。

"除了我，没人知道的，虽然也有人找我打听过，我都说是没影的事，谁会放着高富帅不要，去找一个……一个……其实江铭也算不错，就是和俊涛比起来，差了些。"媛媛说道。

"谁找你打听过？"晓梅有些紧张地问道。

"还不是周宇，他那人别理他，他是当年想追我，没话找话说。"

"哦！"

"你就这事找我？"媛媛问道。

"不是，人家也是想见见你嘛！"晓梅答道。

"瞧你这魂不守舍的样子，肯定不是为了见我，是不是因为见到了江铭，还有感觉？"媛媛问道。

"我不知道，我这几天心里特别乱。"晓梅说道。

媛媛听完晓梅的话，大吃一惊，赶紧握住晓梅的手说道：

"我说晓梅，你可不能犯糊涂，俊涛那么好的人，你可不能做对不起他的事，嫁给俊涛这样的青年才俊是别人烧几辈子香也换不来的福气，你可得珍惜。"

晓梅吓了一跳，赶紧将手抽了回来答道：

"瞧你神情夸张的，好像谁做了对不起俊涛的事。"

媛媛不好意思笑了笑又说道：

"我是害怕你做错事啊，你的心思我还是能了解一些的，我可得告诉你啊，当年我也是俊涛的粉丝啊，你如果有什么对不起俊涛的，我可要去追求俊涛了啊！"

"去你的，小样，一点都没得正经的。"

晓梅话虽这么说，但心里却七上八下，她今天所拥有的一切，和她家里所拥有的一切，都是俊涛给予的，她怎么能不珍惜。可是她没有料到，再次与江铭相见，感觉会依然那么强烈，甚至超过了当年，这让她感到非常害怕。

可是越害怕的事，越是要发生，就在她回去的路上，江铭的短信来了：

"晓梅，我想你了，我怀念昨晚的一切。"

晓梅将车停在路边，回复道：

"对不起，昨晚是个误会，以后我们不要再见了。"

短信发出去，晓梅没有马上启动车子，而是坐在那等候回复，等了五六分钟，江铭并没有回复过来，她忽然又有点淡淡的失望，这个时候，有警察过来敲窗道：

"这位女士，不好意思，这里不能停车。"

她赶紧点了点头，将车开走，走了不一会儿，短信忽然响了。她赶忙又将手机拿出来，是江铭的回复：

"无论何时何地，我都尊重你的选择。"

晓梅放下手机，忽然大脑一片空白，开着车直往前冲，直到撞上了前车的车尾，她才忽然惊醒，赶忙急刹车，前边那辆现代车的车主已下来走到了她的车窗前，而她依然惊魂未定。

八

那次追尾过后一个月，晓梅一直没开车，一是车子拖去维修了，维修的费用可以买一辆新的现代车了；二是她一直惊魂未定，情绪似乎陷入了恶性循环，再一次陷入了更为可怕的更年期状态中。她没事就去找俊涛吵架，和莉莉生闷气，父女俩一看见她都赶紧躲。甚至连莉莉都不愿她接送了，早上就随着父亲的车子出去，晚上没有办法才让晓梅去接她，在车上，少不了晓梅的一番数落。

江铭也很少见了，有一次她看见他在门口与俊涛告别，远远看见晓梅，只是礼节性地点点头。

她和俊涛之间的关系，似乎再一次陷入了低谷，甚至比原来更差，如果说原来只是因为俊涛太忙而缺乏交流，而今他似乎面对面也懒得说话了，因为说不了两句就会吵，所以俊涛干脆冷处理，每天板着脸相对，冷漠到如同一块冰。

这样的日子让晓梅几乎快崩溃，每天到了他们父女俩走后，她便去院子里走走，渐渐的，深秋到了，院子里种的银杏树叶落了一地，金黄的铺了一地，非常美丽。

这天下午，她又坐在院子里晒太阳，看落叶，忽然门外有车驶了过来，听声音，知道是俊涛回来了，她没有动，反正最近随便什么样，俊涛也不会多看几眼。但是车子开进来，打开车门，除了俊涛，意外的还有江铭。

难得俊涛下车后对她笑了笑说道：

"江铭来了，准备点好茶吧！"

晓梅木然地转过头，看了看江铭，江铭有点难堪地朝她点了点头说道：

"呵呵，不要这么客气，随便就好。"

晓梅没有说话，只是点了点头，赶紧回了屋里。当她路过一面镜子时，忽然吓了一跳，她从未看见过自己如此苍白邋遢，而且是在曾经爱过她的两个男人面前。便匆忙上楼去化妆换衣服，待一切整理好，再下楼时，保姆已沏好茶，两个男人正在聚精会神讨论方案，没有人注意她的存在。她只好烦躁不安地在屋子里走来走去，一会儿在房间里，一会儿在客厅，过了一会儿又跑到院子里，最后又跑到女儿房间收拾东西。

在女儿房间收拾东西时，突然听见院子里俊涛车子发动的声音，赶紧跑到窗口，却只看见车子疾驶而去的影子。她叹了口气，放下手中的活，下楼来到书房，书房里保姆正在收拾茶具。

保姆看见晓梅来了，忙问道：

"太太，你也喝点茶吗？"

晓梅坐在沙发上点了点头。

"那我重新给你去沏。"保姆说道。

"不用了，给我换个杯子吧，我就喝这壶茶。"晓梅说道。

保姆答应着，拿出一个新的杯子，给她斟满，然后就退出去了。她端起茶，喝了一口，眼泪不由自主就掉下来了，西下的太阳，透过窗户照了进来，让房间镀上了一层温柔的暖色调，但她却感到一阵阵的凉意。窗外的银杏树叶依然在飘落着，似乎就像她此刻的心情，飘零无所依。

她就这样坐在沙发上，不知过了多久，一阵倦意袭来，就躺在沙发上昏昏睡去了。忽然手机短信响了，将她从浑浑噩噩中惊醒，拿起手机，是江铭发过来的：

"你这样让我心疼。"

她内心忽然被什么撞了一下，酸甜苦辣什么味都有，但到底是什么味道，像是要体会许久才能梳理清楚。可就在这个时候，书房门外响起了敲门声，是保姆过来告诉她，司机已在门口等候去接莉莉放学了。

她赶紧稳了稳情绪，简单收拾了一下，走了出去。

莉莉突然发现妈妈今天的情绪平和了些，甚至脸上带上了稍许笑容，就问晓梅道：

"妈妈，你今天怎么不教训人了？"

"我没事教训人干什么，我还没到更年期呢！"晓梅笑了笑答道。

"书上说喜怒无常就是更年期的表现。"莉莉说道。

"你这小东西，哪里学来这么多乱七八糟的东西。"

晓梅说着便要去敲莉莉的头，正好车子驶回了家里，刚停好，莉莉尖叫着打开车门跑了出去，一溜烟就不见人影了。

晓梅走出来，看着夕阳下跌落的黄叶，不知道为什么一扫早前的凉意，心里涌起淡淡暖意。这时短信又响了，依然是江铭发过来的：

"我今天始终在关注你，无论在客厅还是在院子里，你为什么总是这样不快乐？"

她收起手机，跑上了楼，坐在房间沙发上梳理好情绪回复道：

"这是我选择的生活，就必须承受，就算是上天给予的责与罚吧！"

他回复过来道：

"为什么不尝试改变，现在能出来吗？我想陪你聊聊。"

她深深吸了口气再回复道：

"女儿在家，不方便出来，请原谅。"

61

他再回复过来道：

"好，改天再约。"

晓梅收起手机，没有再回复，整理好表情，走出房间，看见保姆正在准备晚餐，想给俊涛打个电话，问他是否回来吃晚饭，但想想又算了，这些年来打电话催他回来吃饭，常常是自讨没趣。

九

第二天上午的时候，江铭又发来短信，说他在学校门口的咖啡馆，希望能见到晓梅。晓梅考虑了很久，临近中午时分才匆匆出发。

中午的咖啡馆人不多，江铭戴着墨镜坐在一个不易觉察的角落里看着窗外，他看见晓梅的车驶过来，又看着她小心翼翼走进来，江铭向她招了招手，她很快看见了他，面无表情坐到了他的对面。

"怎么还戴着墨镜？"晓梅问道。

江铭笑了笑将墨镜取了下来，答道：

"我只想仔细看你！"

晓梅收敛了笑容说道：

"找我有什么事？"

"没什么事，只是想和你聊聊，我想你应该有个可以倾诉的对象。"江铭答道。

"仅此而已吗？"

"是的，昨天我看你那个样子，我很难过，晓梅，你不应该是这样子。"

"这是我自找的，与别人无关，我知道我要为自己的决定付出代价，不需要人怜惜。"晓梅说着眼泪又涌了出来。

"晓梅，你别这样，我只是希望你快乐点。"

"真没什么，我已习惯了，只是我想问你，你为什么要回来？你看到我不快乐，你难道不高兴吗？"

"晓梅，我说了，我只希望你快乐，这次回来真是一个巧合，俊涛亲赴上海与我的上司谈，希望我能过来协助他的工作，盛情难却，所以我就来了。"

"如果俊涛知道我们曾经有过的事，他还会让你来吗？"

"我不知道，但他如果知道了我们的关系，我离开就是，我到哪里都一样。"

"可我会怎么样，你想过吗？"

"对不起，也许我真的不应该回来，如果让你为难了，请原谅我。"

晓梅没有再说话，她掏出纸巾擦了擦面容，忽然间气氛有点难堪，午后的阳光从大落地窗悄悄投射进来，让此时安静的大厅更显安静。各怀心思的人让这顿午餐毫无味道。

江铭忽然回忆起十多年前，也是这样的深秋，他带着晓梅和媛媛来这里吃饭，晓梅和媛媛兴奋得不停叽叽喳喳，那时他们对这里的一切都是新鲜的，连一片三明治也能让晓梅看了又看，笑得格外灿烂。为了请她们吃这一顿饭，江铭花了半个月的生活费，可他觉得值得，他快乐。

时间流逝，这里的东西在他们眼里算不了什么了，再高级的餐厅也不会让人有当初的兴奋，似乎每个人都找到了自己最初的梦想，晓梅嫁给了钱花不完的方家，媛媛成为国际知名时尚杂志的执行总编，江铭也成为业界精英，可是最初的快乐到哪里去了？

吃完饭，晓梅的心似乎平缓了许多，靠在午后的大沙发上，回忆起往事，晓梅不禁笑了起来，但是这种欢快并没持续多长时间，江铭电话响了，是俊涛打过来的。听说是俊涛的电话，晓梅很快就从回忆中回到现实，片刻的轻松瞬间化为乌有。

接完俊涛的电话，江铭就匆匆离去了，在回去的路上，晓梅觉得自己特别愚蠢，她记得媛媛说过，把现实寄托在梦幻上的女人是可悲的，此时这句话似乎就是在讽刺她。

十

江铭接到俊涛的电话匆匆赶回了公司，因为俊涛想听听关于项目的进展情况，近一个月来，俊涛管这边的事少了，他手上有个与日本公司进出口的项目在做，所以他把地产公司的事全权交给了江铭和于崇，说是要于崇协助他的工作，其实放在那里就是一个摆设，或者说是俊涛派来监视他的。

江铭赶到公司会议室的时候，俊涛以及于崇、周宇，还有江铭的助理等其他一些相关人员都已在等候，助理早已带着厚厚的大摞资料在那里等候，他接过助理递过的资料就开始向俊涛汇报，这些资料里，两委会签资料报告什么的，现在都已签下来了，规划局、土地局、房管局、园林局等等什么局走流程等都已走过了，文件都已签下来，现在唯一还没落实的事就是细节的规划，这个事江铭已联系了几家国际著名规划事务所，根据规划大纲，这是一个位于近郊的高级商住楼盘，在市政府的计划中，这片区域将被打造成城市的副中心，所以具体的规划不能只看眼前，更要着眼于未来。所以在这个规划大纲中，小区将被分成三个层次，以人工湖为中心，第一层次是围绕着湖一圈的别墅群，第二层次是小高层的高级住宅，第三层是面对大街的三栋高层的商住楼，再加商业裙楼和一个五星级酒店。

俊涛听后相当满意，为自己选择了江铭而庆幸，只是这个规划大纲，他还是有些想法。主要是三栋高层的商住楼，他希望能合并成一栋超高层的纯写字楼，以全面提升项目的品质。

江铭忙解释道，虽然这片区域被规划成城市未来的副中心，但毕竟不是真正的中心商务区，如果砌成40层的纯写字楼，到时得考虑出租率的问题，所以考虑到这些原因，在规划大纲中暂时规划成三栋20层的高级商住楼。

俊涛听后也觉得有一定道理，于是又详细询问关于规划事务所的事，江铭告诉他，三家国外的规划事务所，在华的机构有一家设在上海，两家在香港，这段时间他会去上海和香港与他们沟通，从中选择一家做合作伙伴。这个规划大纲目前还只是做参考，具体的方案最后还要根据事务所的意见再详细敲定。

俊涛听着兴趣越来越高，将会议一直开到晚上十一点，连晚餐都是叫的外卖。

开完会，俊涛回到家已是十二点钟了，晓梅还没有睡觉，她躺在床上看旅游杂志。

"还没睡啊？"俊涛问道。

晓梅点了点头说："睡不着，想跟你说个事。"

"等会儿，我洗个澡。"

俊涛说着去了卫生间，洗了好一会儿才出来。晓梅见他出来了，赶紧捧着杂志说道：

"下个星期就是十一黄金周了，咱们全家也很久没有出去旅游，自从三年前去了欧洲，再也没有出去过了，你看咱们国庆就去趟马尔代夫吧，我晚上和莉莉说了，莉莉也很赞成！"

晓梅说着还将杂志上的马尔代夫美景递给俊涛看。

俊涛接过杂志笑了笑说道：

"不行啊，过几天日本人要过来，人家日本人可没有什么黄金周的。"

"可是日本人总不会在北京待七天吧？"晓梅说道。

"谁知道啊，这样吧，我帮你把行程安排好，你带莉莉去可以吗？"俊涛说道。

晓梅一听，心里就像被打翻了什么，顿时心情又变差，马上说道：

"让我们娘俩就这么跑国外去，你能放得下心吗？要是有个三长两短怎么办，亏你想得出。"

"那怎么办，我真没时间啊！要么我让于崇陪你们娘俩去，你看如何？"俊涛说道。

"于崇，于崇虽是你表妹夫，但再怎么说也是个男人，你也太不把我当回事了。"

"好了，好了，这事以后再说吧，我累坏了，要睡了。"

俊涛掀过被子，关了灯，躺下不再说话，不一会儿黑暗中就传来了他有节奏的鼾声，看来他的确是累了。

俊涛的以后再说，到后来彻底是给忘了，国庆节他陪着日本客人去了浙江，十月五号回来在莉莉的一再要求下，才抽出一天时间去怀柔玩了下，晓梅不愿意去，俊涛只是带着莉莉去了。

第四章　暴风将至

一

国庆后，俊涛上班的第一天下午，米娜来了，这次米娜可谓是春光满面，听说她的业务开展得风声水起，总公司已经给她升职了。江铭是在停车场遇见米娜的，米娜开着新买的宝马，穿着薄款的短风衣，里面是一件低胸的紧身衣，既性感又优雅，真不愧是当年的校花。

两人在电梯里随意寒暄恭维了一番，看来米娜对于江铭的事是了解七八分，江铭对于米娜的事也了解得不差。米娜的工作开展得有声有色，这一切当然是要感谢俊涛。

"今天我请方总吃饭，你也一定要来哦！"米娜说道。

"呵呵，没事的话，一定捧场。"江铭笑着答道。

出了电梯，到了办公室，助理过来告诉他，昨天他提醒过，今天晚上约咨询公司的张总一起吃饭的，他低头想了一下说道：

"今天晚上有其他的事，你通知下张总说改天吧！"

助理答应着出去了。

江铭揉了揉眼睛，拿出手机，给晓梅发了一条短信：

"国庆过得还好吗？"

不一会儿晓梅回复过来：

"不好，无聊！"

江铭再回复过去：

"能出来一起吃个晚饭吗？"

晓梅过了很久才回复过来：

"不行，女儿在家。"

"那晚上呢？"江铭再问道。

"不行，我说了，女儿在家。"

江铭摇了摇头，将手机扔在了桌子上，他知道是晓梅在找借口，他们家随时都有三四个保姆在，莉莉也已经八岁多了，没必要这么紧紧盯着。

下午五点多的时候，米娜打来电话，说请他去某高级餐馆吃饭，江铭以非常抱歉的口气告诉米娜，刚才忘记告诉她了，昨天咨询公司的张总已约了他一起吃饭，所以非常不好意思，改天他再做东，约几位老同学一起吃饭。米娜非常爽快地说没关系，然后就挂了电话。

　　过了一会儿，他走到窗前，看见米娜和俊涛，还有周宇，一起走向了米娜买的新宝马车，然后消失在茫茫车流中。

　　看见他们都走了，江铭也下了楼，开着车独自往母校的方向而去，到达母校的时候，天色已经黑了，咖啡馆里已坐了不少人，他挑了一个安静的位置，悄悄坐下，不远处有一位女孩在弹奏着轻柔动听的乐曲。

　　他点了一份简餐，吃完后不久驻唱的乐队就出来唱歌了，唱的是《闪亮的日子》，歌曲是这么唱的：

我来唱一首歌，古老的那首歌

我轻轻地唱，你慢慢地和

是否你还记得，过去的梦想

那充满希望灿烂的岁月

　　这首歌似乎触及到了他心灵深处的某个柔软之处，而这个柔软处总是和某个人相连着的，他起身走到了门口拿出电话拨通了晓梅的电话。

　　此时晓梅安排好莉莉做功课，自己正在无聊地看着韩剧，江铭突然而至的电话，让她的心不禁又动了一下，考虑了许久她才接听，电话那头传来江铭低沉的声音：

　　"晓梅，能出来下吗？我想见见你。"

　　"不，我说了，女儿在家。"晓梅答道。

　　"你今天不见我，也许明天我就走了，永远也不再回来。"江铭说道。

　　"发生什么事了？"晓梅惊讶地问道。

　　"你来吧，我在学校的大操场等你，我有话和你说。"

　　"那好吧！"晓梅答道。

　　安排好保姆照顾好莉莉晚上的起居，晓梅就穿了件风衣出去了，这次她没自己开车，自上次开车出事后，她晚上尽量不自己开车。她在小区门口打了一部车，直奔学校方向而去，她在学校门口见到了江铭，他穿着一套黑色的西装，隐在夜色中，像是一个幽灵般。

"到底发生什么事了？"晓梅问道。

"我们边走边聊吧！"

江铭说着向大操场方向而去，晓梅赶紧跟了上去。在这深秋的季节，操场上的风更大了，而且带着凉意，所以操场上的人已是寥寥无几。如水的月色照在大地上，给整个操场笼罩上一层淡淡的朦胧感。

江铭回过头看了看晓梅，正巧晓梅也穿着这样薄款的短风衣，但是她穿着的效果与米娜完全不一样，米娜是一个张扬、性感的女人，而晓梅是飘逸、含蓄的女人，在这样的夜色中，在这样的微风中，似乎只有晓梅才能完整地诠释，什么是风一样飘逸的女人，因此在江铭眼中，米娜无论如何也是无法和晓梅相比的，过去是，今天更是。

"我有几句话想和你说！"江铭停下来说道。

晓梅点了点头也停了下来。

"我爱你，这十多年来从未改变，我每天都在想你，而你始终对我那么冷漠，让我备受煎熬，如果我支撑不下去了，就会离开这里。"江铭说道。

晓梅抬起头看见江铭眼中散发的炙热光芒。

"不是这样的！"晓梅答道。

"那是怎么样的？"江铭问道。

"我……我……"

晓梅一时语塞，不知道该说什么，这时江铭一个箭步冲了上去，猛然抱住了她，她一惊想挣脱，却发觉自己无能为力，他已夹带他特有的气息扑面而来，她的嘴唇已被堵上。但是夜里清冷的风让她忽然清醒，用力挣扎了几下，才摆脱了他的控制。

"江铭，你不能这样，我们这样太对不起俊涛了。"晓梅喘着气说道。

"你到这个时候还在护着俊涛，你知道现在俊涛在干什么吗？他和米娜在一起。"江铭说道。

"不可能，他和米娜九年前就结束了。"晓梅说道。

"九年前是因为米娜为了嫁给那个美国男人而甩了俊涛，不是俊涛要离开米娜的，现在米娜回来了，离婚了，你认为俊涛就会无动于衷吗？"江铭说道。

"我不信，我凭什么相信你说的话。"

"俊涛今非昔比，米娜这次回来就是要把他从你手中抢走，你不信，我可以带你去眼见为实。"江铭说道。

江铭说着抓住她的手，转身拖着她向前走，一直走到校门口的停车场，上了他的那辆雪佛兰。晓梅挣扎了几下，很快安静下来，坐在副驾驶的座位上一言不发。江铭驾着车疾速向北二环驶去，最后他们在后海附近的一个小胡同口停了下来。

"你带我来这里干什么？"

"没什么，我们在这歇一会儿吧。"江铭说道。

"江铭，你这次回来，到底是想干什么？"晓梅问道。

"你想听我的真实想法吗？"江铭问道。

"是的！"

"我完全可以拒绝俊涛的邀请，但我真的想见到你，生活在你的身边。"江铭说道。

"你别这样，我始终是欠你的。"晓梅答道。

"不是，是俊涛欠你的，也是欠我的，我不能让你这么过！"

江铭说到激动之处，不由自主地捶着方向盘。

"江铭，你别这样。"

"我不这样，能怎么样！"

江铭伏在方向盘上说道。

晓梅看着江铭如此状态，不由感到一阵心疼，便伸出手抚摸着他的头，江铭感触到了她的柔情，缓缓抬起了头，一把抓住她的手。

"晓梅，我们可以重来吗？"江铭问道。

"不，我有家庭的，有孩子的。"晓梅抽回手答道。

"可他如果不再爱你，心中有了别人呢？"江铭问道。

"你说的是米娜吗？可终究是未得到证实的。"晓梅答道。

"好，那你等着吧！"

江铭说着又将头伏在方向盘上，不再说话，而晓梅只好坐在那儿发呆。不知道等了多久，忽然前边四合院的门开了，里边传来男男女女说话的声音，接着有人走出来了，江铭赶紧抬起了头。

首先走出来的是周宇，周宇走了出来向四周望了望，接着是米娜，米娜显然是喝醉了，米娜已将风衣脱掉，只穿着那件露出三分之二酥胸的紧身衣，她摇摇晃晃在门口站了一会儿，然后又回过身用着又嗲又腻的声音呼唤道：

"俊涛，俊涛，你在哪儿啊？"

这时俊涛走了出来，米娜一个踉跄，没走稳，俊涛赶紧扶住她，她则趁机将头撂在俊涛的肩膀上。俊涛用非常温柔的语调说道：

"要你别喝这么多，你逞什么能？"

"我高兴啊！我高兴啊！"

米娜望着俊涛，眼神里全是暧昧。

此时晓梅已完全呆住了，只是默默望着窗外的一切，她看见俊涛扶着米娜消失在不远处的那辆车里，他俩坐在车后座，而周宇则在驾驶座上开车。

江铭的车停在一个树荫的后边，没人知道江铭和晓梅在这里注视着眼前的一切。宝马车驶远了，晓梅的眼泪也如断了线的珍珠掉了下来。

江铭轻轻抓住她的手，发觉她的手冰凉得吓人。

"送我回去吧！"晓梅说道。

"好！"

江铭发动车子，驶出了胡同，快速向西奔去。不一会儿就到了晓梅家的小区外。晓梅打开车门，回头说了声谢谢，摇摇晃晃向里边走去。

望着晓梅背影消失了，江铭马上掉过车头往回走，走了不远，他一边开车一边掏出电话拨通了俊涛的电话：

"方总，你在哪儿啊？"

"我正在回家的路上啊，有什么事吗？"

"我明天去上海出差，有件事忘了和你说了，就是规划设计事务所需要一份授权书，这份授权书需要你签字的。"江铭说道。

"这事啊，明天早上可以吗？"俊涛问道。

"这可能来不及了，明天早上我是九点的飞机，而且还有些合同文本想请你过目，本来今天下午就要给你看的，可事情多就给忘了，真不好意思啊！"江铭说道。

"好吧，我马上就回办公室。"俊涛答道。

半个小时后俊涛到了江铭的办公室，抬头看墙上挂的钟，指针已指向十一点钟，而江铭还在聚精会神工作着。

俊涛敲了敲办公室的门，江铭抬起头看见了俊涛，便赶紧站起来说道：

"说到就到，挺快嘛。"

"男人嘛，总是事业第一，你不也一样吗？"

俊涛说着，坐到了沙发上。

"这么晚了还叫你过来，晓梅不会有意见吧？"江铭问道。

"她能有什么意见，她有她自个儿的事儿。"俊涛答道。

江铭笑了笑，没有再问，他拿着一摞资料走了过来说道：

"这个是授权书，还有这些是法律文本，外国人总是讲究这些的，所以我请了法律专家——审核过了的。"

俊涛一看，大吃了一惊说道：

"这么厚，我看完都得花不少时间啊！你那金骏眉呢？泡点给我提提神。"

江铭忙答应着去泡茶，俊涛则一页一页仔细翻阅着。

二

俊涛回到家的时候，已是凌晨三点钟了，打开房门，看见晓梅穿着睡衣坐在沙发上，目光呆滞地看着书，俊涛忙问道：

"这么晚了还没睡啊？"

"有点事，睡不着！"晓梅说道。

"早点睡吧，别想太多了！"

俊涛说着便去了卫生间洗漱，待出来了，看见晓梅还坐在沙发上发呆，就又说道：

"睡吧，别胡思乱想了。"

"你怎么这么晚才回来？干什么去了？"晓梅问道。

"江铭那有点事，在加班，一直忙到刚才。"俊涛答道。

"是吗？你一直和江铭在一起？"晓梅问道。

"是啊，你若不信去问江铭。"

"哦！"

晓梅没有再继续问，她走上床，关了灯，背对着俊涛，忽然间泪水如涌泉般流出，她屏住呼吸，尽量不让抽泣声被人听见，过了一会儿，她听见了俊涛发出的均匀鼾声，而她的泪水也已停止了流淌。

其实江铭第二天根本没有去上海，他和晓梅去了京郊的一个度假村。经过一晚的不休不眠，晓梅的心情豁然开朗了，如果说以前对俊涛还有一份愧疚的话，经过这个晚上，就不再有了。

江铭是早上七点钟出发的，其实他开始还是准备去上海的，但是到临近登机的时候，他接到晓梅的短信：

"你在哪儿，我想见你！"

江铭当即决定放弃去上海，去见晓梅。晓梅在学校门口等他，她打车来的，没自己开车，上了江铭的车，晓梅就开始哭，江铭开始是轻声安慰着，后来就把她抱在了怀里。

"别这么难过了，我们出去走走吧！"江铭说道。

晓梅点了点头，江铭便开着车飞速向昌平方向驶去，大约一个小时后他们到达了一个偏僻的度假村，这个度假村依山傍水，算是个宁静致远的地方。虽说这个地方位置比较偏远，却并不荒凉，每个星期都有会议，每天都有来此度假的情侣。在这个深秋，正是观赏红叶的好季节，到了周末更是全部爆满。

但是晓梅和江铭不是来观赏红叶的，他们是来解决问题的。所以到了度假村，便直奔房间，房门一关，俩人就紧紧拥抱在了一起。

"江铭，我……"

但是她的话还没说完，就被江铭火热的吻压了下去，如此的霸道，让人几乎没有拒绝的空间，很快两人就喘息着滚到了床上，如此的激情似乎要将多年积压的欲望一次全部释放完。但是，九年似乎就在一瞬间，在体力和感觉上他们几乎没有感觉到区别，虽然一个月前他们有过一次，但是那一次似乎是束手束脚的，就像穿着袜子洗脚，而这次才是尽情地释放，那种痛快淋漓，让晓梅几度深陷不能自拔，从上午到下午，整整六个小时都在激情的巅峰。

"晓梅，跟我走吧！"江铭说道。

晓梅睁开蒙眬的眼睛，看见墙上挂的钟显示是四点钟，像忽然被惊醒了般说道：

"不行，还有莉莉，我得去接莉莉了。"

江铭没有再继续问下去，而是起身收拾东西，然后载着晓梅离开了度假村，送她回到了家。

三

江铭第二天去了上海，在上海待了两天，在这两天里他和晓梅不断发短信，浓情爱意似乎更胜从前，江铭是两天后的深夜从上海回来的，但是第二天他没去上班，而是在家里等候晓梅。

晓梅送完莉莉去上学，在家门口看着司机远去，马上迫不及待地开着车子出去了，一路上心跳得像初恋的小女孩，到了江铭住的楼底下停好车，平静了心情才轻轻上了楼，门是开着的，她推开门，房间里正放着轻音乐，她四处扫了一周没看见江铭，于是低声呼喊了两声：

"江铭，江铭！"

忽然身后传来了动静声，是门关上的声音，她赶紧转过身，却见江铭如同一阵风一般从后边抱住了她，说道：

"我早看见你了，在楼下逗留那么久，真害怕你不上来！"

晓梅转过身，看见江铭正深情望着她，忍不住笑着说道：

"等不及了吗？"

"近十年都等了，早不在乎这几分钟了！"

江铭说着将她抱得更紧了，晓梅闭上眼睛似乎在等候着什么。

"想我了没有？"

"忆君心似西江水，日夜东流无歇时！"晓梅答道。

"真好，真好，我在上海给你带礼物来了。"

江铭说着，从口袋里掏出一个首饰盒，打开是一条项链，红宝石项链。晓梅低头一看，并没露出什么惊喜的表情，而是轻轻说道：

"江铭，你不该买这么贵重的礼物。"

"这算贵重吗？比起俊涛送你的算什么，我虽没他那么有钱，但代表了我所有的爱。"江铭答道。

"我知道，但它在我心中的分量太重，我怕承受不起。"晓梅说道。

"不会的，我不会给你任何压力的，我只要你明白，无论何时何地，我始终会是在原地等待你的人，就算时间流逝，容颜改变，此生不悔。"

晓梅听着，眼泪就这么流了下来。

"江铭，我不配，我不配……"

"别再说这话，这辈子总算没有错过，这是我一生的幸运，就算明天你再次离去，我也不会责怪你。"

江铭说着将项链戴在了她的脖子上，然后抱住她，轻轻吻着她，她闭上眼睛感受这浓浓的爱意，直到潮水再一次将她全部淹没。这汹涌的潮水，一波比一波来得猛烈，直到午后才渐渐退去，在极乐的巅峰过后，是无尽的倦意，相拥着渐渐睡去。

晓梅醒来的时候，已经是夕阳西下了，一看时钟，已经是下午四点多了，忽然记起还要去接莉莉，便赶紧推醒了江铭说道：

"我得走了，去接莉莉放学。"

江铭起身道：

"好的，我会想你的，路上要小心，要不我送你过去？"

"不用了，你也累了，多休息吧！"

晓梅边笑着说道边往外走。

"晓梅，我怎么总放心不下你？"江铭说道。

晓梅看着江铭无限深情的眼神，便在他额头上印一吻说道：

"你放心，我会想你！"

江铭笑着点了点头，然后送晓梅到门口。

门轻轻关上了，江铭大喊了一声，倒在床上，痛苦将全身蜷曲起来。过了一会儿，他才长长舒了口气，站起走到窗户边，看着晓梅走进车里，然后驾着车匆匆离去。他忽然想起多年前的那个夏天，在那个最后的激情之夜过后的清晨，他站在公交站台上送晓梅上班，忽然一种不祥的预感让他追着公交车喊道：

"晚上我等你回来……"

但是她似乎没有听见,因为拥挤的公交车淹没了一切的声音。

这天他下班特别早,匆匆忙忙回到昏暗的地下室里,晓梅还没回来,他打开灯,掏出手机,试图拨打她的手机,但电话里传来的声音是关机,越来越强烈的恐慌让他坐立不安,起身扫视着周围,忽然看见桌上放着一根项链,这根项链是上个月他花600元买给晓梅的,虽很细,但明亮耀眼,在昏暗的灯光下发出温和的金光,项链下边压着一张纸,一张A4的打印纸,上边有钢笔写的字:

江铭:

我花了一天多的时间在思考,我该怎么办,我们该怎么办!我想我还是爱俊涛的,可是我不知道该怎么向你开口,你是个好人,曾经给了我那么多的帮助,特别是这半年来,你陪着我走过的艰难时光,让我特别地感激,但是我想了很久,我对你的感情到底是爱还是感激,如果我不能给予你真正的爱,我心会有愧的,但是我这么离开你,我更感惭愧。也许我没得选择,算我这一生负了你,你恨我也好,诅咒我也好,我都认了,只是希望你不要太往心里去,也许我本来就不值得爱。

我走了,希望你不要再来找我,我会好好过的,你也一样,希望你能找到一个比我好的女孩,拥有幸福的生活。我们共同存下的一万一千元钱,存折我放在抽屉里。记得每天吃胃药,我买了很多药也放在抽屉里,希望你能好好照顾自己,忘了我,忘了所有的不愉快,真诚地希望你能幸福成功。

再见!

晓梅

8月26日

江铭看完信,全身不由自主地抖起来,也许是因为情绪过于激动,意识都失去了方向感,茫然地在狭小的空间里打着转,等到终于走到地面,却只见黄昏汹涌的人流。

四

地产公司的各项工作推进非常顺利，这得利于俊涛好的人脉关系，当然也得利于江铭善于利用俊涛的人脉。到目前为止，俊涛对于江铭是越来越满意，他的得体、大方、勤奋是手下无人可以相比的，如果还有遗憾，就是在精明方面还有所欠缺，这方面与周宇相比还差一点点，不过这没关系，要是江铭优秀到八面玲珑，还要俊涛这个总裁干什么？江铭性格中憨厚的一面，也正是俊涛喜欢的，他不喜欢太精明的人，就像周宇，有时就显得过于精明，虽然多数没精明到点子上。就像这天他们一起出去应酬回来，在车上聊起在学校的往事，说到江铭和晓梅，周宇忽然说道：

"我好像听说当时江铭对晓梅也有点那个意思。"

这话让俊涛很不高兴。

"啥意思啊？晓梅还是江铭介绍给我认识的，你说他能有啥意思啊？"

"我只是说，晓梅那么漂亮，谁对她有点意思正常嘛！"周宇解释道。

"你扯谁也别扯上江铭啊。我看你就是个搅屎棒，地产公司的事我交给江铭来做，我知道你一直有想法，你跟了我这么多年，你哪里好，哪里还有欠缺，我都清楚，这个事你毕竟没经验，并不是说我多么器重江铭，这工作嘛，得因材施用。你看现在江铭各项工作做得有条不紊，井井有条，你说就这短短几个月，你能做得到吗？"俊涛说道。

"方总，看你，你说哪去了？"

"我说哪去了，这几个月你在我面前说江铭不是还说少了吗？虽然没明着说，你以为我心里不明白，今天你还想把晓梅卷进来，别怪我说话不客气了。"

俊涛越说越来气，后来干脆让司机将车子停在了路边说道：

"你现在给我下去，我暂时不想看到你！"

周宇看见这架势，赶紧连滚带爬下了车，俊涛关了车门，飞驰而去。周宇望着车子远去的背影，自言自语道：

"我就看你啥时戴上绿帽子吧！"

周宇拍了拍身上的灰尘，拿出电话打给一个手下说道：

"我在苏州桥,派个车子来接我!"

"周总,我们现在在天竺啊,赶过来得一个小时啊!"手下说道。

"好了,你们快点,我等你!"

周宇收了电话,四周张望着,忽然想起媛媛就在附近上班,这么久没有见到她了,也有点想她的,赶紧又拿起手机拨通了媛媛的电话,响了好一会儿媛媛才接听了电话:

"我的周大总,今天怎么有闲工夫给我打电话了?"媛媛在那头说道。

"还不是想你!刘总编辑。"

"呦,你还有工夫想我,这么久没给我打电话,是不是又有什么艳遇,是不是艳遇过了就想起给我打电话了?"媛媛说道。

"哪有什么艳遇,就是想你呗!你现在在干什么啊?"

"我还不是上班,在办公室啊!"

"我现在就在你的楼下。"

"啊?你怎么到我楼下来了!"

……

五分钟后,周宇果然出现在了媛媛的办公室门前,媛媛带着满面假装的笑容站了起来迎接周宇。周宇仔细看了看媛媛,她今天的造型真独特,穿着具有中东风格的套裙,身上还披着类似波斯地毯纹样的羊毛披肩,化着烟熏妆,说有多张扬就有多张扬,周宇就是喜欢这样的。

媛媛给周宇泡了杯咖啡,坐在沙发对面问道:

"怎么心事重重的样子,有什么事不开心啊?"

"也没啥事,最近闲着了点,俊涛一门心思都在地产公司和江铭的身上。"周宇说道。

"呦,我说你怎么呢,原来是失宠了!"

"媛媛,我怎么有点起鸡皮疙瘩了啊?"周宇说道。

"你有点冷了啊?我还没给你泼冷水,我说你跟着俊涛也有将近十年时间了,俊涛手下的四大金刚,哪个不是比你后到的,现在他们每个人都能独当一面。好了,现在江铭来了,四大金刚变五虎将了,我说你啥时能上位啊?"媛媛说道。

"我说媛媛,我是比不上四大金刚,或者是五虎将,方信里边几千号人，也就这四五个人，我能做这样也算不错了。我知道你喜欢过俊涛，啥人都要向俊涛看齐，但是这北京城，全中国有几个像俊涛这样年轻有为的，我就瞧着你等，等一辈子不结婚？"周宇说道。

"我终身大事不劳你操心，我还年轻，不着急！"媛媛说道。

"我才不会操这空心，我要操心的事多着呢！"

周宇说着，一口将一杯咖啡喝光了。

媛媛见话说过了，赶忙又打圆场说道：

"看你，说话老这么认真，就是这倔脾气。上次听俊涛说你妈给你介绍对象了，是啥歌舞团的，怎么样了？"

"没怎么样！"周宇翻了个白眼说道。

两人话不投机，很快就变得无聊了，幸亏没多久周宇手下电话就来了，说已经到了，就在楼下等他，他赶紧匆匆告辞离去。

连续受了两个人的气，周宇心里也不好受，板着个脸上了车，手下看他那样，也不敢多言，开着车就往公司方向去，车走了不多远，忽然看见前边有一部车看着眼熟，红色玛莎拉蒂，这车还是他陪着俊涛和晓梅去买的，车牌也是他陪着晓梅去上的，为了不认错，他再仔细瞧了瞧，的确没错，这就是晓梅开的那辆玛莎拉蒂。

"跟上前边那部车！"周宇说道。

"哪部车啊？"手下问道。

"就是红色的玛莎拉蒂！"周宇急忙说道。

"哦！"

手下答应着，忙跟了上去，周宇看着玛莎拉蒂一路从北三环蓟门桥向下拐至西直门，到了，开始周宇以为玛莎拉蒂要去公司。没想到到了西直门，她一个左拐进了旁边的一个小区，让周宇大吃一惊，看着玛莎拉蒂消失在小区里，他要手下把车停在旁边，似乎若有所思。

他对这里还是熟悉的，几年前，俊涛就住在这里，后来搬走了，那啥几大金刚都在这住过，后来都买房搬走了，前段时间江铭来了，俊涛就让江铭住在这儿。这些事都是俊涛让他去安排的，一般的人不是很清楚。

"周总，我们还要在这等吗？"手下问道。

"哦！不等了，我们走吧，回公司！"

手下答应着，掉了个头，向公司方向奔去。

五

周宇回到公司的时候，俊涛早就回来了，他去俊涛办公室门口晃了两下，见俊涛没什么反应，才回到自己的办公室，坐了一会儿，他拿起桌上的电话，拨通了江铭办公室电话，江铭的助理接了电话，告诉他江铭出去了。他放下电话，面上露出了一丝不易觉察的笑容。

此时的江铭正与晓梅在激情巅峰，绵绵的情话让晓梅几乎失去了控制力，在这个熟悉的房间里不停喘息着，呻吟着，似乎要将空乏无趣的岁月补回来。待到江铭精疲力竭瘫软在床头时，晓梅似乎还沉醉在其中。

"亲爱的，累了啊？"晓梅问道。

"是啊，累了！"江铭抱了抱她说道。

"我给你煲了汤，你喝点吧？"

"啊，你煲了汤，在哪？"

"我在家里煲的，用保温瓶带来了，但现在可能不大热了，我去热一下。"

晓梅说着，像个小姑娘般跳了下来，从包里拿出保温瓶，熟门熟路走到厨房。不一会儿，厨房里飘出来一股浓香，这种香气江铭似乎很多年没有闻到过了，是鸡汤的香气，还夹带着不知名的清香，虽然他总是在外边应酬，山珍海味吃了不少，但是这样的香还是让他陶醉。不一会儿晓梅就从厨房里端出一大碗的虫草乌鸡汤，让他顿时来了精神，起身坐着，轻轻喝了一口，美味香浓，入口即化，让人忍不住大声叫好。

"味道好吗？"晓梅问道。

"这是爱的味道，让人迷醉！"

江铭说着再次将晓梅拥入怀中。

"你喜欢的话，我会常给你弄。"晓梅说道。

江铭闭上眼睛，点了点头，眼角似乎有湿润的东西在闪亮。就在这个时候，江铭的手机忽然响了，拿起手机一看，是助理打过来的：

"江总，方总刚打来电话，说半个小时后开会，你赶紧过来吧！"

"好的，我马上过来！"

江铭说着便起身穿衣服。

"又有什么事？"晓梅急切地问道。

"俊涛又要开会，我后天要去香港出差，可能他还有什么事不放心吧！"江铭说道。

"那你路上小心！"

江铭点了点头，拿上包，俩人在门口来了一个悠长的吻，才打开门匆匆离去。江铭离去后，晓梅还在房间里坐了一会儿，浓浓的香气依然还在房间里徘徊，而她的心早已随着江铭的离去而离去。

六

俊涛就是这样一个人，事必躬亲，而且啥事说要进行就马上进行，这不到半小时，该到的都到了，会议就开始了，所以说在俊涛手下做事不容易，要能随时跟上他的节奏。周宇就是因为跟不上节奏，所以总是被俊涛批，不过俊涛这人有个好处，就是骂完人就过去了，等再见面，他还是和平常一样，这不周宇中午才挨的批，还被赶下了车，现在俩人聊得正欢。

江铭上次去上海和那家建筑规划事务所谈的事没有谈下来，只好又和在香港的那两家事务所谈，这些国际著名事务所一般小公司瞧不上，他们爱做的都是啥上海中心，啥大剧院这样的地标式的建筑，所以得让他们甘心情愿做方信的项目，江铭亲自跑过去谈。虽说方信也算是个著名的公司，但方信是一家做进出口为主的贸易公司，新成立的地产公司在业内还是不折不扣的菜鸟。

"我们在银行的账面资金几乎为零，如果事务所要看我们的财力，这没法敷衍过去的。"江铭在会上对俊涛说道。

"我们方信会没这个财力吗？我让于崇跟着你走，他们要求多少，我们就给他们看多少。"俊涛说道。

"但是，方信地产是一个独立注册的公司，事物所不会看母公司的，为了保险起见，还是能注一部分资金到方信地产的账户上为好！"江铭说道。

俊涛低下头考虑了一会儿，然后问于崇道：

"于总，你看这事怎么办？"

于崇笑了笑说道：

"资金在账面上过一下就可以了。"

"那好，你需要多少钱到账户上？"俊涛转过头问江铭。

"一个亿吧！"

"那好，于总，你明天把这事办了吧！"

于崇笑着点了点头。

这一切的事办完后，江铭和于崇就去了香港。

七

人人都说于崇是"气管炎"，这是在北京，逃离北京，于崇就解放了，恨不能和身边所有漂亮女人都搭上讪。但是他这人也就动动嘴皮子，典型的有贼心没贼胆。当然这是因为于崇的老婆，也就是俊涛的表妹也不是盖的，说美丽泼辣那是恭维，持靓逞凶倒是过了，反正是不好对付的主。

在香港那几天的日子也过得简单，没有什么应酬不应酬的，主要也就谈事，谈到饭点也就吃些工作餐。一起来香港的除于崇外，还有江铭的助理、秘书和于崇的助理，一行五人下榻在文华东方大酒店，这地离中环近，事务所的香港机构就设在中环的国际金融中心，离各种娱乐场所也近，兰桂坊就在不远处。

江铭和事务所的交流也很顺利，既然事务所喜欢做的是地标建筑，江铭就向他们详细解释了这个市政府规划的未来城市副中心的未来，既然是面向未来，方信的项目就是为了打造未来的地标启动项目的，所以也期待设计上有突破有挑战性。事务所被江铭这么一说才开始有了兴趣，这时江铭乘机把所携带的资料给他们看，事情很快有了突破性进展。

俊涛在北京听了江铭的电话汇报非常高兴，如果不是东京那边的事他要去签约，恨不能亲自飞香港。江铭一行在香港近一个星期，五天里几乎谈妥了一切的事，事务所应江铭的邀请将在十天后访问在北京的方信公司，到时将在总部举行签约仪式。

到了第六天，江铭放假让随行的工作人员去随便玩玩，购物，三位工作人员都是年轻人，能出去玩自然高兴，一行三人相约就往迪士尼乐园，清晨六点多就出发了。

江铭难得有个休息的日子，就好好睡了一个懒觉，到了十点多起床打电话给于崇，于崇也还在睡觉，说也累了，中午吃饭再见。中午吃饭的时候，于崇看着漂亮的服务员，有些心花怒放，这时太太的电话来了，他赶紧收敛了暧昧的目光，跟着老婆轻言细语说话：

"我下午就去，你发短信告诉我款式，我帮你横扫海港城。"

原来于太太打电话来是要求于崇帮她购物，老婆大人的命令，于崇不敢不从，赶紧请求江铭随他一起去海港城，说来下午闲着没事，去逛逛购物也好，便一起去了。谁知于崇按照老婆发来的购物清单，两人上上下下跑了一个下午，包括雅诗兰黛的化妆品，普拉达的鞋，爱马仕和古驰的包，香奈儿和迪奥的衣服，卡尔文·克莱恩的内衣和香水，回家都可以开个奢侈品专卖店了。

十一月初的香港温度还是很高的，回到酒店出一身臭汗，吃了饭，洗了澡，于崇累得就想睡觉，江铭赶紧将他拉起来说道：

"你还真是一个'气管炎'，难得单身出来，一定要好好玩玩！"

"去哪儿玩啊，这人生地不熟的？"于崇问道。

"你跟我走就是了，今天晚上我请客就是！"江铭说道。

于崇见人家这么盛情，也不好拒绝，便换上衣服跟着出去了。夜晚的香港真是个花花世界，虽然于崇不是第一次来香港，也去过世界各地，但不是随着老婆就是还有俊涛，能自由自在放开去玩的机会不多，江铭一上来就给他来个猛的，在兰桂坊的一家艳舞酒吧看性感女郎跳艳舞，于崇本来就是一个好色的人，又喝酒，又是往艳舞女郎内裤里塞钱，自然是玩得兴高采烈。玩完了还不忘叮嘱江铭，千万别让老婆和俊涛知道他去了这种场所。

"你放心，我不会这么不够哥儿们！"

江铭拍了拍胸脯说道。

于崇低着头，加上酒精的作用，脸显得有些红通通的。江铭见状，忙又凑过去耳语道：

"还有更刺激的，想不想尝试一下？"

于崇赶紧摇头道：

"算了，我们还是回酒店休息吧！"

"好，我们回酒店，回酒店给你惊喜！"江铭答道。

"啥惊喜？"于崇好奇问道。

"回酒店就知道了！"

江铭招手打了一部的士，将两人载着迅速回到了酒店。到了房间里，于崇发现自己由于激动，出了很多的汗，连衬衫都湿透了，只好重新去卫生间洗了一个澡，澡还没洗完，听见敲门声，他赶紧擦干身子，穿上睡袍去开门。

很意外，门口站着一个身材火爆、外貌美艳的女子。于崇愣了一下，首先反应的是这位小姐走错房间了，便问道：

"请问你找谁？"

"请问您是于先生吗？"这位小姐一口流利的普通话。

于崇赶紧点了点头。

这位小姐妩媚地笑了笑，然后扭着腰走了进来。于崇顿时懵了，有些窘迫地又问道：

"小姐有事吗？"

这位小姐反身将门关上，然后回过头来笑着走过来将手搭在于崇肩膀上，于崇盯着这位小姐，她穿着低胸的内衣，两个半球呼之欲出，外边套着一件薄如蝉翼的外套，雪色肌肤若隐若现，下身是修身的深绿色短裙，加上两条修长的穿着黑丝袜的双腿，几乎要令人窒息了。

这时房间的电话响了，他赶紧跑过去接听，是江铭打过来的：

"于总，送你个惊喜看到了吗？"

"这，这是干什么啊？"于崇紧张地问道。

"你放心，这事只有天知、地知、你知、我知，我已经付过钱了，你就好好享受吧！"江铭说道。

"那你自己？"

"我自然是不会亏待自己，好了，不多说了，我也享受了！"

于崇放下电话，转过身，看见这位小姐已经将外套脱了，妙曼的身材随着她的动作在缓缓扭动，她脱下了鞋子，将自己的双腿撂在沙发茶几上，加上黑丝的诱惑，于崇只感到大脑一片轰隆声，顷刻间，精虫上脑，什么都不管不顾了，气喘吁吁走过去，将小姐抱起放倒在床上，双手伸进小姐的裙内，使劲拽着她的丝袜，小姐也不客气，紧紧搂着他的肩，将烈焰红唇贴了上来，欲望的潮水已将他们卷到维多利亚港的缠绵夜色中了。

隔壁的房间里，江铭也站在窗口与维多利亚港的夜色缠绵着，但是他的房间里没有其他的人，他是通过手机在与数千里之外的晓梅缠绵。

"我明天就回来了，有没有想我？"江铭通过短信问道。

"想你，天天都在想！"晓梅答道。

"俊涛去东京了，是不是更觉孤单？"江铭继续问道。

"他在不在，我都孤单，只有和你在一起，才不孤独。"晓梅答道。

"我明天晚上才能回来，明天你来我住处吧！"江铭说道。

"女儿在家，我不好出去过夜。"

"那好，我们后天见面！"

江铭放下手机，望着窗外的维多利亚港夜色，虽然它是如此璀璨动人，但是他的心却早已飞回了北京。如果不是其他几个人明天还要去购物，他恨不能马上离开这里，因为事情紧迫，不容拖延。

八

短短一周的时间，北京即由深秋转入了冬天，昨天夜里下了一晚的雪，所以走出机场，那些未融化的雪依然堆在路边，寒冷的北风代替了维多利亚港的温柔，瞬间似乎从梦境回到了现实。

在机场与众人告别后，江铭上了出租车，看看表已是晚上十一点，便给晓梅发了短信报平安：

"我回来了，想你！"

"我也想你，想起明天要见你，恐怕一夜难眠！"晓梅回复道。

"我昨夜已是一夜未眠。"

江铭放下手机，微微闭上眼睛，他昨夜的确是一夜未眠，太多的心事让他无法入睡。而那些往事一幕幕从远方走来，更让他心神不宁。他忽然抬起头，对司机说道：

"师傅，往西山方向走吧！"

司机点了点头，马上由机场高速转向了北五环。

晓梅是个实在人，她不会说谎，收到江铭回来的短信，她更激动了，在床上辗转着试图让自己入眠，但都无法让心情平静，她不明白为什么到今天才会有如此强烈爱的感觉，以前对俊涛没有过，对江铭也没有过。

也许是因为年轻，才没有真正懂得爱的真谛吧！她现在是这么想的。

睁开眼睛看见是无尽夜色，她多么渴望这夜赶紧过去，好让她去见江铭。闭上眼睛，江铭的轮廓就浮现在眼前，带着温暖的笑容走过来，一股暖流涌上全身，让她情不自禁陶醉其中。

忽然，枕边的手机响了，她伸手拿过手机，竟然又是江铭打来的：

"晓梅，你知道我在哪里吗？"

"你到家了吗？"晓梅问道。

"我没回家，我在你家楼下。"江铭说道。

晓梅大吃一惊，赶紧爬起来跑到窗前，果然看见一个人站在院子门外打电话。

"你怎么来了？"晓梅问道。

"我等不到明天，我只看你一眼就走。"

晓梅忽然感动得像什么似的，外衣也顾不上穿，就悄悄冲下了楼，打开门，扑进了他的怀抱。此时正是午夜十二点，大部分的人都进入了梦乡，寂静的门外只有心跳的声音。忽然，天空中又掉下几片雪花，掉在人的脸上冰凉入骨。

短暂的缠绵后，江铭说道：

"亲爱的，我走了！"

但是晓梅却紧紧抱住他没有松手。

"亲爱的，你怎么啦？"江铭再次问道。

在雪色的映照下，江铭看见晓梅缓缓抬起的头，脸容满是忧伤。

"今晚别走了好吗？"晓梅说道。

江铭笑了笑，用手撩起她被风吹散的头发，有几片雪花沾在头发上，他将它轻轻打去，雪花很快融化在手指尖。

"天真冷，进屋吧！别冻坏了！"

江铭说着将晓梅整个抱起，关了院门，悄悄走进了屋内。屋里的大厅没有开灯，只有微弱光芒的夜灯，上楼梯的时候，江铭不慎一脚踩空了，吓得晓梅低声惊叫了一下，随后俩人相视一笑，赶紧跑进了屋子。

进了屋子俩人就什么都不管不顾了，积蓄了一个星期的思念和欲望全面爆发，门口到床的距离只有几米，都没人能走过去，控制不了的情欲让身心难以控制，两人倒在地毯上热吻着，痛快呻吟着，恨不能将彼此融化在心中。

但是，在快乐巅峰状态的人，没有注意到楼上还有一个人在，这就是女儿莉莉，莉莉虽然还是小孩，但是夜里也有醒着的时候。当江铭抱着晓梅上楼的时候，在楼梯上摔倒，晓梅发出了低声惊叫，这叫声虽不大，却惊醒了莉莉，迷迷糊糊中莉莉感到一阵内急，便起身去上厕所。

这郊外的雪夜是格外安静的，小孩的听觉也是格外敏感的，她忽然听见一阵阵若有若无的呻吟声，这声音让她感到恐慌，便轻轻打开门，探出头，这时她清晰感觉到了，这声音是从父母的房间传出来的，但爸爸已去日本出差了，只有妈妈在家，发生什么事了？难道妈妈病了或是家里出现了灵异事件？

想到这里，她便揉了揉眼睛去敲门。

此时的江铭和晓梅已从地毯上爬到了床上，肉体的交融让晓梅已分不清现实和梦幻，唯有呻吟才能表达她的幸福，但是突然而至的敲门声让这一切戛然而止。

"谁？"

江铭紧张低声问道。

晓梅也满脸愕然地望着门口，屏住呼吸不敢动弹。

"妈妈，你怎么啦？"

屋外传来莉莉的声音。

晓梅这时才稍稍缓一口气，但是莉莉还在屋外继续敲着门喊道：

"妈妈，你开开门啊？"

"宝贝，我没事！"晓梅大声回应道。

"妈妈，我害怕！"莉莉说道。

"宝贝，你怎么啦？"晓梅焦急地问道。

"妈妈，我真的害怕！"

莉莉说着就低声哭泣起来。晓梅突然感到一阵慌乱，忙起身收拾一番，让江铭躲到了衣柜里，才走过去将房门打开。这时莉莉站在门口已哭成了泪人。晓梅一阵心疼，赶紧将莉莉抱在怀里说道：

"莉莉不怕，妈妈在的。"

"妈妈，我刚听见一些奇怪的声音，特别害怕！"莉莉说道。

晓梅难堪地笑了笑说道：

"好了，现在没有了，可以睡觉了！"

"不，我不回房间睡了，今天我要和妈妈睡，反正爸爸也不在家！"

莉莉说着，就自己飞奔到床上，扯过被子躺下。晓梅摇了摇头，苦笑着走过来，帮莉莉盖好被子，自己坐在床头，轻轻抚摸着女儿的头。躺在母亲身边的莉莉很快就安静了下来，带着均匀的呼吸声进入了梦乡。

看着孩子再一次进入了梦乡，晓梅终于缓过气来，她轻轻下床，走到衣柜边，打开柜门说道：

"出来吧！孩子已经睡了。"

江铭走了出来，拾起掉在地上的衣物说道：

"我先走了，咱们明天再见。"

晓梅点了点头，一路送他到楼下院门口，在门口两人还深深拥抱了一下，还接了一个缠绵的吻。只是他们没有注意到，在楼上的窗户边，莉莉已将这一切看到了。

晓梅回到房间时，看见莉莉正坐在床头盯着她，心不由得紧了，忙问道：

"宝贝，你怎么又醒了？"

"我根本没有睡着！"莉莉说道。

晓梅大吃一惊，忙问道：

"你到底怎么啦？"

莉莉忽然从床上跳了下来，大声喊道：

"妈妈，我恨你！"

说完扭头冲出了房间。晓梅赶紧跟着到了莉莉房间，莉莉跑到床上，用被子盖着头不理她，她只好坐在床边抱着女儿说道：

"莉莉，你就原谅妈妈吧！妈妈以后再也不这样了。"

"不，我不能原谅！"莉莉在被子里喊道。

晓梅的眼泪忽然就出来了，她接着说道：

"宝贝，你还小，不能理解妈妈现在所做的，但是无论如何，是妈妈做错了，就算你不能原谅妈妈，也别把这事告诉你爸爸，要是这样，妈妈就不活了。"

莉莉忽然掀开被子说道：

"那你要保证不再和那个男人来往！"

晓梅赶忙点头说道：

"好，妈妈答应，妈妈什么都答应你。"

"你今天晚上陪着我，哪里都不能去！"莉莉说道。

"好的，妈妈陪你！"

晓梅说着，就躺在了女儿旁边，她将女儿抱了过来，轻轻抚摸着她，眼睁睁看着她再次入睡，而她自己则一直看着窗外的夜色，直到东边的天空露出鱼肚白。

九

俊涛在东京要待四天，周宇在这四天里算是轻松不少，可他怎么也放不下，一直在琢磨着那天遇见的事，晓梅为什么要去西直门的旧居，难道晓梅和江铭之间真的有什么关系？可惜从那天之后江铭又去了香港，把这问题留给了他独自去琢磨。

今天江铭回来了，于崇也回来了，于崇总是一副乐呵呵的样子，像是永远透明似的，而江铭这次回来似乎心思更重了。虽说俊涛总是爱批周宇，其实周宇不傻，上心的事他都会千方百计弄个明白，近来他上心的事就是地产公司运营的事，本来这大半年来里里外外的事都是他在做，谁知半途杀出个江铭，他心里当然失落。上次俊涛也没说错，他对这事，对江铭的确有些耿耿于怀。

其实周宇和江铭也是很熟的，当年江铭对晓梅的那点意思，他也是看出点眉目的，不过一眨眼晓梅就成了俊涛的女朋友，最后成了俊涛的老婆，今天的晓梅虽贵为他的老板娘，但他和晓梅一直接触不算太多，关于晓梅的事一般都是从媛媛处，或其他同学那听说来的，不过就凭他的感觉，晓梅和俊涛还真不合适，晓梅太内向，太沉默寡言，不善于交际，作为富豪的太太是一大缺失，这点来看刘媛媛更适合做俊涛的太太，米娜也不适合，过于张扬。晓梅和江铭倒是很配，江铭温和却不失精干，内敛又张弛有度，适合晓梅这样的小家碧玉。不过他对江铭的这个评价，只适合十年前，现在的江铭外表依旧温和，但眼神中透露出的冷和狠，常让他感到一丝寒意。

这也就是说他现在非常不喜欢江铭，不搞倒江铭，江铭始终会是他进一步提升的障碍。如果可以找到江铭和晓梅的……

想到这里，他不由得笑了笑。拿起桌上的电话拨通了江铭办公室的电话，江铭正好在。

"江总，回来了啊？"周宇问候道。

"是啊，昨晚刚回来的！"江铭答道。

"我正有事要找你，下个星期市政府有几块商业用地要拍卖，方总说等你回来了，让我陪你去看看那几块地，值不值得去拍。"周宇说道。

"可以啊，你说什么时候去吧？"江铭问道。

"要么我们现在就去，这几块地比较分散，可能要跑一整天。"周宇说道。

"这，我看还是改天吧，今天中午还有饭局，实在是抽不开身啊！"江铭说道。

周宇笑着摇摇头说道：

"江总，真是大忙人，那就这样，改天我再约你！"

放下电话，周宇嘘了一口气，站到了窗户边，拿出一根烟点燃抽了起来。不一会儿便看见江铭提着包匆匆走了出来，开着车子向西直门方向奔去。周宇赶紧也拿着东西，匆匆出了门。

今天周宇没有开自己的奥迪车，而是开着手下的一部雅阁，直奔西直门的那个小区。

晓梅今天的心情特别矛盾，她不想对不起女儿，但又控制不住要去想江铭。考虑了很久，最后还是忍不住去了江铭处。到了小区，她走出了车，朝四周看了看，然后上了楼。敲开门，江铭已在房间里等了一会儿了。因为昨天晚上的激情缠绵被莉莉打断，所以此刻江铭更显急迫，抱住晓梅就一阵热吻，但晓梅似乎不在状态中，她用力推开了江铭说道：

"我们不能一直这样了！"

89

"你怎么啦？"江铭问道。

"昨天晚上女儿发现我们的事了，我担心这事对她会有影响。"晓梅说道。

"怎么会这样？"江铭问道。

"你从衣柜里出来的时候，她还没睡着，后来发生的一切她都看见了，你走后她又哭又闹了很久，我一晚上都没睡着。"

江铭用手轻轻托起她的脸庞说道：

"难怪今天这么憔悴。"

晓梅将头扭到一边说道：

"以后我们还是少见面吧！"

"不，你跟我走吧！"江铭突然一把抱住他，大声说道。

"不行，我还有女儿，我放不下。"晓梅答道。

江铭无语松开了她，默默走到床头坐了下来。晓梅忽然觉得自己太没顾及江铭的感受，赶忙走过去，俯下身子对他说道：

"对不起，我真的不知道该怎么办！"

她看见江铭抬起了头，眼眶中有泪水涌出。

"江铭，你怎么啦？"她忙急切地问道。

"没什么，我只是有点难过！"

"江铭，你别这样！"

晓梅说着将头深深埋进了他的怀抱中，忽然她感觉到了他的身体在微微颤抖，而且越来越剧烈，似乎情绪波动很大，便又再次抬起头，看见此时的江铭已泪流满面。

晓梅赶紧握住他的手说道：

"江铭，我是爱你的。"

过了好一会儿，江铭才控制住情绪说道：

"可是爱又怎么样，多年前你离开我，你顾及过我的感受没有，我那封信写得那么痛彻心扉，你都没有回头，这么多年来，我一天也没有忘记过心中的痛苦，我恨你，你知道吗？我曾以为今生是注定要擦肩而过，但是几个月前再次见到你，我发觉我根本无法恨你，因为我爱你胜过一切，我和你命中注定，但是我想错了，你始终是要离开我的。"

一番话说得晓梅眼泪也是哗哗往下流,忽然她若有所悟地问道:

"信,什么信,我没看到过你写的信?"

"我要媛媛代转给你的。"江铭答道。

"我真没看见过什么信。"晓梅说道。

"算了,都是往事了,如果这一生我们注定不能在一起,就让我们珍惜眼前的每时每刻吧!"

江铭说着再次将她拥入怀中,而她则闭上眼睛享受这难得而短暂的温情。

十

媛媛在前一天晚上接到晓梅的电话,她劈头盖脸地就问什么信的事,媛媛回忆了好半天才记起,当年江铭是给过她一封信,当时晓梅就要结婚了,所以就没把这封信给晓梅。现在晓梅气势汹汹地来问这封信,她也只好回家从故纸堆找信,这事她自己也觉得幸运,这九年来,她搬了无数次家,竟然还能将信找到。

上午十点,晓梅便急不可待地约着媛媛在他们杂志社的楼下咖啡厅见面,媛媛一见到晓梅那憔悴的模样,还有她问这封信的事,心里就有些明白,晓梅和江铭的感情纠葛可能难以避免了。

"那封信呢?"晓梅冷冷地问道。

媛媛见她这架势,赶紧给递了上去。晓梅微微颤抖着打开这封信,是江铭的字,虽有些泛黄了,但字迹依然清晰:

晓梅:

你好!

也许你收到这封信的时候,我就要离开北京了。听说你快要结婚了,如果真是找到你一生所爱,我祝福你。而我,就带着这样的伤痛去不知名的地方吧。这些天的夜里我总是睡不着,总在想自己错在哪里?你为何这样对我,命运为什么这样对我,我也是个善良、勤奋,有思想、有目标的青年,只是我的野心不大,只是渴望能在这个城市中站稳脚跟,能有一个值得相守的爱情,可为什么,这么卑微弱小的梦想都被无情剥夺。真的,我想了很久，很久，我就像被梦魇所侵袭，整日在幻想和绝望中度过。

我爱你，你是知道的，你也爱我，我也是明白的，在过去的半年里，虽然时间短暂，可我能感受到彼此的用心，虽然你不擅表达，可我能感觉到。但是，你能这样狠心地离开我，我想你心中也是痛苦的，你心中的痛苦来自于爱与欲望得不到平衡，你曾许多次和我说起你的母亲长期卧病在床，母亲收入微薄，你要赚钱帮助他们，可你对体面生活的向往也溢于言表，而我能给你的太少太少，对未来的承诺只是水中花、镜中月，你不愿在这样无止境的等待中耗费掉青春，这五年，这半年如同梦幻一般，醒来也就该散了。

或许这根本不是你的错，更不是我的错，错的是命运，不该生在这个时代，不该来此地，更不该让我遇上你，但我始终期待努力能改变命运的，我期待着给你所期待的未来，所期待的生活，真的，我一直在努力，你为什么就不相信我？我是9月15日中午的火车，我在西客站等你，离开或留在这个城市我都期待能与你同行。如果你真的不再爱我，那也就算了，我会去一个没有人认识我的地方，放下我所有的期待、梦想、回忆，面对未知的未来，从此爱与恨与你无关。

也许是永别，也许是永恒，我等你的回答。

江铭

9月13日

信的下面还有一行黑乎乎的，似乎用墨汁，或是什么颜料写的字：我爱你，永远！

看完这封信，晓梅轻轻擦去脸上的泪水，问媛媛道：

"这封信，你当时为什么不给我？"

"你当时就快要结婚了，我怎么能把这封信给你，万一有什么事，我不成千古罪人了。"媛媛答道。

"那你现在就不是罪人了？"晓梅问道。

"哎呦，我的方太太啊！那个时候的情况你都不记得了，是你自己选择离开了江铭，就算这封信当时能送到你手里，除了徒添伤感，也不会有什么改变的！何况当时我对俊涛的意思你也是明白的，没有谁比我更为你们着想的了，换作别人，拆散了你们，那笑还来不及。"媛媛尖声说道。

"哎！我真不知道当时会怎么样，也许是此一时彼一时吧！"晓梅叹着气说道。

媛媛越看越觉得不对头，赶忙将头伸过去低声问道：

"莫不是你和江铭又旧情复燃了？"

晓梅无奈笑了笑，没有说话。

"你不说话就是默认了？"媛媛继续问道。

晓梅低下头依旧没有说话。

媛媛"哎"了一声倒在座椅上，无奈摇了摇头。

"我现在也不知道该怎么办了！"晓梅说道。

"我都不知道该怎么说你好了。"媛媛道。

晓梅拿出纸巾擦了擦眼泪。

"这事可千万不能让俊涛知道，俊涛知道了会杀了江铭的。"媛媛说道。

"他知道了又如何，难道他自己就是干净的吗？他和米娜的事我又不是不知道。"晓梅说道。

"他和米娜的事都过去这么多年了，你还耿耿于怀？"媛媛问道。

"不是，我是说现在，我亲眼看见的。"晓梅说道。

"我知道米娜回来了，但她和俊涛怎么样我还真不知道，就算她和俊涛有怎么样，你也不能拿这事来报复他啊！"媛媛说道。

"没有报复，我是真的不爱俊涛了，自从发现他和米娜的关系后更是平添了厌恶。我想我当初的选择是错了，如果再让我选择一次，我是不会再选择走这条路了。"晓梅说道。

"那是你现在的想法，如果让你再回到二十三岁，你还是会选择俊涛，俊涛就是一个梦幻，帅气、富有、有能力，不到三十岁就独立掌控着一个独立的帝国，他是所有少女的梦想，你是经历了这些梦幻般的生活，现在平淡了，才发现自己并不适合这样的生活，又试图重拾少女时代的温情。"媛媛说道。

"你不了解我，我现在才发觉，这么多年来，我爱着的人始终是江铭。"晓梅说道。

"人生可以有错，可以有后悔，但是很多事回不到从前。"媛媛说道。

"也许吧！"

93

晓梅说着看了看窗外，雪后的阳光透过大落地玻璃窗投射了进来，刺得她眼睛有些发涩，她回过头，忽然看见媛媛低着头，眼睛中似乎有泪水在闪烁。

十一

于崇忽然发现一个星期前转到方信地产账户上的一亿元资金不见了，顿时惊了一身冷汗，赶忙打电话给江铭，江铭说他在开车，马上就要到公司了，十分钟后到办公室，见面后再说此事。

从江铭的口气来看，这事的确与江铭有关，只要江铭人还在，一切都好办，于崇稍微松了一口气。可如果没有他的签字，这钱是不能动的，到底发生了什么事，只有等江铭回来当面对证了。江铭很快就到了办公室，虽然只有十多分钟，于崇觉得过了一个世纪。赶忙冲了过去，关上江铭办公室的门小声问道：

"你到底在干什么，你是要我去死吗？"

"哪有这么严重，我只是把这钱转到一账户上过一下，很快就会回来的，顶多一两天。"江铭笑笑说道。

"不行，你得马上给我转回来！"于崇说道。

"好，好，你别这么激动，先喝一杯茶缓一缓！"

江铭说着给于崇倒了一杯茶，于崇接过茶喝了一口，但情绪并没有缓下来，而是接着问道：

"你说吧，你到底是想干什么，如果你说不出个理由，我马上报警了。"

"好，好，我现在就告诉你，算帮我个忙好吗？我和一个朋友注册了一家建筑公司，你知道方信的地产项目很快就要开始了，我也想能参与，所以就将这笔钱调过去过一下，完了就会回来的，你别担心，俊涛后天才回，这事我不会连累你的。"江铭说道。

"我是问你怎么把这笔钱划走的，为什么我都不知道，你真当我是白痴了吗？"

于崇说着大吼一声，将茶杯摔在地上，茶水和茶叶四处飞溅。

江铭脸上并没有露出惊讶的表情，他只是平静地说道：

"公司刚成立，总经理是我，我有权处理资金往来，你只是方信集团的财务总监，并不需要事事都经过你吧？"

"但这笔钱是方信集团的，并不是你的，你快把这笔钱转回来，不然我马上打电话告诉俊涛。"于崇拿起手机说道。

江铭冷笑了一下继续说道：

"我只是请你帮个忙而已，何必弄出这么大的动静，等我接下通州项目，自然会回报一大笔给你的。"

"我不稀罕，你现在转不转？"

"稍等，我给你看个东西？"

江铭说完站起来走到办公桌前打开电脑，接着抬起头对于崇说道：

"你过来吧，看看这个！"

于崇满怀狐疑地走了过去，看见电脑上一个视频被打开，视频竟然是前几天在香港酒店里发生的那一幕，视频里他在和那位小姐激吻着，然后是更加不堪的一幕幕，而且他在和那女人做爱时的淫词秽语也一字不差在银屏上听得清清楚楚。

于崇惊愕得再也说不出话了，江铭笑着拍了拍他的肩膀说道：

"如果我把这视频交给你太太或者俊涛，你想会有什么后果？"

此时的于崇脸色已涨得通红，突然他冲了过去，要将视频文件删掉。江铭忙拉住他说道：

"没用的，我有备份，你想回去再仔细研究，我还可以给你一份。"

江铭说着递给他一个光盘。

于崇拿着光盘，气喘吁吁倒在老板椅上，额头上已渗出密密的汗珠。

"没事的，这事只有天知，地知，你知，我知。"江铭笑笑说道。

这话于崇不陌生，那天晚上江铭在电话里也说过这话，可现在呢？他忽然感到受到莫大侮辱，大吼一声跳了起来，一把掐住江铭脖子。江铭未料到他会来这一手，连退了几步，才稳住脚，忙抓住于崇的胳膊，一转身将他摔倒在地毯上。于崇虽高壮，但身上都是肥肉，江铭看上去像书生，却是精悍的，两人在地毯上翻了几个跟头，最后于崇被江铭压在地上不能动弹，这时电话响了，江铭忙在于崇耳边说道：

"别闹了，过两天我会转回来的。"

江铭说完放开了于崇，于崇拍拍身上的灰尘，一言不发打开门走了。江铭走过去接电话，是总裁办打过来的，告诉他俊涛后天中午回来，到时让他去机场迎接。

江铭答应着放下电话，眼神忽然变得捉摸不定，坐在大班椅上思考了一下，然后又匆匆离去。

十二

晓梅恍恍惚惚回到家，无力地倒在了沙发上，掏出那封发黄的信看了又看，她无法揣测自己在当年看到这封信会是什么样的感觉，而今天看到这封信后，几乎已将她击倒，她不明白当年自己为什么那么自私，而今所遭受的罪，一切都是报应。

就在她沉醉在记忆和现实中不能自拔的时候，保姆过来了，提醒她司机已在门口等候很久了，她才想到该去接女儿放学了。女儿自前天晚上那件事后，一直闷闷不乐，现在她也不知道该怎么去面对。

到了学校，她看见女儿孤零零一个人站在那儿，其他的同学都已经走了，她忽然间心中又充满了自责，赶紧下车跑了过去，牵着女儿的手，问她今天做了些什么，女儿敷衍了两句则不再说话，让晓梅好不难受。

夜里辅导完女儿做功课，又安排好女儿睡觉，睡觉前女儿突然问了一句：

"妈妈，你会离开我吗？"

"不会的，妈妈永远和你在一起。"

女儿才对她笑了笑，安静地睡去。就在这个时候，江铭的短信来了，她赶紧走出了女儿的房间，打开手机短信：

"你在干什么，今天没有见到你，一直心神不宁。"

"我今天看到那封信了，真的很对不起，我不知道怎样去弥补过去对你造成的伤害，但事到今天，有太多放不下，如果我们再这样下去，势必伤害到更多人，我也爱你，但我不能再想念你！"晓梅回复道。

不一会儿江铭回了过来：

"我能理解你，能再次与你相遇我很高兴，后天俊涛就要回来了，我以后不会再打扰你们的生活，但是我真的特别想念你，我们明天能再见一面吗，就算是最后一面吧！"

晓梅点了点头，回了过去：

"好的，我答应你，明天见！"

放下手机，晓梅回到女儿的房间，看见女儿熟睡的状态，不由得伸出手抚摸着她的脸，泪水止不住流下来，她怕女儿忽然又醒来，看见她如此这般模样，便赶紧关了灯，走出了女儿的房间。

十三

昨天还是晴朗透明的天空，过了一天又变成了灰霾阴沉，就像笼罩在人心上的灰暗，怎么驱也驱不散。晓梅是在午后驾着车出去的，一路上在想，这也许是她和江铭最后一次约会了，不免感到有些哀伤。

但是江铭始终就像灰霾中的一丝亮光，让她感到温暖。车子开到了楼下，她向四周看了看，也许是因为天气冷，院子里看不到一个人，寂静得有些可怕，她戴上墨镜低着头匆匆下了车，径直上了电梯，电梯里有个陌生男人，用奇怪的眼神看着她，让她感到惴惴不安，到了楼层，便赶紧下了电梯，敲响了房门。

江铭迅速打开了门，一把抱住了她开始激烈地热吻，一直吻到喘不过气来，才暂时停下来。两人拥着到了床上，江铭柔情地抚摸着她的全身，就在她情难自控的时候，江铭忽然停下来说道：

"晓梅，你跟我走吧！"

晓梅无语望着他，摇了摇头。

他没再继续说话，只是将头深埋进了她的胸内。晓梅紧紧抱住他的头，轻声呻吟着。忽然晓梅停止了呻吟，将头抬了起来。

"你怎么啦？"江铭问道。

"我怎么听见有动静！"晓梅用颤抖的声音说道。

江铭赶紧坐起来，望了望四周，并没有看见、听见什么动静。

"你太过敏了吧？"江铭笑笑问道。

晓梅无力躺了下去，闭上眼睛，江铭再次俯下身，轻吻着她的面庞。突然，晓梅又睁开眼，将他推开说道：

"我听见有脚步声！"晓梅用颤抖的声音说道。

"在哪？我怎么没听见？"江铭迷惑地问道。

"他来了！"晓梅说道。

"谁？"江铭问道。

"俊涛来了！"晓梅喊道。

话刚落音，客厅的大门被砸开了，俊涛和周宇，还有一个壮汉一起走了进来，俊涛冲在最前面，眼神像一头被激怒的牛，红得可怕。

晓梅惊叫一声，试图用被子遮挡住裸露的身体，却被俊涛一把抓住手，然后是狠狠的一个耳光，晓梅惨叫了一声，赤身裸体滚落在床下。

"晓梅！"江铭喊了一声，试图去扶晓梅，俊涛冲上床，对着他的胸就是一脚。江铭痛苦地将身子蜷缩了起来。

"你这不要脸的，拿着我的钱，在我的屋子里，玩我的老婆，你还是人吗？"俊涛怒吼道。

"不是，她本来就是我的，是我的，是你从我手里抢走的！"江铭喊道。

"你放屁，给我打，打死这个不要脸的。"俊涛继续怒吼道。

俊涛身边的那个壮汉，走上去将江铭从床上拖了下来，开始拳打脚踢。开始江铭惨叫了几声，后来渐渐没有声息了。这时晓梅忽然冲了过来，扑到江铭身上喊道：

"不要打了不要打了，都是我的错，都是我的错！"

壮汉见状，暂停了下来。

晓梅赶紧跪到俊涛脚下说道：

"我知道错了还不行吗？你要惩罚就惩罚我吧！"

俊涛冷冷看了她一眼说道：

"你们先把她带回去，我和她回去再说。"

接着俊涛转过头对江铭问道：

"你说你该怎么办？"

此时的江铭已满面血污。他摇摇晃晃站起来说道：

"随你怎么办吧！"

"你给我滚，马上滚，不要再在北京让我看见你，穿上你的衣服，房间里什么都不许带走。"俊涛说道。

江铭点了点头，摇摇晃晃穿好衣服，只拿了自己的包，便往外走。

"回来！"俊涛喊道。

江铭转过头，眼光呆滞地望着他。

"把你的包打开！"俊涛说道。

周宇走上去，拿过江铭的包，将包里的钥匙、文件等一切与方信可能有关的物品都掏了出来，然后才将包塞回给了江铭，说道：

"走吧！"

江铭凝视了一下晓梅，然后头也不回地走出了房间的大门，消失在走廊拐弯处。

俊涛望着裹着毛毯坐在地上的晓梅，对身边的两人说道：

"你们都到客厅里等着我吧！"

两人点了点头出去了，顺便将卧室的门关上。此时只剩下他们两个人了，俊涛蹲了下来，看着晓梅脸上刚被他巴掌扇出的血印，不禁又有些怜惜了，他将手伸了出来，想去抚摸她的脸，却被她轻轻避开了。

"你为什么要这样做？"他低声问道。

她摇摇头不说话。

这句话是他昨晚在东京就想要问的，这一路上他自问过自己无数次，她为什么要这么做。昨天晚上他回了酒店，就收到了周宇发来的照片，照片是他们俩偷情的全过程，从晓梅到达，到最后俩人出来，虽没有拍到他们偷情的具体照片，但看到这几张照片，傻子都会明白照片背后发生的事。

昨晚他是一晚没有睡着，今天一早就坐飞机独自回来了，他没有通知任何人，随行去东京的人员也还在东京，只打电话让周宇到机场接他，问周宇到底是怎么回事，周宇解释确是一个意外发觉的，他没有其他什么意思。俊涛没有说太多其他的事，让周宇唤来他平时外出的贴身保镖，然后直接去了他原来居住的小区，他猜想，大家都知道他计划是明天回来，在他回来前的最后一天，他们一定会见面，所以他选择一个隐蔽处守株待兔。

等了一个小时，他看见江铭回来了，开着他配给江铭的那部雪佛兰汽车，又过了两个小时，在他几乎认为晓梅不会来，心里有了浅浅宽慰的时候，那部红色玛莎拉蒂出现了，晓梅穿着一件黑色呢子大衣，戴着黑色墨镜，像个幽灵般溜进了大楼。

一种窒息感弥漫全身，让他的身体忍不住抖了起来，几度不愿上楼，见证这让他难以接受的一幕。

"你为什么要这么做？"

俊涛再一次抓着晓梅的肩膀吼道。

"我爱他！"

晓梅说道，声音平缓，似乎在回答一个无奇的问题。

"那我呢？我是什么人，乌龟吗？王八吗？"俊涛问道。

"我们本身就是一个错误！"晓梅答道。

听到此话，俊涛几乎脸上挂不住了，挥起手对着她又是一巴掌。这一巴掌让她鼻子开始流血了，但她依然平淡地说道：

"你把我打死算了吧，反正我也不想活了。"

俊涛摇了摇头，拿出纸巾帮她将面上的血迹擦干净说道：

"穿好衣服吧，我们先回去。"

说完他站了起来，打开门走了出去。

十四

俊涛一行人回到家时，已近黄昏，司机已将车停在院子里等着晓梅去接女儿，却见下来一大群人，很是惊讶，保姆们也手忙脚乱地出来迎接问候。

"先生，太太，该去接莉莉放学了。"司机说道。

"今天你去帮我们接下莉莉，我和太太有点事。"俊涛说道。

司机答应着便离去了。俊涛又回过头对周宇说道：

"通知等会儿开总裁办公会议。"

"可是快下班了。"周宇答道。

"下班了也要开，今天谁走了，我处罚谁！"俊涛说道。

周宇点了点头，忙去下通知了。所谓总裁办公会议，不外乎是公司几位高层，就是四大金刚，加上财务总监于崇和总裁办的几个人。如果是扩大会议，部门负责人也会参加。

俊涛带着晓梅上了楼，俩人面对面坐了一会儿，俊涛忽觉烦躁不安，不知道该说什么，便对她说道：

"你现在在这待着，反思一下，等我回来，咱们再谈！"

然后关了门离去。

就在俊涛准备上车去公司的时候，莉莉回来了，莉莉见爸爸回来了，高兴得要死，她从车子上跑了下来，大声喊着：

"爸爸，爸爸……"

一直紧绷着脸的俊涛忽然笑了，他走过去一把抱起女儿，喊道：

"还是我的小公主好，总是将爸爸记在心上！"

"爸爸，我有很多话想和你说。"

"等会儿，等会儿，晚上啊，爸爸也有很多话对我的小宝贝说。"俊涛说道。

"爸爸，看了我的微博没有？"莉莉问道。

"看了，看了，你说你特别想念爸爸，真是爸爸的好女儿。"

他说着狠狠亲了一口女儿，才将女儿放下，上了车。到了车上坐好，发现自己眼睛湿润了，原来女儿一直是他最不舍的牵挂。忽然他想起前日看的女儿微博，字里行间似乎有许多心事，忙掏出手机再次查看。前日莉莉的微博上这么写着：

"今天我特别想念爸爸，他什么时候能回来，我有话想对他说。"

接着，他又发现女儿在今天上午发了一条新的微博：

"我心中的小秘密，不知道该对谁说，我好难过。"

难道女儿对晓梅外遇的事也有所察觉，他心里猛地一惊，回过头，已不见女儿的身影，车子已驶出小区，快速向金融街方向驶去。

十五

俊涛提前一天突然从东京回来，让公司所有人都不解。几位公司高层在临下班的时候又接到紧急召开总裁办公会议的通知，职业敏感性，让人感觉到会有重大变故，所以几位高层赶紧推掉已安排好的应酬，在公司静候。不一会儿又传来消息，总裁办接管了江铭办公室，暂停了地产公司的一切业务，大家似乎明白了事情可能与江铭有关。

最大惊失色的是于崇，他听说江铭可能出事了，全身都瘫软了。将自己办公室的资料撒了一地。

当俊涛到达会议室的时候，所有人都战战兢兢迎候着，于崇更是紧张得不知道该怎么办，他以为俊涛已经知道这事了，所以在等待着狂风暴雨。谁知俊涛开始并没有说这事，只是简单说明了一下江铭因故辞职，工作需要暂时调整。

江铭走了，这对于于崇来说又是一个晴空霹雳，惊得他不知道如何是好，他已不知道俊涛后边在说什么，头上冒出的都是密密的汗珠。忽然他听见俊涛在喊他，才赶忙将神稳住：

"于总，你让财务将地产公司的账整理一下，明天送给我。"俊涛说道。

"方总，我……"于崇话说到一半，又不敢说了。

"于总，你怎么啦？"俊涛用怀疑的目光看着他。

"有个事我想和你说一下！"于崇说道。

"好，散会吧，于崇，你到我办公室一下！"

俊涛说完，便起身去了自己的办公室，于崇赶紧跟了上去。

过了一会儿，那天还没来得及离开公司的高层都听见总裁办公室里传出来的怒吼声，这吼声是所有人从未听见过的。

"滚，你马上给我滚出去……"

俊涛大声喊着。紧接着是于崇连滚带爬跑了出来，连同于崇滚出来的还有一本厚厚的《辞海》，一位站在门口的高层不是躲得快，那本《辞海》就砸到身上去了。

几位高层站在门口惊得大气都不敢出，说实话，这些年来，还没人看过俊涛发这么大的脾气。几位高层扶住几乎站不稳的于崇，问发生什么事了，于崇只是不停地摇头，一句话也不愿说，大家只好将他扶在沙发上坐好，并倒了一杯茶给他喝。

过了一会儿，总裁办的一帮人匆匆忙忙跑进了总裁办公室，接着又有人匆匆跑出来，里面电话响个不停，还有俊涛敲着桌子说话的声音。不久周宇走出来对大家说道：

"好了，辛苦大家了，没事大家可以早点回去了，于总留下就是。"

大家用同情的目光看着于崇，带着满肚的疑问先后离去了，留下的人则继续忙碌着。

102

第五章　一路狂奔

一

　　俊涛离开后，晓梅一直坐在沙发上没有动，想到今天所遭受的一切屈辱，忍不住大哭了起来，莉莉听见她的哭声，走进来，站在门口看了看，没有说话。哭完以后又觉得心里空得慌，不知道江铭现在怎么样了，于是拿起手机拨江铭电话，却见电话提示是你拨的号码已关机。就在这个时候，一个陌生号码发来短信：

　　"我是江铭，跟我走吧，我在你们小区门口等你。"

　　晓梅瞬间像被打了强心针般，眼睛放出了光芒，如果以前她对这份感情还畏手畏脚的话，事到如今已是没有任何的退路了，如今只能放手一搏了。她起身看了看窗外，黄昏的小区依然安静，俊涛还没有回来，她得抓紧时间收拾离开。想到这里，她马上给江铭回了一条短信：

　　"好，等我！"

　　简单收拾了一些物品，她探出头，看见一楼大厅里保姆正在准备晚餐，保镖站在那走来走去打电话，忽然觉得自己带着一个包走出去未免目标太大了，便扔掉许多物品，只带一个随身包下了楼。

　　到了楼下，她一言不发地往外走，保镖见状赶忙放下电话，跟了上去问道：

　　"夫人，你去哪儿？"

　　"我出去走走！"晓梅答道。

　　保镖没有再说什么，只是紧紧跟着。

　　"你老跟着我干什么？"晓梅问道。

　　"夫人，不好意思，是方总让我这么做的。"保镖答道。

　　晓梅白了保镖一眼，头一甩回去了。

　　大约过了十分钟后，保镖忽然听见防盗警报声大作，赶忙跑了出去，看见晓梅牵着一根救火消防安全逃生绳，从二楼窗户爬了下来，便大声喊道：

"夫人，你这是干什么？"

晓梅没有理会他，跳了下来，不小心摔了一跤，也顾不上痛，爬起来就跑，保镖赶紧追了出去。

这时莉莉在自己房间里也看见了这一幕，趴在窗口大声喊道：

"妈妈，妈妈……"

听见女儿的呼喊声，她忽然停了下来，朝女儿的窗花望去，女儿在窗户边上不停地向她招手。她忽然泪如雨下。可就在这时，保镖追上来了，她不等擦干眼泪继续跑，跑到小区大门口时，保镖马上就要追上来了，一辆切诺基突然冲了出来，江铭打开车门喊道：

"晓梅，上车！"

晓梅伸出手，江铭一把抓住她，将她拉上了车。保镖追上了，抓住车门不放手，切诺基上开车的女士，马上打方向盘，走了一个S的路线，将保镖甩开了，迅速消失在夜色里。

俊涛安排了大量的人手去机场和车站拦截江铭，但是时间已过去一个小时了，没有任何消息反馈回来，如果时间越拖后，找到江铭的希望就越小了，这一亿就石沉大海了。

"不如我们报警吧！"于崇说道。

俊涛把一摞资料甩了过去，吼道：

"报你妈个头，嫌我还不够丢脸？"

于崇见状，再也不敢说话了。

这时，俊涛手机响了，是保镖打过来的，他听着电话那头说的话，忽然瘫坐在大班椅上，好半晌没有说话，只是坐在那儿发呆。

"方总，你怎么啦？"周宇赶紧走了上去问道。

周宇发现俊涛身体抖得厉害，嘴唇已咬破了，有殷红的血渗出。

"我得回去了！"俊涛说道。

俊涛拨开周宇的手，站了起来往外走，但走了几步，没站稳，摔倒在了地上。周宇和于崇马上跑过去扶他，他甩开他们两人说道：

"走开，你们这些没用的废物！"

他自己爬了起来，加快了脚步往外走去，周宇和于崇赶紧跟了上去。

二

黑色的切诺基疾速地向南驶去，上了车的晓梅依然情绪激动，控制不住地大声痛哭，江铭紧紧抱住她，轻声安慰着。也许晓梅以这样的方式向往日的生活告别，但她哭的不是奢华的生活，被人仰慕的身份，她哭的是从此与女儿的天各一方，天下母亲都一样，再多的爱恨也放不下自己的骨肉。

哭了一会儿，晓梅才渐渐平息了，这时才注意到开车的是一个已近中年的女性，这个女性一路上没有说话，开着车子飞快驶出了北京城，上了107国道。到了保定的样子，车子才停了下来，此时天色已完全黑了，这位女性转过头来笑笑对晓梅说道：

"晓梅同志，你好，我们又见面了！"

晓梅赶紧抬头望着这位外表普通，上下透露着干练精明的女人，有似曾相识的感觉，但是怎么也想不起在哪儿见过。

"哦！这位是马姐，我的好朋友。"江铭介绍道。

"马姐，你好！"晓梅说道。

"呵呵，还是不要记得我好，当年也没给你留什么好印象。"马姐爽朗地笑着说道。

"当年我也对你没什么好印象。"江铭说道。

"好了，不说这些了！"马姐说着拿出两张火车票说道："这是两张到昆明的车票，在保定上车的，今天晚上你们就在保定睡觉，我已帮你们订好了酒店，明天上午出发就是，今天晚上我还得回北京，祝你们旅途愉快啊！"马姐说道。

江铭答应着，带晓梅下了车，马姐和他们挥了挥手，然后掉转车头快速离去。

俊涛回到了家，家里一片寂静，保姆带着莉莉坐在沙发上，虽然客厅的灯光依然明亮，布置奢华依旧，却怎么也抵挡不住一种莫名的萧瑟感。莉莉看见父亲回来了，似乎突然情绪爆发了，她从沙发上跳了下来，飞跑着扑到俊涛身上，大声哭了起来。

"好了，好了，宝贝不要哭了！"

"妈妈走了，她再也不要我们了。"莉莉一边哭着，一边说道。

俊涛紧紧抱着女儿说道：

"爸爸不会走的，爸爸永远和你在一起。"

俊涛说完，自己的泪水也忍不住流下来了。他不记得自己上一次流泪是什么时候，可以肯定地说有许多年了，远到已经忘记，这些年来他给人的印象是铁人，是金刚，无论多大的压力，无论遭遇多大的危机，他都能应付，他都能处理，就算是公司在金融危机期间面临破产的危机，客户和银行几度带给他绝望，那时有可能明日清晨就一贫如洗，他都没掉一滴泪。这些事，父母不知道，小梅也不知道，只有他自己明白。

一亿元，对于方信来说，算不上什么伤筋动骨的数字，可他为何还是如此痛彻心扉，当然还是为了晓梅，这么多年来，他始终将她放在重要的位置，他知道她不好交际，不喜欢热闹，所以她不喜欢出席的活动也没有强求她出席，她说她喜欢清静，就从热闹的西直门，搬到了这个安静的郊区，她说她想出去走走，只要有时间，他也带着她出去走走，美国，欧洲，澳洲都去了，而且在金钱方面他也从不吝啬，从她十九岁，到如今三十二岁，十三年，纵然有过短暂的小插曲，他一直认定她是他这辈子唯一的伴侣，不知道今天为什么会遭到如此的报应，而且这人竟然是江铭，他真的是引狼入室，如果被外人知道，这是洗不掉的屈辱。

此时，他对江铭的恨，已到了无以复加的地步。

安排好莉莉睡觉，他回到了自己的房间，以前无论什么时候回来，晓梅都在房间里等他，而现在寂寞得让人有些陌生，陌生到不愿意去碰那个床。夜深了，他还一直在房间里走来走去，凌乱的思绪不知如何才能梳理清楚，想到晓梅和江铭带给他的屈辱和伤痛，更让他坐立不安。

此时晓梅和江铭到底在干什么？他总是不停在想。

保定的夜似乎格外的寒冷，屋内的暖气也不能完全抵御屋外的寒风。虽然这也是星级酒店，但条件也就一般吧，至少在晓梅眼里看来。

这么多年来，晓梅和江铭第一次拥有了单独的夜晚，但是这期待已久的夜晚并没有感到多少激情，也许是今天发生的事太多了，让人心里憔悴。

江铭到了房间便躺下了，晓梅走过去握了握他的手，他都懒得抬起。在灯光下，她看见江铭头上的伤，是被俊涛的人打的，算不上特别严重，有的地方已结痂。

她用手轻轻去摸了一下。

"别动，让我休息一下吧！"江铭说道。

她把手缩了回来问道：

"你怎么啦？"

"我太累了！"江铭说道。

"那早点休息吧！"

晓梅说着帮他盖好被子，然后自己也去洗漱了一番，然后上床贴着他的身体睡了。这个晚上开始她睡得特别安稳，因为很多天晚上没有这么好好地睡觉了。但是在黎明时分，突然被一声尖叫所惊醒，她赶紧起身，打开灯，看见江铭坐在床头，内衣都被汗水打湿了。

"你怎么啦？"晓梅问道。

"我又梦见回到了从前，你不在我身边。"江铭喘着气说道。

"我现在已经在你身边了，不要再担心了！"

晓梅说着去抱着江铭。

江铭闭上眼睛小声说道：

"回不去了，再也回不去了！"

"你说什么？"晓梅问道。

"你回不去了，回不到那个不该属于你的家了。"

晓梅心忽然一沉，脑海中又浮现起离家时女儿趴在窗口难过的眼神，心中格外纠结，她松开了江铭说道：

"别想太多了，睡吧，明天路上还很辛苦。"

"再辛苦也没我这些年辛苦，你看过了我给你写的那封信是吗？你看见最后的那行字了吗？是我切开手指用血写的，你就体会不到我的痛吗？"江铭说道。

"那都是过去的事了，你别再说了！"晓梅说道。

"不说了，不说了，睡吧！"江铭答道。

晓梅关了灯，侧身躺下，眼泪又止不住流下来，而江铭已悄无声息。

107

三

云南某边陲小城。

晓梅随着江铭坐两天一夜的火车到达昆明，又坐了一天的长途汽车到达了这个小城，在路上遇见山体滑坡又耽搁了不少时间，所以到达这里时已是深夜。

一路上江铭很少说话，他总是处于半梦半醒之间，醒来的时候也只是短短问一句，到哪儿了？然后又陷入睡眠状态中。

晓梅只是知道她是去云南，到那里干什么、做什么她都不知道。她不想不停地逼问江铭，她明显感觉到了江铭的倦意，是精神高度紧张过后的彻底疲劳，他既然要休息就让他去休息。

这个小城的深夜是安静的，但也是特别温暖的，夜色中飘过的淡淡清香让人陶醉。晓梅紧紧随着江铭走着，走过了大路，转入了小路，最后走到一个巷子里，随着巷子拐了几个弯，江铭说到了。

江铭拿出一把钥匙，将铁门打开，原来是一个小院落，院里有个两层的小楼，院落里没有亮灯，只能靠依稀的月色来辨认方向和轮廓。江铭上了二楼，打开了一扇门，再打开灯，晓梅才仔细打量了周围的环境，朴实、整洁是给她的初次印象。

十一月的云南边陲，天气依然炎热，白天的气温可达三十度，夜里也有二十度，虽然卫生间里热水器没开，但水依然有着淡淡的温热。由于旅途太劳累，他们简单冲洗了一下，就睡觉了。

晓梅第二天是被一阵暖风吹醒的，这暖风像一双暧昧的手，轻轻抚摸在人的身上，让人内心躁动。她看见江铭依然在熟睡状态中，回头看见风吹得窗帘高高飘起，便独自起了身，将窗帘拉开，拉开窗帘的瞬间，她看见了窗台上的满天星，宛若无际夜空中的点点繁星，似雾般朦胧，微风袭来，清香四溢。再把视线转向室外，院子里也是花团锦簇，院外树木苍翠，让她不由得伸开了双臂，欲拥抱这满眼的风情。

忽然她发觉自己被人从拥抱入怀了，转身看见了江铭，他没有说话，只是伸手抚摸着她的脸，接着开始吻她，她感觉情欲就像屋外的清风，虽轻柔却热烈，不禁完全转过身，将全身埋入他的怀中。他变得越来越狂热了，那屋外的花香如同催情剂，在身边四处游荡，而他的吻，他的手，像一把温柔的刀，在她身上游走，让她呻吟不已。

其实他们已经很久没有纵情做过爱了，这一次算是彻底放开了，当激情冲破了临界点，他们已顾不得一切障碍，甚至连障碍都可以利用起来，从窗口，到椅子上，再到桌子上，最后才到床上。到了一切结束的时候，他们才发现，屋里的一切物品似乎都已移了位。

江铭大汗淋漓地躺在床上，晓梅趴在他身上，捧着他的脸微微笑着，而江铭始终是闭着眼。

"你怎么啦？"晓梅问道。

"饿了吗？"江铭问道。

"有点！"晓梅答道。

"我们去吃早餐吧？"江铭说道。

晓梅点了点头说道：

"好，我先去洗洗！"

晓梅说着就去了卫生间，接着卫生间里又传来了水声，听见流水的声音，江铭微微张开了眼，朝卫生间的方向望去，不由得起了身。

晓梅正在淋浴，忽然感觉到有一双手在轻轻地拭擦着她的背，转身又一次看见江铭，就在转身的一瞬间，江铭再一次用力抱住了她，将她推到墙角，疯狂吻着她，而水花随着这激烈的举动，飞溅得到处都是。

此时江铭的性格就像这云南边陲小城的天气，时而和煦时而阴郁。他们为什么来到这里，这个小院子是谁的，他们未来究竟该怎么办，江铭都不愿说太多。但是晓梅是彻底地喜欢这个地方了。站在他们住处的窗口可以看见一座座粉墙黛瓦的建筑顺山而建，错落有致。一条清澈见底的小河从门前穿过，村民在洗衣亭的青石板上洗衣，不时还有鸭子从旁边自由自在地游过，孩子们在大树下追逐玩耍，眼前这一切显得那么安逸、宁静。但是这宁静的后面，她却感到了一阵阵的激流，这激流在江铭的心中。

这天晚上，晓梅特地下厨做了几样湖南家乡菜，她有很多年没有下厨了，即使下厨也不会做家乡菜，俊涛不喜欢吃辣的，莉莉也不喜欢。但江铭

109

和她一样是湖南人，所以他看见这几样菜式，一时兴起，拿出一小瓶鬼酒独自喝了起来，喝完以后就有些微醉了，还没等晓梅收拾完，他就从背后抱住了她。

"不要，今天够多了！"晓梅说道。

江铭没有多说话，抱起她就往卧室床上而去，晓梅挣扎着想下来，却怎么也抵抗不了他的强大力量。

"你放下我，你为什么一点都不尊重我？"晓梅大声喊道。

江铭将她往床上一扔，大声呼喝道：

"安静点！"

忽然间，晓梅觉得江铭非常的陌生。这时江铭凑了上来，吻着她的脸庞，扑面而来的酒气让她感到恶心，同时心也感到剧烈的疼痛。她只好躺在那里木然地流着眼泪。江铭吻了一会儿发现她没有了动静，抬起头看见了她在流泪，江铭看到这副模样，有些扫兴地说道：

"算了！"

然后起身坐在床头不说话。

夜风从窗户外钻了进来，依旧带来了花香的气息，可这已没有了最初的感觉，连屋外鸟的鸣叫声都变得像是在哭泣。

屋内的气氛有点凝固。

"江铭，你让我太失望了！"晓梅说道。

"是吗？"

江铭冷冷地问道，他没有转过身，只是一动不动坐在那儿。

"你根本没有把我当回事！"晓梅继续说道。

江铭缓缓转过了身，在昏暗灯光下，他的面容冷峻，眼神凌厉，完全不是记忆中的他，而是一个令人极其陌生的人。

"你失望可以回去，回到你北京那个豪华、奢侈的家里去！"江铭一字一顿地说道。

晓梅忽然间愣住了，沉默了好几十秒才爆发道：

"你这是人话吗？我为你放弃了多少，你竟然说出这样的话？"

"我怎么啦，我是说给你选择的余地，我呢？当初连选择的余地都没有，这些年我是怎么过的，你知道吗？你体会不到我的痛，你体会不到！"

江铭也大声说道。

晓梅沉默了，她只是怒视着江铭，过了会儿她缓缓说道：

"你恨我，你一直恨我是吗？你现在就是在报复我是吗？"

江铭冷笑了两声点头道："是的，难道不行吗？"

晓梅苦笑着从床上起来，开始收拾东西，然后就准备出门。江铭赶紧挡在门口问道：

"你要去哪里？"

"你走开点，我去哪里你管不着！"晓梅说道。

"不行，你不能走！"江铭说道。

"怎么，你想非法囚禁我？"晓梅问道。

"你回不去了，我带走了方信一亿元的资金，现在我是逃犯，你和我一起，只能说你是同谋，俊涛原谅不了你，女儿也原谅不了你，法律原谅不了你，谁也原谅不了你，你只能待在我的身边，我们现在是天涯同命鸟。"江铭说道。

晓梅忽然间整个人都呆住了，她把袋子往江铭身上甩去，大声嘶吼道：

"你究竟想做什么，你为什么要窃取方信的一亿元？你这一切都是有预谋的？你说是不是，是不是？"

江铭继续冷笑着说道："是的，这些年来我要等的就是这一天，我憎恨你和俊涛，那么多年来，你们俩把我玩弄于股掌中，把快乐留给自己，让伤痛去找别人，不就是钱吗？我就是要你们人财两失，我要让你们尝到痛的滋味。"

气愤的晓梅欲伸出手扇他一个耳光，却被他一手抓住说道：

"够了，不要再闹了，你是回不去了，早点休息吧！"

说完将手一甩，晓梅摔倒在床上。此时的她没有哭泣，只是静静躺在床上，心如同死了一般。

这天夜里江铭睡得很死，很心安，也许是内心得到了极大的满足。等到清晨的阳光照在了床单上，他才醒来，忽然他发现床空了，赶紧起身呼喊道：

"晓梅，晓梅！"

但是没有人答应。他开始觉得有些不妙了，便冲到楼下院子里，院子里

111

也是空空如也，回头看见大门的门闩已打开，只是虚掩着的，才明白晓梅是真的跑出去了。

慌张的他只穿着内裤跑了出去，清晨的街上，人虽然不多，但毕竟已天亮，有晨跑的大叔大妈，还有去上学的小孩，人们都在望着这个奇怪的男人，在呼喊一个陌生的名字。

晓梅一夜没有睡着，痛彻心扉的她想起了远在数千里之外的女儿，更是难过至极，连夜里的微风，似乎也成了哭泣的低诉。江铭低声打着鼾，转过身抱住了她，她回过头，看见了他面部的轮廓，在温柔月色下舒展了不少，就像十多年前在西客站那样，如此温暖和煦的一笑，与刚才那狰狞的面目无法相比较，她忽然感到了极大的恐惧。

当东边刚刚露出鱼肚白时，便悄悄起了身，而江铭只是在发出低沉的鼾声中稍微转了一个身，她简单收拾了一下东西，轻轻打开门走出去了。此时天空已亮起来了，只是街上还没有什么人，只有一个正在搞卫生的清洁工，她赶紧跑了过去问汽车站怎么走，清洁工大概说了一下，她就顺着清洁工指的方向去了。

也许是因为对这个小城太不熟悉，她拐了许多个弯才找到了汽车站，但是最早的班车还没开始营运，售票窗口也还没售票，她只好在外边等着，不一会儿太阳悄然升起了，街上的行人也多了，路边已有中巴开了过来，在大声喊道：景洪，景洪……

不远处有个傣族姑娘推着一个小推车在卖糯米饭，扑鼻的香气让她顿感饥饿，便掏出钱买了一份糯米饭，拿着糯米饭转身看见售票处开窗了，正欲走过去，却看见江铭正一路小跑冲了过来，在售票处询问着。她赶紧躲到了傣族姑娘身后，这时一辆中巴车开了过来，一边喊道：景洪，景洪，马上走了，马上走了……

江铭已经回过头来了，她已经不知该往哪里躲了，只好跳上了中巴车，中巴车上并没有坐满，售票员还一直在大声揽客，江铭听见揽客声，也往这边走来，晓梅急了，赶忙央求售票员道：

"那个男人是个骗子，你得帮帮我。"

售票员好奇地看了她两眼，然后说道：

"躲到后边椅子下去吧！"

后边的乘客们也抱着好奇和怜悯的眼光看着她，见她走过来了，自动让开座位让她躲到了下面。中巴座位下面满是干涸的泥土气息和臭脚味，但她已顾不了这么多了，低首钻到了座位下。

江铭走了过来，售票员对着他喊道：

"景洪，景洪，马上走了，上车吧！"

江铭朝车里看了看，然后面无表情离去。

四

刘媛媛听说晓梅随着江铭跑了，吓了一大跳，不过仔细想想，又在情理之中，多年之前她就看出了晓梅和俊涛之间存在问题，存在代沟，晓梅细腻，感性，热爱幻想，喜欢浪漫，是一个看似平静，内心总是涌动暗潮的小女人；俊涛则是严谨、理性，对事业充满激情的人。他看似善变，圆滑，但却是固执，自负，以自我为中心的大男人。当年他们一个温柔美丽，一个张扬帅气，看似相配，但学生时代太多潜在的东西隐藏着，让人看不透，捉摸不到。这几个月来，她很明显看到了晓梅内心的波动，她开始以为江铭的出现，只是一段旧情在晓梅心中激起涟漪，却没想到最后是狂风巨浪。

如果早知道会是这样，也许她应该将那封信交给晓梅。

忽然间，她觉得自己也是有责任的，她决定去看望一下俊涛。她拨通了俊涛的电话，电话那头的声音有些出乎意料的平静，简单问候一番后，她问道：

"听说你和晓梅之间出了点问题？"

"是啊，周宇告诉你的吧？"俊涛问道。

"我来看看你好吗？"媛媛问道。

"好的，我也一直想跟你聊聊，一个小时后，在我办公室见吧！"俊涛答道。

一小时后到达俊涛办公室的时候，俊涛已经在等候了，见媛媛来了，他很高兴地起身迎候，语气依然平和随意，但是眉目间依然能看得出憔悴。俊涛让人泡好茶；便开门见山与媛媛聊了起来。

"媛媛，你是晓梅最好的朋友，我们本身也是老同学，好朋友，所以你对我不要有什么禁忌，该说什么就说什么！"俊涛说道。

媛媛点了点头问道：

"你现在还爱晓梅吗？"

"你说呢？"俊涛问道。

媛媛笑了笑说道：

"俊涛，现在不是我采访你，我们是在聊天，你不要担心你的话会上杂志的专访。"

俊涛不好意思摇了摇头说道：

"我对她的感情从未变过，就算是现在，只要她回来，只要她认错，我什么都可以原谅。"

"你就没有感觉到你们感情出了问题？"媛媛问道。

"原来真没感觉到，现在想起这几年来的生活，我发现早有问题了，我们都存在错误，可是没有人提醒过我们，是不是？他们俩究竟是从什么时候开始的？"俊涛问道。

"你不要问他们是什么时候开始的，关键是当年晓梅的确是选择了你，而不是江铭。"媛媛答道。

"不对，这是关键，如果当年她和江铭什么都没有，现在我们的婚姻出了问题，那是我的错，如果当年他们就有过什么关系，那就不完全是我的问题了！你告诉我，当年我去了美国，晓梅和江铭之间到底发生了什么事？"俊涛问道。

"那你为什么不问问你自己在美国和米娜之间发生了什么？"媛媛问道。

俊涛摇了摇头说道：

"难道她是为了报复我吗？"

"不完全是，女人的心一旦有所归宿，那是十匹马也拉不回的。"媛媛答道。

"如果那时她已心向江铭，为什么还要嫁给我？你们为什么谁也没有提醒过我？"俊涛问道。

"谁也不愿做那搅屎棒！"媛媛答道。

"这么多年我就是一个傻子，你们都在骗我。可我还是那么高傲，那么自以为是，我真可笑。"俊涛说道。

"俊涛，你别这么说，晓梅自从嫁给你，可没有过二心，江铭回来是有目的性的，在晓梅最需要你的时候，你疏忽了，这也不是你的错，也不是晓梅的错。"媛媛安慰道。

"我那么信任江铭，他几乎毁了我。"

"算了，生活是可以重新开始的。你家里还好吗？"媛媛问道。

"还好，昨天，我父母暂时搬过来，照顾我和莉莉的生活。"俊涛答道。

"哦，这样也好，其实我也很担心你！"

媛媛说着，忽然脸上一朵红云飞了上来。就在这时，办公室门被敲响了，周宇走了进来，看见他们在聊天，愣了一会儿，但很快恢复正常，在俊涛耳边耳语了几句。

俊涛忽然间面色又变得严峻，起身对媛媛说道：

"你稍等，我和周宇去办点事，马上就回来。"

说完便匆匆出去了。

周宇找俊涛说的是关于派人去上海寻找调查江铭的事，但是从上海那边反馈过来的信息很让人失望，虞华地产说从来没有什么叫江铭的人，周宇的手下还将江铭的照片拿给虞华地产的负责人看，他们一致摇头没有见过这个人，后来再欲找马丽芬，马副总经理，却被告知马丽芬在四个月前已辞职，据说是去了国外，现在无法联系上。

四个月前，不就是俊涛见到马丽芬的时间，难道是马丽芬在一手操作这事，或者说江铭只是马丽芬的影子。不过，无论如何猜测，江铭和马丽芬一定是同伙，四个月前，俊涛在虞华地产的办公室见到江铭和马丽芬，那天正好是周末，只能说那天在虞华地产见到的人，包括前台和一些工作人员，除了马丽芬，都是假的。找到马丽芬就一定能找到江铭，所以现在当务之急是弄清马丽芬的身份。

很快马丽芬的详细资料被送上了俊涛的办公桌，马丽芬，三十九岁，未婚，毕业于上海某名牌大学，曾当过公务员，后辞职成为某跨国公司北京分公司部门主管，十年前江铭曾在她手下工作，八年前辞职，去向不明，时隔一年出现在香港和深圳，加盟虞华地产，在香港工作一年，深圳两年，四年前被委任为虞华地产上海公司的副总经理,可以说是地地道道的白领、骨干、精英。虞华地产的人说马丽芬去了国外,可俊涛的调查资料显示,没有马丽芬的出入境记录。

再说江铭,江铭的湖南老家也没人知道江铭的去向,江铭的父母一口咬定儿子在北京工作,既然江铭的父母知道江铭在北京工作,那也应该知道儿子这几年在哪儿,江铭的父母说江铭这几年先后在深圳和上海工作,说得滴水不漏,几乎和江铭说的一样,如果不是江铭欺骗了父母就是江铭的父母欺骗了他们。

可是俊涛的人也不是那么好欺骗的,他们在湖南梳理了江铭的家庭关系,发现这个小城当年有许多的云南支边知青,虽然二十世纪七十年代末很大一部分知青回来了,但留在那里的也不少,在二十世纪八九十年代的边贸热中,不少留在云南的知青赚了钱,带动了县里许多人到云南投亲靠友,到那里做生意,一直到现在,都有很多人在那边做事,甚至定居。江铭的叔叔和几位堂兄也在那边,叔叔当年是知青,现在定居在昆明,两个堂兄,一个在昆明,一个在云南普洱。

五

一路摇摇晃晃到了景洪,晓梅才知道自己在西双版纳,在这个炎热、杂乱的热带城市,她像一个迷失了方向的孩子,不知道该怎么走,后来想了想,先去昆明吧,也许到了昆明就有办法了。此时正值中午,汽车站外到处是人,售票厅里更是人声鼎沸,鱼龙混杂,她拿包掏出钱,排了十几分钟的队,买了一张到昆明的票,距离发车时间还有一个多小时,顿感饥肠辘辘,车站外有小饭馆正在招揽生意,便往那边走去,虽然卫生条件算不上特别好,但人出门在外,不能事事要求怎么样。

简单的一菜一汤,说不上美味,至少填饱了肚子。可就在她拿出包准备付钱的时候,发现钱包不见了,里边的现金,信用卡等连同车票也都不见了,马上急得满身大汗。

"我的钱包呢?我的钱包呢?"她不断低声嘀咕着。

服务员漠然地盯了她一会儿,扭头去找店老板了。不一会儿店老板来了，是一个五大三粗的妇女，她堆满了笑容说道：

"这位哨多利，是来旅游的吗？钱掉了啊？没关系，看你也不像没钱的样子，随便拿个什么抵就是。"

"我能拿什么抵呢？"晓梅问道。

老板娘眼睛盯着晓梅的耳坠说道：

"这个就可以了。"

晓梅马上摸了摸自己的耳坠，这是那年在意大利买的红宝石耳坠，当时是花了几千欧元的。

"这个，太多了吧？"晓梅说道。

老板娘凑了过来说道：

"不就红宝石吗？我们这多的是，也就值两三百元吧，我找你钱就是。"

"不行，其他的可以吗？"晓梅问道。

老板娘冷冷地上下打量了一番，说道：

"其他还真没什么值钱的，你自己看吧，等我老公回来了可没那么好说话了。"

"老板，你真不能通融一下？"晓梅哀求道。

"好了好了，你就留下一只耳坠吧，我找你一百元，这总可以了吧，别说我欺负你！"老板娘大声说道，浑浊的气息一直扑到了脸上。

晓梅点了点头，无奈摘掉一只耳坠，老板娘扔给她一百元。她接过一百元钱，将另外一只耳坠放在包里，默默走出了小饭馆。回到汽车站，可身上的钱已不够买到昆明的票了，只好坐在汽车站的候车室，茫然地看着来来往往的人群发呆，不知道过了多久，她打开包，看了看剩下的一只耳坠，心想干脆把另外一只也当了，能当多少钱就算多少钱。

走出汽车站，却只看见茫茫的人流，哪里有典当行，她已不敢和路人搭讪，只有漫无目的地走着。热带地区天气，说变就变，刚才还是烈日当头，瞬间就乌云密布，雷声阵阵。眼看就要下大雨了，晓梅欲找个地方躲起来，但急来的大雨还是让她浑身淋了一个透湿。

好不容易找到一个屋檐躲了一会儿雨，可没一会儿雨就过去了，太阳从西边的云层中钻了出来，瞬间黄昏就到了。空气中的温度不似先前那么高了，随着太阳的渐渐落下，连风也有了清凉的感觉，可是晓梅却全身发起抖来，因为她的衣服都是湿的。

渐渐的，华灯初上了，景洪这个边境小城的夜晚竟然也有些繁华。不少酒店亮起了霓虹灯，她走了过去瞧瞧，都很贵，她住不起。其实这些酒店也不贵，只是她现在很穷，身上只有一百元钱。

也不知道找了多久，终于在这个城市的边缘找到了一家小旅馆，只要五十元一个晚上，但是没有单独的卫生间，只有公共卫生间。又累又冷的她已顾不了这么多了，赶紧交钱开了一间房，住进去。

房间里的卫生条件还将就吧，因为没有卫生间，要去公共卫生间洗澡，所以她将衣服取出，穿着外衣，穿过长长的走廊，去到了走廊另一端的公共卫生间，在走廊上她看见了一些妖艳的女人走过去，还有一些不怀好意的男人在用挑逗的眼光看着她，让她浑身不自在。赶紧一路小跑进了公共卫生间，卫生间里热气腾腾，有几个雪白的肉体在晃来晃去，看见有人进来了，都不约而同望了过去，很多年没有在这样的公共澡堂洗过澡了，让她感觉有些难堪，便迅速找了一个空的隔间，脱了衣服开始洗澡，突然她感到身后有人在摸她的后背，诧异地转过身，看见一个臃肿的老女人在抚摸她，她退了一步问道：

"你这是干什么？"

那老女人笑了笑说道：

"这么美丽的人，怎么会到这里来？"

"你什么意思？"她惊魂未定地问道。

老女人没有回答，扭着"游泳圈"头也不回地走了。

晓梅感觉不对，赶紧抹干了身子，穿上衣服低着头匆匆返回房间，刚到门口就被一双大手拦住了去路。她抬头看见一张不怀好意的，满脸粉刺的男人的脸：

"呵呵，美女，什么价钱？"

"走开，我不是干那事的！"晓梅说道。

"不是做这事的那跑到这里干什么？"男人带着淫荡的笑容问道。

"请你让开吧，我要进去了。"晓梅说道。

男人收回了胳膊，晓梅走了进去欲关门，却再一次被男人挡住。男人依旧带着笑容说道：

"你晚上不寂寞吗？就让我来陪陪你吧！"

说着就冲了进去一把抱住了她，一身的酒气和烟气都扑到了她的面上，她甩掉了手上的物品大声喊道：

"你想干什么，你给我滚，给我滚，救命啊！救命啊！"

也许是服务员听见了她的叫喊声，赶紧拿了一个扫把跑了过来，此时这个男人已将她压倒在了床上，翘起嘴巴欲亲她，服务员冲了进来，拿了扫把就往男人屁股上打，一边打，一边喊道：

"还没玩够吗？人家正经来住店的你也想玩吗？你给我滚出去！"

男人无奈起了身，朝地上吐了一口痰，哼着歌出去了。

服务员是一个四十多岁的妇女，她俯下身关切地问道：

"你没事吧？"

晓梅坐了起来摇摇头说道：

"没事！"

"没事就好，晚上记得将门关紧，将门闩闩好。"

服务员说着便将门带上了，她见人都出去了，马上跳起走过去，将门闩给闩好，然后气喘吁吁在床上躺下。也许是太累了，不一会儿就进入了梦乡，在梦中她梦见自己在不停地跑，使劲地跑，背后追她的人一会儿是江铭，一会儿是俊涛，最后江铭和俊涛都不见了，只有刚才那个满脸粉刺的男人在淫笑，她忽然就惊醒了，这时她听见有人在敲门，门外有人在起哄，发出淫荡的笑声。

她感到非常的害怕，赶紧用被子将全身都包裹起来。门外又有人在唱《十八摸》，唱的人淫荡地笑，听的人哄堂大笑。过了会儿她听见那中年妇女又过来了，尖声斥骂着门外的一群醉鬼，醉鬼们才渐渐散去，门外终于又再一次恢复了宁静。

下半夜她再也没有睡着了，间隔着她会听见有男人的叫骂声和女人的呻吟声，她不知道这是什么地方，总而言之不会是个好地方，如果再在这里待下去，她觉得自己迟早会是这群饿狼嘴下的盘中餐。所以，她就一直坐在床头，看着窗外的天空，慢慢由黑色变成了深灰，再由深灰变成浅灰，最后由深灰变成乳白，天终于亮了。这个是非之地，难得在黎明时分变得格外的安静，她赶紧收拾东西，退了房，匆匆离去。

119

西双版纳的清晨是温暖的，但改变不了晓梅心中的寒冷，高大的热带树木下，有人在做运动，有人在忙碌着生计，没有人注意到一个陌生的女人在东游西荡。她不知道该何去何从，口袋里的钱只剩下几十元了，只好漫无目的地走着，走着走着感觉到了人烟稀少了，林木愈来愈苍翠，她听见了流水的声音，再走看见了一条大江，江边有一座佛塔，佛塔边有一群僧人和看似傣族的同胞在举行什么仪式，走近才发觉是葬礼，已故的人用布包着放在一堆木头上，僧人们念着经，围绕遗体走了一圈，然后点燃了木头，故人就随着青烟直上九天。

"如果我也可以化作一缕青烟多好！"晓梅自言自语道。

有人发现了这个不远处的陌生女人，她只好掉头离去，忽然间觉得心已极度疲倦，世上的人和事都已没有了什么牵挂的，当然除了女儿莉莉以外，但是俊涛对莉莉是极为宠爱的，她相信俊涛会给女儿一个美好的未来，想到这里，她内心忽然宁静了，缓缓走到了河边，这是一条流水湍急的河流，后来她才知道这条河叫作澜沧江。

也许澜沧江就是她最后的归属。

她走到了河边，打开包，拿出了手机，自从离开北京后，她一直将手机关机，现在她将手机打开了，拨通了媛媛的电话。

媛媛正在召开选题会，手机调到了振动，且放在包里，一时没有听见。这边晓梅等了一会儿，见媛媛没有接听，便给挂了，给媛媛发了一条短信：

"我走了，代我向莉莉说声对不起，我所有的一切都留给她！"

发完短信，她在河边的石头上坐了一会儿，站起来向河里走去，脚下十多米处即是湍急的河水，此时她不知道这条河将流向何方，也不知道自己会身归何方，只知道自己的哀愁会随着这河流的流动而流逝。

她用力将手机扔向江里，手机在河水中连个泡都没冒，瞬间消失在了激流中。

她冷笑了两声，纵身跳向激流，突然一双大手抱住了她，她用力挣扎了几下，两人向后倒在了怪石嶙峋的地上，在恍惚间，她看见了江铭，便失去了知觉。

六

　　媛媛开完选题会已过了一个小时，忽然想起包里的电话，便把手机拿出来，短短两个小时的选题会，竟然有七八个未接电话，她一一翻开看，都是些无关紧要的，突然她看见了晓梅打来的电话，大吃一惊，忙回拨过去，电话那头却提示用户不在服务区。这时她又看见了短信：

　　"我走了，代我向莉莉说声对不起，我所有的一切都留给她！"

　　这怎么看着有点像诀别，难道晓梅有什么想不开？想到这里媛媛感到有些后怕，赶紧又回拨过去，可电话那头一直提示用户不在服务区。

　　到底发生什么事了，媛媛来不及多想，拨通了俊涛的电话。俊涛在电话里听了媛媛的转述，也非常着急，他让媛媛在办公室里等着，他马上过来。

　　二十分钟后，俊涛带了几个人过来，他接过媛媛的手机查看手机短信，过了一会儿他咬牙切齿说道：

　　"我们都被江铭耍了，晓梅也被江铭耍了，他要的就是报复我们，除了我，还有晓梅，晓梅现在看来情况也不妙。"

　　俊涛说完将手机递给身旁的一个人说道：

　　"快去，查清楚电话是哪里打过来的。"

　　身边的人答应着赶紧离去。

　　"你说江铭到底是一个什么样的人，他难道真的要将人逼上绝路吗？"俊涛问媛媛道。

　　"据我的了解，江铭不大可能是这样的人，但是世事变化无常，毕竟我和他十年没有怎么交往过了！"媛媛说道。

　　"我不明白，当年我追求晓梅时征求过他的意见，并不是横刀夺爱，有什么值得他憎恨我这么多年？"俊涛问道。

　　媛媛笑了笑说道："你的确不是横刀夺爱，但是你那种架势，那种气场，江铭敢来和你抢吗？我可以明确地告诉你，江铭在你面前始终是自卑的，但是他自卑的背后又是极度的自负，现实让他不得不掩盖自己的内心，自己的感情，总是以虚假的面容示人，也许是这样才造就了他现在极

121

端的情绪。"

"那你意思是我不对了？"俊涛问道。

"感情的事难说对错，你说对吗？"嫒嫒答道。

俊涛正欲再说什么，这时他身边的那个人走进来对他说道：

"方总，地址查到了，是从西双版纳的景洪打来的。"

"好，我就猜到了他们在云南，马上通知在云南的人说我要去找晓梅，还有给我订张去西双版纳的机票，越快越好。"

那人听着忙答应着匆匆离去。

"你要去云南，我也去可以吗？"嫒嫒说道。

"你去干什么？"俊涛问道。

"我毕竟是晓梅最好的朋友，如果有事她会需要我的。"嫒嫒说道。

"那好，到时我会通知你！"

俊涛说着，起身离开嫒嫒办公室，嫒嫒看着他远去的背影，刚焦虑的心情，不由得放松了许多。

七

晓梅醒来的时候，已在江铭的背上了，她不用睁开眼就知道这是江铭，她熟悉他的气息，江铭背着她沿着河边的山路一路走着，随着他身体的摇晃，眼泪止不住往下掉。这时，江铭听见了她的抽泣声，忙说道：

"你怎么就这么想不通呢？我不过就说了几句气话而已，我是爱你的，从第一眼看到你，到现在，从未改变过的。"

晓梅没有说话，眼泪继续往下滴。江铭也就继续往下说：

"你就这么偷偷跑掉了，不知道让我有多着急，开始我以为你去了昆明，我站在汽车站，一辆一辆登上去查看，从早上一直到午后，整整六个小时，我一直站在那，腿都站酸了。后来我才意识到你可能根本没去昆明，可能直接在站外就上了去景洪的车，便坐了下午的车到了景洪，在景洪的汽车站，我四处打听你的踪迹，有个小饭馆的伙计说看到过你，说你向哪个方向去了，我一路找一路问，昨天晚上大雨后终于发现了你的踪迹，我是看着你住进了这家旅馆的，我不敢去打扰你，昨晚就在旅馆外的榕树下歇息了一晚，也未闭上眼睛，怕一转眼你就不见了。"

晓梅听着，就捶着江铭的背喊道：

"你为什么要这样对我，不如让我去死了，死了好，反正我什么都没有了。"

"好的，好的，别激动，我错了，我错了还不行吗？你要打要骂都随你！"江铭说道。

"不，我恨你，我恨你，你让我下来，你让我下来！"

晓梅一边哭喊着，一边继续捶打着他。

他被她摇晃得几乎站不稳，只好停下来，她从他的背上跳下来，坐到路边放声大哭起来。

"好了，好了，宝贝，没事了，没事了！"

他说着将她拥入怀中，让她在怀中哭了个够，过了四五分钟，晓梅终于哭够了，江铭才慢慢放开了手，拿出纸巾帮她擦干了眼泪。

"我们回去吧！"江铭接着说道。

"回去，我们的家在哪儿？你一直没有告诉我，我们来这里是干什么？"晓梅问道。

"我要带你去泰国，在国内我们已经待不下去了，俊涛也许现在在到处找我们，我现在在托人弄个缅甸的护照，我们先去缅甸，到了缅甸会有人接应的，然后再送我们去泰国。"江铭说道。

"可到了泰国我们靠什么生活？"晓梅问道。

"呵呵，有那一亿我们还怕无法生活吗？到了那里，只有我和你，一直相知相守，生很多的孩子，永远也不分离！"江铭说道。

晓梅终于轻轻笑了一下，再次将头埋入了江铭怀中。

江铭抚摸着她的头发，眼中忍不住有晶莹的东西在闪动。

在天黑之前，他们再一次回到了边境小城那个院子里，离开两天的时间里，院子里的一切如旧，却有了久别重逢的感觉，窗台上的满天星依然盛开得那么热烈，随着夜晚温柔的清风将醉人的气息铺满了整个院子。

这气息就像催情剂，让人关了院子的门，就情不自禁拥吻了起来，夜风似乎也来助兴，在裸露的肉体四周游荡着。晓梅不由得低声呻吟起来，忽然她抬头看见了满天的繁星，觉得有些不好意思，忙说道：

"我们还是到屋子里去吧！"

"别，这里没有其他的人，你看这月色，这清风，没有比这更美好的了。"江铭说道。

"可我总是觉得不放心！"晓梅说道。

"放松就可以了，放下尘世中的杂念，这里只有你和我，你抬头看看我。"

晓梅抬头看了看江铭，忽然觉得此时他的眼睛在夜色中更显明亮，所有的浓情爱意在这秋天的深夜弥漫开来，又在微风中紧紧收拢，她觉得自己已无力自控了，只能将身体深深埋入他的身体中，一直缠绵，一直缠绵激荡到连月色也黯淡的时刻。

八

黎明时分，晓梅被一声惊叫声惊醒，赶紧起身打开灯，看见江铭坐在床头喘着气，额头上满是密密麻麻的细汗珠，忙问道：

"你怎么啦？"

"没怎么，做了一个噩梦而已！"江铭答道。

"你总是好像心事重重，你到底在想什么啊？"

晓梅起身拿了一块毛巾，一边帮他擦汗，一边问道。

"只是有些神经衰弱而已，很多年了，最近压力大了点，所以容易做噩梦。"江铭说道。

晓梅继续帮他擦着身子，一边问道：

"什么时候开始的，当年好像我没感觉到你有什么神经衰弱。"

"是从你离开以后，我就没有睡过一个安稳觉，回到家更严重了，经常是几天几夜睡不着，后来去检查，才知道是严重的神经衰弱症。"江铭说道。

"江铭……"

"算了，我不说了，都是过去的事，只要现在好就好！"江铭说道。

晓梅蹲下来说道：

"说吧，让我知道你离开以后的事，我想知道。"

江铭点了点头，站了起来走到窗户边，看着微微发亮的天际，突然思绪又回到当年那些不眠不休的夜晚，虽然今天的夜色是如此的美好，但是曾拥有的无数个黑暗的独自徘徊的夜晚，却又是如此残酷和绝望。

北京，西客站。

江铭一直在候车室里走来走去，火车快要开了，似乎他的所有期待和梦幻都要落空了。列车的广播一直在喊道：开往长沙的T1次列车现在已经开始检票上车，请各位乘客带好随身携带行李，依次排队上车……

汹涌的人群开始推着他向前走，忽然他听见有人在呼喊他的名字，若隐若现，是一个女人的声音，顿时心中升起一丝希望，他赶紧挤了出去，他看见了马主管，也就是马丽芬跑了过来，她拿着江铭的辞职信，问道：

"你怎么就这么走了？"

"这是一个梦想破碎的城市！"江铭答道。

"生活不可能只有爱情，还有很多，何况爱情还可以重新找到。"

马丽芬说着将辞职信撕个粉碎。

"我心累了，需要找个地方歇息！"

江铭说着转身向检票口走去，刚才还汹涌的人群瞬间已消失得一干二净，门口的检票员望了望他拿着喇叭喊道：

"没有检票的旅客赶紧检票进站，列车开动前五分钟将停止检票。"

马丽芬在后边突然小声说道：

"我喜欢你！"

江铭忽然停了一下，他没有回头，只是轻轻说道：

"后会有期吧！"

他不愿回头，是因为他忽然间流泪了。上了列车，列车很快就开动了，望着这个他待了五年的城市，想起最初的梦想和父母的期待，而今是如此狼狈而归，怎么能不让人难过。

列车开动后不久，天色就渐渐黑了，列车长鸣着呼啸声在京广线上飞奔，车厢里的旅客们随着列车的节奏慢慢进入了梦乡，但是他翻来覆去怎么也睡不着，那些记忆无孔不入在脑海中四处游荡，让他头痛欲裂。

第二天到达长沙，一夜未眠，他走路已如飘的感觉，从火车站，到汽车

125

站，身旁的人说话都如世外之音，他需要好半天才能反应过来，从中午坐上开往家乡的大巴，晚上八点到家，家人都不曾知道。当他如同幽灵般飘进了屋子，正在吃晚饭的父母和妹妹都大吃了一惊。

父亲问他怎么回来了，他不知道该如何解释，只是摇着头说好累，想睡觉。父母见他如此憔悴，也没多问，赶紧铺床让他休息。很多年以来，江铭就是父母的骄傲，在这个偏远的小镇，在那个年代能考上大学的寥寥无几，更别说像江铭这样考上北京名牌大学的。

回家的第一夜，江铭还是几乎没有睡着觉，父母也没睡什么觉，他们靠在门外的躺椅上在担心儿子会有事。果不其然，父母在半夜突然被江铭的一声惊叫所惊醒，他们跑了进去，看见江铭坐在床上喘着气，浑身大汗淋漓。母亲问他发生什么事了，他一脸茫然地问母亲：

"妈，我这是在哪儿啊？"

母亲当即就哭了起来，儿子变成傻子了。

从小聪明好学的儿子当然不会一下子变成傻子，只是精神总有些恍惚，过了一会儿他清醒了，赶紧安慰父母亲道，没事的，只是做了一个噩梦而已。

从那以后，失眠和做噩梦几乎成了常态，眼看他日渐消瘦和时不时犯头痛，如同一个五六十岁的老头儿般，父母带着他去了市里的医院看病，最后诊断结果是神经衰弱症，吃了许多药也不管用，医生说还存在心理原因。

父母亲知道他不完全是身体上的病，而是心里有病，但是江铭无论如何也不说，江铭从小就是一个好强要面子的人，父母也不好去逼问，俗话说，解铃还须系铃人，可是系铃人是谁，没有人知道。

江铭的父亲是个读书人，也曾是中学数学老师，他了解儿子，知道儿子好面子，所以只能从侧面开导，没事带他出去走走，分散注意力，终于从他的只言片语中猜测到了一些。于是给他介绍对象，希望他能够淡忘在北京的那段爱情。

那一块的人都知道他是北京的高才生，自然不愁没有好人家的女孩上门提亲，可他心里已容不下任何人，相了四五次亲，都不了了之，久了就有人说江家那男孩已经成了废人。

其实这话也没有错，那段时间他就是一个废人。

他在家里待了一年多，在身体稍微好转后，他决定去云南找堂兄。当时父亲是极度不愿他去云南的，希望他回北京或在家乡做公务员，作为一个名牌大学的毕业生，去云南跑运输，是父亲不能够接受的。

但是他不想待在任何熟悉的地方了，在与父亲的一番争执后，独自离开了家，去了云南找堂兄。堂兄比他大两岁，当年叔叔作为知青赴云南插队，后娶了当地的一位少数民族女孩，留在了云南，后来的返程潮也就没有回来了，但是堂兄初、高中时曾返回家乡读了几年书，说是家乡这边教学质量高，可堂兄就算在家乡这边读了五年书，高三返回云南，还有一个少数民族的身份，还是没能考上大学。那些年，堂兄就和他睡一个屋子里，五年的朝夕相处，让他们就像亲兄弟一般。

回到云南，没有考上大学，堂兄就随着母亲的一远房亲戚在澜沧江—湄公河航道上跑船，当时西部大开发战略实施，澜沧江—湄公河作为通往东盟众多国家的重要通道，日渐成为黄金水道，堂兄在一家船运公司做了两年大副，又做了三年船长，积累了丰富的经验后，筹集资金100多万元买了一艘船，期待在湄公河上实现自己的人生价值。

堂兄的努力很快得到了回报，不到三年就收回了成本，不仅还清了借款，而且又重新贷款买了两艘船，成立了船队，业务蒸蒸日上。在北京的时候，江铭就很羡慕堂兄，年纪轻轻就有了自己的事业，而他在都市的广厦中，看不到希望。如果说当时还有爱情支撑着他所有的梦想，而今他已一无所有，为什么不去拼一拼，或许有朝一日也能腰缠万贯，再次夺回自己的爱情。

他就抱着这样的一个梦想来到了云南，跟着堂兄一起做事，堂兄是个豪放大气的人，带着他穿梭于缅甸、老挝和泰国，不到两年他已像模像样，此时堂兄又购买了一条船，让他担任船长，回报也日益丰厚，他也期待着有朝一日建立自己的船队，梦想似乎离他越来越近了。但是福祸相倚，黄金航线达到鼎盛之时，危险也在靠近。湄公河的平静开始被打破，有劫匪手持火箭筒和各种枪支劫持来往货船，将船舱内能用的货物都拿走，让船主损失严重。开始还是传闻，堂兄和他都还未遇上，谁知船队里第一个遇上劫匪的就是他。

那年春天，江铭在南累河港口搭载了一批货物前往泰国清盛，他还带着十万元的货款。当日下午，当货船航行至距离孟喜岛数公里处时，他突然发现，船头有三艘小快艇拦住了去路，每艘快艇上有五人。船在片刻停留后，很快被快艇包围，两艘快艇在货船两侧，一艘快艇上一人端着火箭筒对着船头，为首的人用手势向他比画，让船靠边。他从来没有见过这种阵势。在混乱之际，劫匪已经跳上船来，让所有的船员都到船舱前集合，几人手持冲锋枪对准他们。另外几个人就开始搬运货物，他一看急了，试图用英语与他们沟通，谁知他们二话不说对着他就是一顿毒打，还搜走了身上的十万元钱。这一顿毒打让他在医院住了两个月，神经衰弱症再次恶化，等到出院的时候，已形同枯槁。

这个时候，湄公河上针对中国船队的抢劫越来越严重，还有人为此而丧命。父母得知他受伤的消息，曾央求他回家，他不愿意，他想这里虽然危险，但富贵都是险中求的。其实别人都不明白，在住院期间，他从报纸上看见了俊涛和晓梅的消息，他们在出席一个慈善活动，这消息几乎让他歇斯底里，导致神经衰弱症再次恶化。

在住院期间，马丽芬不知从哪里得知了消息，来到云南看望他，目睹了他的最差状态，此时马丽芬已是上海虞华地产的副总经理，马丽芬希望他能离开云南，跟她去上海工作，他不愿意，因为他虽感激她一直以来对他的关照，但他不爱她，更不愿在感情上亏欠谁，伤害谁。

在陪伴江铭的日子里，马丽芬明白了他的心病所在，就是对晓梅难以忘怀的过去和对俊涛的恨，这个心结不解开，他会一直这样反复下去。

出院后没多久，他又开始跑船，虽然湄公河上依旧危险重重，但凭着经验小心翼翼，也算平稳过了一段时间。可抵挡不住最后末日的到来，这次遭遇劫匪的是堂兄，那天夜里堂兄跟着船穿过老挝水域，突然岸上树林里响起了枪声，子弹打在船舱里哗啦哗啦响，船员们吓得赶紧都扑倒在地，堂兄说加快船速闯过去，可驾驶员不一会儿被子弹击中了大腿，倒在地上血流如注，这时岸上的枪声更密集了，他们似乎要将船上的人往死里打，堂兄爬起来接替驾驶船，一路加快速度终于冲出了伏击圈，但是当所有人松了一口气爬起来时，发现堂兄腹部中弹已不省人事，后来急送老挝附近的医院抢救，但由于当地医疗条件限制，堂兄最后还是不治身亡。

堂兄去世后，堂兄老婆的娘家接管了船队，因为在湄公河上跑船日益艰难危险，堂兄老婆家的人很快将船只变卖，不再跑湄公河上的运输，江铭也彻底被扫地出门。无奈的江铭不愿这么狼狈地回家,他带着这些年赚得不多的钱,在西双版纳买下一个小庭院,浑浑噩噩地过日子。

神经衰弱症时好时坏,他晨昏颠倒地在幻想中过日子,在幻想中,他功成名就,回到了北京,他以绝对的实力击败了俊涛,晓梅跪在他的脚下哀求他,希望他能原谅她,重新接纳她。可是梦醒后,他依旧是一贫如洗的穷小子,而晓梅永远在千里之外,这么多年来他发觉自己从未将她淡忘,特别是黑夜来临时,那种刻骨铭心的记忆让他钻心地痛,让他头疼如裂,永世不能释怀。

九

当江铭说完这一切的时候,天已经大亮了,阳光漫过窗前的满天星将一片金黄投射在人的身上。晓梅无语地坐在那儿,只是看着江铭,她突然发现自己从来没有如此仔细看过他,和学生时代相比,他的确消瘦了许多,面部轮廓线更显硬朗,他的眼神时而坚定时而飘忽,似乎有团雾在眼睛深处飘荡,如此的迷人,又如此的令人深陷不可自拔。

她走了过去,轻轻握住他的手,放在面颊上,泪水再一次滴落。

他回过头,用手抚摸着她的脸说道:

"你怎么又哭了?"

"对不起,真的对不起,我不知道会带给你那么大的伤害!"晓梅说道。

"真没什么,如果所有的苦难和伤痛,最终还是换回你的真心,我无怨无悔。"江铭说道。

"我有什么好,值得你如此付出?"晓梅问道。

江铭笑了两声道:"我也不知道看上你哪里,是前世欠你的,今生来还,还要折磨我这么久。那年在西客站接新生,我第一眼看到你,就有种似曾相识的感觉,似乎在哪里,在哪里见过你,你的笑容这样熟悉,我一时想不起!"

晓梅扑哧笑了一声,使劲捶了他下说道:

"瞧你,甜言蜜语一套套的,还当起歌唱了,是不是要接着说,哦,在梦里,梦里见过你,甜蜜蜜笑得多甜蜜……"

江铭马上接着唱道："是你，是你，梦见的就是你……"

唱完两人大笑着相拥倒在了床上。

此时温柔的阳光已布满了整个房间，窗台的花儿随着微风再次将房间铺满了芳香。晓梅望着江铭动情地说道：

"我忽然感觉就像做梦一样，这就是我要的生活，这房子就是我期待已久的，还有那些花，我都太喜欢了。我们就留在这里不要走了，好吗？"

江铭忽然收敛了笑容答道："不行，我们一定得走，俊涛会找到我们的。"

"你把钱退给俊涛吧，我们这样就可以了，不需要太多的钱！"晓梅说道。

"不行，我恨他，我要让他知道他不是想怎么样就怎么样的。我们有了钱，到了泰国，还可以买到这样的房子，而且在海边，面朝大海，春暖花开。"江铭说道。

"可我们这样背井离乡，值得吗？"晓梅问道。

"有什么值不值得的，有你有我不就够了吗？"江铭说道。

"可这次俊涛应该得到足够教训了！"晓梅说道。

"不够，不够，现在鹿死谁手还不知道，也许俊涛已快找上门了，我得赶紧把缅甸护照的事办好，本来我们今天就可以出发的，可你这么一闹，耽误了两天。"

江铭说着便赶紧掏出手机，也不知道和什么人说了一通不知道是哪儿的方言。等放下手机，就匆匆开始穿衣服说道：

"我去取护照了，你准备一下，我们明天就出发。"

晓梅点了点头，送他下了楼，到了门口他吻了下她说道：

"记得关好门，我回来之前，谁敲门都不要开门！"

晓梅答应着，关上了门，忽然心中涌上一丝忐忑，前方的路到底会怎么样，没人会知道，明日之后，也许就要和祖国远隔千山万水，而眼前的一切只能在梦中相见，这一切怎么能让人不揪心。可是从迈脚走出北京的家，已经没有了退路。

十

　　黄昏时分，江铭取了护照回来，一路上都觉得四处有眼在瞪着他，但回头却只见身边来来往往匆忙行走的行人。

　　他想，也许是自己多虑了。走到自己门口迅速打开门，就在这个时候，一个矫健的男人不知道从什么位置冲了过来，在他还来不及反抗的时候，手被反剪，推倒贴在门上。接着俊涛出现了，他慢慢走着，仔细瞧了瞧江铭，轻声问道：

　　"怎么样，最近过得可好？"

　　"很好，非常好！"江铭喘着气答道。

　　"你过得好，我可过得不好，晓梅呢？她在哪儿？"俊涛说道。

　　江铭扭开头，不说话。

　　正在屋里等候江铭回来的晓梅忽听见外边有动静，突然心咯噔地一跳，忙掀开窗帘往外看，第一眼就看见了俊涛，大吃一惊放下窗帘，可惜已经晚了，俊涛已经看见她了，俊涛甩掉手上的物品，飞快地冲上楼，可晓梅已经将门关上了。

　　"晓梅，你开门！"俊涛喊道。

　　晓梅没有答应。

　　"你不开门，我就砸门了！"俊涛继续喊道。

　　就在这时，媛媛也不知道从哪里冒出来了，她一边喊着晓梅、晓梅，冲上了楼，拉开俊涛说道：

　　"晓梅，你开开门啊！你就这么离开了家，俊涛也难过，有什么事不能坐下来谈谈。都是家务事，别搞得那么惊天动地的。"

　　媛媛说完话，晓梅终于开口了：

　　"你让他们把江铭放了，有什么事我们到屋子里坐下来聊，别搞得打打杀杀的，像黑社会一样。"

　　俊涛听了，面无表情地朝下面喊道：

　　"江铭，一起上来聊聊，总得想个解决办法。"

　　下边的人见俊涛开口了，便松开了江铭，江铭朝四周望了望，俊涛还真带了不少人来。于是只好迈开步子向楼上走去。

晓梅终于将门打开了，媛媛赶紧走过去，抱住晓梅说道：

"你怎么能这样，可把我急死了！"

"你怎么也来了？"晓梅问道。

"你昨天发的那短信是什么意思，可把我急死了，俊涛也急死了，他是拼了命才找到你的！"媛媛说道。

"谢谢你们，我现在还好！"晓梅答道。

江铭上了楼，在门口与俊涛目光相遇，俊涛冷冷地看着他，眼神中似乎满是不屑与轻视，面对俊涛无可置疑的强大气场，他不由得低下了头，内心感觉有些慌乱，但很快他又抬起头，他不想让晓梅看到他的气短。

四个人都走进了屋子里，晓梅走过去将门关上，然后又回到媛媛身边说道：

"事到如今，我们也不要绕弯子了，俊涛你先说吧，想怎么办？"

"我没什么太多话，一切物归原主就可以了。"俊涛说道。

"我答应你，钱我会全部退还给你的。"江铭说道。

"还有呢？只是将钱退回就可以了吗？"俊涛问道。

"那你还想怎么样？"江铭说道。

"还有人呢？"俊涛指着晓梅说道，"她是我太太，你想带走就带走了，一顶好大的绿帽子，可以啊！绿帽子我接受了，我不再计较了，但是晓梅一定要回去。"

"晓梅现在是我的，你不能带走！"江铭说道。

"你给我住嘴，在我和晓梅没离婚之前，我们是法定夫妻，我们的婚姻是受法律保护的。"俊涛大声吼叫道。

媛媛见状，赶紧对两人说道：

"好了，好了，别吵了，你们也听听晓梅自己怎么说。"

"我，我……"晓梅还没开口，眼圈就红了，她缓了一口气接着说道："我对不起你们，但是今天一定要我做出一个选择的话，我只能说，我爱江铭，我愿跟随他一生一世。"

话刚落音，江铭的眼泪就掉出来了，他扭过头去，将眼泪擦干，长长舒了一口气，嘴角露出一丝甜蜜的微笑。

俊涛坐在那儿半天没有说话，突然他大吼一声冲了过去，抓住晓梅肩膀喊道：

"我才是你的丈夫，你有没有搞错，我是我们孩子的父亲，你为什么要这么说！"

晓梅被俊涛摇晃得像筛糠一般，媛媛赶紧拉开俊涛说道：

"你别激动，你听她说话！"

晓梅捂住眼睛，缓缓说道：

"对不起，我欠你的，我欠莉莉的，来生再还！"

俊涛站了起来，如同一头被斗红眼睛的公牛，指着江铭说道：

"你都为了他，他是个什么东西，穷光蛋，土包子，晓梅，你听着，你今天不跟我回去，我就要他付出代价，付出代价！"俊涛说着又走向前去，盯着晓梅问道："你给我听好了，要么你今天给我回去，要么我将以非法职务侵占罪名、挪用资金罪名控告他，让他牢底坐穿！"

"可他说了会把钱还给你的！"晓梅说道。

"事实已经发生了，谁也改变不了！"俊涛说道。

"如果我随你回去呢？"晓梅问道。

"如果你随我回去，只要他把钱退回来了，我可以不追究。"俊涛答道。

"不行，晓梅，你不能答应！是的，我是穷光蛋，土包子，可方俊涛又能算什么？不就是有钱吗？如果不是有个好的出身，有家庭背景，就什么屁都不是。"江铭冲了过来喊道。

晓梅茫然地望着眼前的两个男人说道：

"你们不可以这样为难我的！"

俊涛望着晓梅答道："我没有为难你，我是在给你机会！"

江铭则继续喊道："晓梅，你不能答应他，我宁愿去坐牢，宁愿去死！"

晓梅转过头望着俊涛说道："俊涛，你就不能放了我们吗？我求你了。"

俊涛摇了摇头说道："不行，决定权在你手里，是你们在逼我！"

媛媛赶紧抓着晓梅的手说道："你就别刺激俊涛了，他更难受！"

"我，我……"晓梅望着眼前的两个男人，不知道该如何回答。

江铭痛苦地朝晓梅摇了摇头，眼神中充满了期待，她能读懂他眼神中所要表达的，他宁愿去坐牢，也不愿她再次回到俊涛身边，这不仅仅是彻底报复俊涛,更重要的是他爱她,不愿她为了他受委屈。

晓梅回过头对俊涛说道:"我不跟你回去,我要和江铭在一起,无论他在何处,他坐牢,我等他!"

"晓梅,你怎么能这样?"媛媛惊声说道。

俊涛咬紧牙关盯着晓梅看了许久,一滴泪水悄然流下,过了一会儿他从兜里取出手机拨通了说道:

"报警吧!"

说完转身向门外走去。

此刻江铭长长吁了一口气,瘫软在地上,笑着望着晓梅,而晓梅则倒在媛媛怀里放声大哭。

俊涛摇摇晃晃下了楼,忽然感到头有些晕,门口的几位手下见状想要去扶他,他摇了摇头说道:

"没事的,你们守在这,我出去走走!"

说着便走出了大门,七拐八拐地走到了大街上,黄昏的小城此时显得格外宁静,从山上流下来的小溪边有妇女在洗衣服,也有小孩在洗澡,他站在那儿看着眼前的一切,前所未有地感到自己的失败。这些年以来,他总是以征服为快乐,家庭的优越,事业的成功,让他觉得自己是无所不能的,自己想要得到的就可以得到,就像当年得到晓梅一样。不可否认,他一直是爱着晓梅的,就算当年在美国曾和米娜有过瓜葛,但那是年少无知时期的寂寞导致,当他真正认清米娜时,便义无反顾离开了米娜,甚至离开了美国,那时他真的害怕就这样失去了晓梅,还好,当时晓梅还在等他。

想到这里,他忽然自嘲般摇了摇头,晓梅真的是在等他吗?她那时已投入了江铭的怀抱,他真以为晓梅对他是死心塌地。

近十年来,顺风顺水,春风得意,却不知都是假的。

天色渐渐黑了,俊涛依然站在那儿茫然地看着小河流水。准备晚归的妇女儿童好奇地望着这位衣着整齐考究的外地人,窃窃私语讨论着这如同雕塑的人,似乎他来这里就是让人讨论的。

他习惯了这样,从小到大他一直就是让人讨论的人。

突然,后边传来一个女人的声音:

"你就打算在这站一晚？"

他转过头，看见了媛媛。媛媛走过来继续说道：

"我知道你心里难过，但是既然事情已经发生了，各自就退一步，也许会海阔天空的。你们这样针锋相对的，对谁都不好！"

"我没有针锋相对谁，是他们在针对我，我都被江铭骑到头上拉屎了，你难道还要我把自己的老婆乖乖送给他？那我成什么了，乌龟？王八？"俊涛答道。

"没有谁会认为你方俊涛是乌龟，是王八，这只不过是你人生历程的一个挫折而已，谁没有过挫折，在我印象中，你是百折不挠的，是可以面对一切困难的，我相信你终究会放宽心，顺利地走过去。"媛媛说道。

"你别嘲笑我了，我算什么啊？你没听见江铭说吗？我所有的一切不过是因为我有个好的出身，如果没有家庭背景，我就屁都不是。你说是吗？我以前也曾听人这么说过，我不在乎，我靠自己努力证明给他们看，但现在我真的在乎了，我未曾感到如此的失败，如此彻底的失败，原来我身上的光环始终不是自己的。"俊涛说道。

媛媛赶紧说道："这不过是他的气话，别这样作践自己，我始终是相信你的！"

"我最亲的人，我最爱的人都不相信我，我还能相信什么！"

媛媛忽然动情地从背后抱住俊涛说道：

"她不爱你，我爱你！"

俊涛有些吃惊，但并不意外，十多年来媛媛对他的感情他是知道的，但此时他完全不在状态中，只好挪开她的手说道：

"对不起，我现在没有这心思！"

媛媛有些难堪地松开了手，笑了笑说道：

"没关系，我能理解你此刻的心情！"

俊涛没有再说话，媛媛也只是静静地站在那儿，望着已看不见的风景，没有人知道，在黑暗中，他是什么样的表情。

第六章　针锋相对

一

江铭涉嫌职务侵占罪，挪用资金罪在方信公司报案后，马上立案，由于证据确凿，充分，在回到北京后不久即被提请批准逮捕。

与此同时，俊涛和晓梅也已协议离婚，离婚很简单，晓梅没有提出什么要求，财产方面也没有什么要求，只提出将西直门的那套房给她，俊涛没有太多异议，毕竟晓梅在北京没有住处，而且没有工作。女儿莉莉由俊涛抚养。

回到北京后，晓梅没有回家，一直住在媛媛家，直到协议离婚后，她才由媛媛家搬到西直门的那套房子。那天她离家后第一次回到了西山脚下曾经的家，家里的人除了俊涛和莉莉，其他的人都回避了，见莉莉是她提出来的，这么多天没有见到莉莉，真的非常想念她。

可是见面并没有想象中的那么激动，莉莉见到母亲几乎没有什么表情，她问什么，莉莉就答一句，眼睛始终就望着窗外。

晓梅知道莉莉在怨恨自己，但她真的不知道该怎么解释，只好说道：

"妈妈会永远爱你的！"

"你爱我为什么要离开我？"莉莉冷冷地问道。

"你长大后妈妈再告诉你一切！"晓梅答道。

"没有这个必要了，我不会再见你了。"

莉莉说完就转身上了楼，留下晓梅一个人孤零零地站在客厅中央。这时俊涛走过来说道：

"莉莉现在有情绪，以后会好些的！"

"莉莉的事以后拜托你了，我先走了！"

晓梅说着提着行李往外走，走到院门口，俊涛问道：

"需要我开车送你吗？"

"不用了，我自己打车算了！"晓梅说道。

俊涛没再坚持，晓梅提着行李赶紧离去了，自从离婚协议签订后，俊涛就开始像普通人一般对待她了，很有礼貌，但会有说不清的距离。但是俊涛始终没有在江铭的事上松口，方信的律师带了一帮人，整理了大量资料，决意要将江铭送进牢房。

晓梅打了一部车，回到了西直门的那套房内，房内空荡荡的，还残留着曾经拥有过的气息，这里拥有过太多回忆，有俊涛，有莉莉，自然还有江铭，这里的一切都融入了她的生命，可她要来这套房，并不是为了这个，她还有一个更重要的任务，就是为江铭请律师，打赢这场官司，所以这套房是要卖掉的。

江铭离开她的时候，让她有事去找马丽芬，再次见到马丽芬她终于记起来了，她和马丽芬已经是第三次见面了，第二次见面是在不久前，她从家里跑出来，那个开车的女人就是，第一次见面还是多年前了，当时晓梅去面试，面试她的就是马主任，当时马主任凌厉的眼神让她久久不能忘怀，心悸得不能忘怀。

再次见到马丽芬，马丽芬的眼神依然凌厉，这位年近四十却依然单身的女人，其实和她一样是深爱着同一个人的，也许更深。见面的那天，马丽芬向她讲述了自己和江铭之间的事。

江铭大学毕业后进入的外企就是马丽芬担任主管的那家公司，当年进入这家企业的应届毕业生有一批，绝大多数来自于各大名牌大学，最初江铭并没有引起马丽芬的注意，但是江铭似乎有一种特别的钻劲，做事上手快，她安排下去的事总是能按时按量地完成，无论多累多辛苦的事都以平和的心态完成，所以马丽芬渐渐开始看重他了，甚至调到身边工作，本是男人绝缘体的她渐渐发现，这个男人有着不现实的理想主义，在这个时代拥有理想主义，不知道是优点还是缺点。但是她渐渐被感染了，发现自己对他有了一种感觉，这种感觉非常奇妙，时而缥缈，时而强烈，让她内心充满了矛盾。

马丽芬发现自己爱上江铭就是在那次招聘后，江铭过来央求她录用晓梅，她感觉到了江铭对晓梅的感情，也确定了自己对江铭的感觉，她几乎无法抗拒江铭的要求，但是感情强烈的排他性又让她理智地拒绝了，她向另外一家有合作关系的外企推荐了晓梅，晓梅才顺利找到了工作。

很快，江铭就和晓梅相恋了，江铭并没有掩饰他的快乐和满足，可这种满足深深刺痛了马丽芬，马丽芬是个很难对人动感情的人，可一旦动了真心，无人能驾驭。但她又不能说出来，江铭的快乐在眼前，而她的痛苦在心里。自诩为女强人的她受不了这种煎熬，她开始对江铭进行报复，给他加大工作量，没事就批评他，甚至一点小事就在办公室拍着桌子指着他的鼻子大声责斥。

这些事给江铭造成了很大的困惑，现在我们可以理解当时为什么江铭如此的压抑了，在没有阳光的地下室，在充满了压力和刁难的工作环境中，爱情成了他唯一的慰藉，也成了他唯一的倾泻途径，在那段日子里，江铭日渐变得忧郁而敏感，到了晓梅的离去终于成了压倒他的最后一根稻草，可惜马丽芬并没有意识到已经发生了变故，直到江铭提交辞呈，她才明白发生了什么，她力图挽留，此时已放下包袱的江铭在她的办公室里诉说了自己的内心话，她才明白自己的所作所为对江铭所造成的伤害，可以说，数年前逼迫江铭离开北京而去漂泊的，是马丽芬和晓梅两人。

应该说当时江铭是憎恨和厌恶马丽芬的。所以在西站，马丽芬喊出"江铭，我喜欢你！"不仅江铭觉得不可思议，马丽芬自己也觉得突兀。

后来马丽芬多次发邮件给江铭，向他致歉，详细诉说内心真实的想法，在家养病的江铭终于原谅了她，并将她视为可以交流的好朋友。马丽芬当时曾多次邀请江铭回北京工作，江铭拒绝了，悄然去了云南。

此后几年，马丽芬和江铭失去了联系，马丽芬也由北京去了香港，再到深圳，最后出任上海虞华地产的副总经理。两年前，马丽芬有个合作项目在湖南开展，便抽空去了江铭的家乡，得知江铭在湄公河上遇袭受伤，匆匆赶往云南看望他，才知道这么多年他一直在与神经衰弱症做抗争，一切的原因都还是归结于当初，为此马丽芬深深感到自责，如果可以帮助江铭走出内心的困惑，她什么都愿意做。

但是，她绝对没有想到江铭的心结会这么深，几个月前，江铭找到马丽芬，希望马丽芬能帮助她，他希望到方信去任职，并夺回晓梅，她虽然知道这是一步险棋，但她还是答应了，因为想弥补以前对他的亏欠。所以才有了所谓地产精英在方信呼风唤雨，其实这背后的操盘人是马丽芬。但没想到，江铭最后席卷了方信一亿元。

"对不起，没想到这事最后影响到了你在虞华地产的工作。"晓梅向马丽芬致歉道。

"没什么，我本来也是计划要去国外进修的，这事让我提前做准备了。"马丽芬笑笑答道。

"有你这样的朋友，真是江铭的荣幸。"晓梅说道。

"这都没什么的，我们都希望他平安就好！上次说的关于律师的事我已经联系好了，叶进荣律师，他的团队在做经济方面的案件很有经验的。"马丽芬说道。

"我知道，请叶律师很贵的，这个钱我都准备好了。"

晓梅说着，拿出一张卡递给马丽芬，马丽芬赶紧将卡推回去说道：

"你能有多少钱，据我所知，你和方家离婚，方家除了给你一套房以外，没有得到其他的什么，这个你还是留着自己用吧！"

"我已经将房子卖了！"晓梅说道。

"你怎么能这样，那你住哪儿？"马丽芬问道。

"我租了房子住，现在我反正是一个人，没关系的，这个你一定要收下，江铭这事已经够麻烦你了，不能再让你破费了。"

晓梅说着，再次将卡塞给了马丽芬。马丽芬想再次推回去，没想到晓梅站起来说道：

"马姐，你要是不愿接受，我就向你下跪了，你就让一次机会给我，我欠江铭太多，欠你也太多，只要江铭平安，这点付出算什么。"

马丽芬见晓梅如此说了，忙笑着点了点头道：

"好的，好的，我接受，我会安排好一切的，你放心就是。"

晓梅见她接受了，才安心坐了下来，坦然面对着眼前的一切。其实她对马丽芬的心情是复杂的，她感激马丽芬对江铭所做的一切，但毕竟马丽芬所付出的包含太多的情感因素，是她不愿看到的，至少对马丽芬是不公平的，因为这份感情毕竟不属于马丽芬，这样无怨无悔付出，她会不安的。

二

俊涛这一段时间心情不好，特别易怒，所以公司的人都小心翼翼，生怕哪里不小心，惹着了总裁，轻则劈头大骂一顿，重则扣工资，媛媛说他原来不是这样的性情中人，现在怎么会这样了，好好劝了他两次，他也听不进。

虽然方家和方信对外可以隐瞒俊涛和晓梅离婚的事，但还是有些女人听说俊涛离婚了而蠢蠢欲动，这年头这么年轻帅气的总裁到哪去找，就算家里有个拖油瓶，那也是没关系的。米娜自然也不例外，那天米娜以慰问的名义跑来看望他，眼神和行为中满是暧昧，着实让俊涛感到反感，如果如此温柔贤惠的晓梅都不值得相信，这个水性杨花的米娜有什么可值得相信的，何况最近关于米娜的传闻不少。

话不投机半句多，米娜很快就阴着脸走了，在门外遇见周宇还说再也不来了，俊涛已经不正常了。

俊涛的确是有些不正常了，每天都感到特别烦心，烦心到什么事都不想做。关于公司发生的事，关于他离婚的事，他下达了封口令，外界所知不多，但总是有些好事者来打听，他也是转移话题来打发。

所以这段时间他也拒绝了很多应酬，下班后直接回家，现在能带给他慰藉和快乐的只有女儿莉莉了。有时周末，他会带着莉莉去外边走走，听她讲学校有趣的事。原来带莉莉出去玩，莉莉最不喜欢的事就是俊涛多看了两眼除自己母亲外别的女人，这时她就会咳两声道：

"你这样子找到妈妈这样的美女应该知足了吧？"

"知足啊，你怎么知道我会不知足啊？"俊涛问道。

"我怎么就瞧着你眼睛追着美女扫来扫去啊？"莉莉问道。

"我晕，你还管得真宽，看一眼有什么？"俊涛说道。

"想我不管，别带我出来啊？现在后悔了吧？就算前世的情人也没那么好对付的！"莉莉说道。

女儿就是这样伶牙俐齿地和他抬杠，常让他一口气接不上来。

不过最近莉莉改变了不少，走在街上，或美女出现多的场合，她就会多看两眼说道：

"爸爸，你看你看，美女！"

俊涛通常会笑两下不说话。

"爸爸，你受打击了啊？对爱情绝望了？"莉莉问道。

"你哪来那么多名堂，你爸我是眼光高了，瞧不上！"俊涛说道。

"呦，高富帅啊！难怪眼光高，你要找啥样的啊？"莉莉说道。

"肯定要比你妈更漂亮，不然我心里会不平衡！"俊涛说道。

"那你就等着打一辈子光棍呗！"莉莉白了他一眼答道。

说来也是女儿关心父亲的终身大事，可是俊涛现在真的还没这心思，真要找，还得找个对莉莉好的，莉莉能接受的。

要说俊涛的心思放在何处，他自己也不知道，对于江铭职务侵占案件的进展他也不是特别关心，这事都是周宇和律师团在办理，这天他刚到办公室，周宇就跟着进来了，向他汇报江铭案件的进展情况，该案件移送给检察院公诉部门，只是目前江铭只承认挪用了公司资金，不承认利用职务侵占。

"不是证据都确凿吗？他不承认又能怎么样？"俊涛说道。

"现在江铭方面请了叶进荣律师，你要知道叶律师团队在处理经济案件方面是很有经验的，如果叶律师一口咬定只是挪用资金，何况挪用时间没超过三个月，且没有参与营利活动，就不构成犯罪，变成民事案件，这事很可能不了了之！"周宇说道。

俊涛拍着桌子问道："他哪有那么多钱，哪有那么大的本事请到叶进荣帮他去打这个官司，我们公司的律师团都是吃屎的吗？"

"晓梅把西直门那套房卖了。"周宇答道。

俊涛突然愣了一下，然后将桌上东西一扫说道：

"以后这种事不要和我说。"

"方总，帮晓梅操作这事的不是别人，正是马丽芬，我看从江铭一开始进入方信，都是这个马丽芬在操作全过程。"周宇说道。

"操，你给我盯紧了这个马丽芬，她到底想干什么，这个案件绝不能有闪失，如果公司的法律顾问们办不好这事，就去外边请，知道吗？"俊涛咬牙切齿地说道。

周宇答应着出去了，俊涛叹了一口气倒在大班椅上，屋内的暖气让人感到全身燥热不安，他站了起来，走到窗户前，打开一点窗，欲呼吸一点冷空气，让心情平静下来，忽然几片小小的雪花飘进来，原来又是年底了，可是这年又能怎么过才好。

三

晓梅现在租住在一栋旧楼里，一室一厅，大概40多平米，这个二十世纪七十年代的旧楼，保暖效果不怎么样，暖气也不足，到了夜里常常被冻醒，这样的环境比起她原来的家简直是地狱和天堂。九年来阔太太的生活，不能说对她没有影响，现在一切都得靠自己，她常感到力不从心，多希望此时江铭能在她身边。早两天她和律师商量，能不能取保候审，让江铭暂时回家，由马丽芬担保。过了两天，检察院否决了江铭取保候审的请求，因为方信公司方面提出两点异议，一是马丽芬与此案有牵连，不能做取保候审的担保人；二是在云南搜出江铭欲逃到境外的缅甸假护照。综合以上两点，检察院否决了取保候审的请求。

眼看就是年底，她就这么孤独地度过吗？家里的人已经知道她和俊涛离婚了，为了这事，哥哥打电话过来骂了她半个小时，说母亲在家哭了一天一夜，这些年来，因为她的婚姻，家里的情况得到了极大的扭转，在俊涛的帮助下，哥哥调了一个好单位，旱涝保收，再也不需要像以前那么辛苦了，嫂子开了一家小餐馆，日子过得红红火火，哥哥的儿子也在俊涛的资助下，去了澳大利亚留学，这简直是原来想都不敢想的生活。现在财神爷没有了，哥哥一家非常担心以后的生活能不能保证还能像这几年过得那么安逸，有奔头。

看来这么多年，第一次要自己过年了。

叶进荣律师虽然优秀，但是面对方信方面强大的攻势似乎有些力不从心，现在双方就在是否是职务侵占罪上展开了拉锯战，在大量的人证物证上，似乎对江铭非常不利。为了扭转颓势，这天马丽芬约上了晓梅一起与叶律师见面。

叶律师认为，从案件本身来看，江铭的确涉嫌职务侵占，但关键当初江铭所处地产公司总经理，他是否有权决定这笔资金的去向，是否是私刻了公章，刻意转移这笔资金，关键的证人是方信地产的会计，可会计在江铭离职后，随即也离开了方信地产，不知去向，虽说会计是江铭亲自招来的，并没有证据表明会计和江铭是同案，而他的缅甸假护照成了对他最不利的证据。

如果此时要救江铭，只有搅浑水了，把所有人的注意力引向另一个方面，让方信知难而退。该怎么样搅浑水，马丽芬提出了一个建议，但是必须要晓梅做出一定程度的牺牲，晓梅当然愿意为江铭做出牺牲，多大她也在所不辞。

马丽芬的想法是方俊涛作为方信集团的总裁，年轻有为，是商界的一个后起之秀，在很多年轻人眼里俊涛具有明星般的光彩，他曾经美丽的妻子晓梅，陪伴他出席各种酒会，各大仪式，曾被称为男才女貌的绝配，更为他增添巨大光芒，现在他们俩离婚了，第三者被捕了，如果被公众知道，会引起极大关注，所以马丽芬就欲通过新闻界，让这个案件娱乐化，公众化，将俊涛推至难堪位置，而最终妥协。

这个疯狂的想法让晓梅大吃一惊，她不愿新闻界将俊涛、江铭和她的纠葛公开化，这样对各方都会有伤害，而且她最怕的是伤害到女儿。但是马丽芬告诉她，如果江铭一旦被定涉嫌职务侵占罪，且数额特别巨大，最高可能判处无期徒刑，所以她让晓梅回去思考思考，这些牺牲和让江铭牢底坐穿到底值不值。

晓梅回去后辗转了一夜，终于答应了。

四

俊涛出了事后，俊涛的父母就搬到了俊涛家里暂住，这些年老爷子退居二线，除了挂名董事长以外，早已不管事。当初由于身体原因退下来，让俊涛接手公司事务，并不是他本意，因为那时俊涛才大学毕业没多久，送俊涛去美国学企业管理，半途而废，让他心里挺没底，也挺失望，还有俊涛的姐姐，自从十八岁去了欧洲学习艺术，就再也不想回国了，现在找了一个英国老公，定居在英国，过着田园诗意般的生活，要她回来做企业，那是打死也不会。但是年龄不饶人，医生说老爷子不休息的话，支撑不了多久。他的本意是让俊涛在他身边锻炼个十年八载的再让俊涛接手，可天意不允许啊！

但是令人意外的是，少时看着像玩世不恭的俊涛，在结婚后像变了一个人，不仅工作生活自律，在做生意上天分极高，短短三四年时间就让方信上了一个台阶,不到十年的时间,方信的经营范围,营业额,利润都成倍增长,几度成为业界明星,俊涛也被媒体称之为青年楷模。

老太太觉得这是媳妇讨得好,温柔、贤惠、美丽端庄,一看就是旺夫的样子,甚至老太太还觉得是晓梅改变了俊涛,让他收了心,能一心一意干工作。老爷子当初是不大同意俊涛和晓梅婚事的,他觉得晓梅出身低微、性格柔弱,无法掌控俊涛,恐俊涛以后出事。但是俊涛是先斩后奏的,他也就不得不答应了。不过事后他也认同了老太太的看法,晓梅是旺夫的。所以这些年,老爷子和老太太也过得悠然自得,儿子有出息,儿媳贤惠,孙女聪明伶俐,女儿也幸福美满,在国外生了一大堆外孙、外孙女,哪有不心满意足的。两人偶尔会去英国看看女儿、女婿,绝大多数时间在家休养,和老朋友聚会,玩玩,人生惬意不过如此了。

但谁也不知道这看似温馨美好的家庭下隐藏着如此的暗流,而且一旦爆发出来是如此令人惊讶得不可思议,晓梅和别人私奔,是老两口做梦都没想到的事。得知事情发生后,他们赶紧搬了过来照顾俊涛和孙女的生活,这事对俊涛的打击自然是很大的,老两口看着俊涛这一个多月来的变化,实在是担心,离了婚后,就计划着给俊涛再找一个。可俊涛说哪这么着急,能不能让人喘一口气。

老两口见俊涛心情太不畅,暂时就不再提了,不仅不提婚姻的事,关于晓梅或以前的事都不提,怕刺激了他。

大家都藏着掖着怕刺激了俊涛,但是有人偏要将刺激送上门来,这天早上司机开着车将俊涛送到了办公大楼前,突然一男一女冲了过来说道:

"方总,我是《××周刊》的记者,听说你最近和妻子离婚了,是不是有第三者插足?这位第三者据说还是你的手下,现在你在指控他涉嫌职务侵占罪,属不属打击报复?"

一连串的提问让俊涛极为诧异,但他表情很平淡地答道:

"对不起,我现在有事,不能回答你的问题。"

说着加快了速度向前走。但是这对男女并没有放弃,他们追了上去接着问:

"你为什么要控告你的手下涉嫌职务侵占罪,他和你妻子到底是什么关系,牵涉的资金有多少?"

司机飞快跑了上来,将记者挡在门口,大堂的保安也走了过来,要记者让开。

俊涛在安保人员的护送下,快速跑进了电梯。一直到了办公室才喘了口气,秘书见状赶紧给他倒了一杯茶,他喝了一口茶说道:

"帮我把门关上,有人找我说我不在。"

"哦!好的。刚才《××晚报》财经版的记者肖云打电话来找你,希望你来后给他回个电话。"

"好,我知道了,你出去吧!"

秘书见俊涛口气不对,便点着头赶紧出去了。

俊涛叹了口气,靠在大班椅上闭目养神,这时手机响了,他伸手将桌上手机拿了过来,一看号码是某门户网站的刘主管打来的,他便接听了。

"方总,你好啊!今天我们网站的编辑准备转载一篇关于您的文章,我现在想和你核实一下,以免到时引起误会。"刘主管说道。

"哦!是吗?你说是什么样的一篇文章?"俊涛问道。

"是一篇关于方信内部矛盾的问题,说方信地产的项目暂时停了,因为涉及了你和方信地产总经理的矛盾,连你妻子也卷入了此事,还说你已指控方信地产总经理江铭涉嫌职务侵占罪,目前已移交司法,是不是有这回事?"刘主管问道。

"这简直是胡说八道,这是哪家媒体刊载的,你们千万不要转载,是谁写的,我就要和谁打官司!"俊涛说道。

"那是,我就暂时先把这篇报道压下去。"刘主管问道。

俊涛道了谢,放下电话,忽觉得头昏脑涨,什么事情也做不了,只好靠在沙发上休息。过了一会儿,一阵敲门声将他从昏睡状态中惊醒,抬起头一看,原来是周宇来了。

"方总,外边有两记者想见你,说是就方信地产项目停工的事向你求证。"周宇说道。

"哪来的,不见!"俊涛有些恼火地说道。

"方总,我也觉得不对头,今天我接到不少媒体的电话,向我求证方信地产的事,各种各样的说法和问法都有。"周宇说道。

"我不是说过,严禁将公司最近发生的事外传,知道这些事的也就几位高层，现在怎么弄得满城风雨了？"俊涛问道。

"这事公司的人绝对没人敢外传，我看可能还是公司外部的人在散布消息！"周宇说道。

"你意思是江铭那边的人，比如马丽芬？"俊涛问道。

"我也只是猜测！"周宇答道。

俊涛站起来点了点头说道："好了不管消息是从哪传出去的，重要的是我们现在要统一口径，你去通知开个总裁办公会议，我要开个会，马上！"

周宇答应着，赶忙出去了。俊涛猛抓一把头发，又无奈坐下。

年底来了，事情多，俊涛这一忙就忙到晚上，本来说是开个简单的会，最后变成又长又复杂的会。回到家，女儿已经睡了，老两口坐在客厅沙发上正在窃窃私语，见俊涛回来了，忙换了一种既心疼又担忧的眼光看着他。

"爸，妈，你们怎么啦？"

老爷子一脸严肃地答道：

"俊涛，你过来，跟你有话说！"

俊涛带着疑惑走了过去，老爷子手里揣着一个iPad，示意坐到他身边来。坐好后，老爷子将iPad递给他说道：

"你看这篇文章，写的都是真的吗？"

俊涛低头一看，文章的题目是：《情与欲的交锋，方信的乱世》，俊涛再往下看，这篇文章以访问者的口气，通过对方信内部数位匿名人士的访问，以江铭案为线索，爆出俊涛和晓梅、江铭、米娜的四角关系，推测方俊涛在管理上的失误。

俊涛看了大概一半，用力将iPad扔到沙发上，大声吼道：

"放屁！"

"好了，好了，别激动！我看这篇文章写得也挺严肃，挺严谨，就想问问你，到底有没有这些事？"老爷子说道。

"我确实指控江铭犯有涉嫌职务侵占罪，目前江铭已被捕，但并不是因为他和晓梅的关系，因为他确实利用职务侵占了一亿的资金，还有我和米娜的事都是N年前的事了，跟这事完全没有关系。"俊涛说道。

"那就是这篇文章确实有一部分属实了？我问你，江铭怎么会那么轻易将一亿元的资金转移出去，是不是你的管理出了问题？"老爷子问道。

"我也不知道，我最近很乱！"俊涛说道。

老太太赶紧走了过来对老爷子说道：

"你就不要问那么急了，你知道儿子最近有事，你想逼死他啊！"

"我哪有，我只是关心一下他的事，别让这媒体瞎起哄。弄得我不少老朋友都打电话过来问我，这事得想点办法啊！这事让我们知道了倒没什么，就怕影响到孩子。"老爷子答道。

俊涛点了点头答道："好的，我会安排人去做媒体公关的，我也是害怕这事影响到莉莉！"

"好了，今天就说到这里吧！早点去休息吧！"老太太赶紧说道。

俊涛答应着就上了楼。

俊涛为了不让这件事继续发酵，对于媒体做出了最大的忍让，但是事情并没有朝他想的方向发展，随着江铭案开庭的临近，越来越多的媒体加入了对此案的报道，让俊涛烦心不已。每天去上班，楼下就围着一堆记者，过了几天他干脆不去上班了，躲在家里，竟然还有记者找上门来。

老太太受不了这骚扰，开始劝俊涛打退堂鼓。俊涛他当然不答应，但是这个案件确实已影响到了他的生活，他的家庭，特别是她宝贝女儿的生活。

正好莉莉开始放寒假了，他决定休息一段时间，避开这些烦心事，带着女儿去英国姐姐那儿度假，过春节。

五

莉莉听说要去英国过寒假自然是高兴得要死，上次去英国是三年前，只待了四五天，已经没有什么印象了，姑妈家有三个孩子，分别是9岁的托尼，7岁的安迪和4岁的艾玛，他们一家五口住在距离伦敦大约两个小时车程的德文郡的一个农庄，姑父是当地大学的教授，姑妈虽是家庭主妇，但总是以艺术家自居。去年暑假，姑妈带着托尼回到了北京，托尼跟她讲了很多关于他们家不远的康沃尔的故事，让她听得入迷，那里有个廷塔杰尔城堡，传说亚瑟王就是在那里出生长大的，还有一个闹鬼的贵族庄园圣菲尔堡，因爱情被杀死的伯爵夫人的鬼魂一直被囚禁在城堡的塔楼上，到了风雨交加的夜晚，这位美丽的夫人就会从油画中走出来。

一切都那么令人神往，怎么能让人不激动，为此莉莉还详细列了一个计划，除了在伦敦参观大英博物馆，贝克街221B的福尔摩斯故居外，就是去康沃尔郡看廷塔杰尔城堡，圣菲尔堡的鬼魂油画，如果时间够的话，她还想去爱丁堡看看J.K.罗琳住的地方。

"哪能去那么多地方，我们总共只在英国待两个多星期，主要是看望一下姑妈全家。"俊涛说道。

莉莉听着嘴巴就翘起了，就算爱丁堡不能去，大英博物馆、福尔摩斯故居、康沃尔公爵城堡、圣菲尔堡的鬼魂油画一定要去看，俊涛看着女儿开心的样子，已没法拒绝了，赶紧说，去，当然要去，到了伦敦不去看大英博物馆、福尔摩斯故居，到了德文郡，不去隔壁的康沃尔看看，也太划不来了，说到这里，莉莉才开心了。

江铭案已定在春节后开庭审判，俊涛安排好相关事宜后，在家过了农历小年，便带着女儿乘上国航班机直飞伦敦希斯罗机场，姑妈带着托尼、安迪一起来迎接他们，4岁的艾玛由于太小，在家由保姆带着暂时没来，两家五口人，开着车子在伦敦玩了三天，不仅看了大英博物馆、福尔摩斯故居，还去了温莎城堡、莎士比亚环球剧院。在伦敦玩了三天后，五人又坐飞机去了爱丁堡，终于在农历新年的前一天回到了德文郡姑妈的家。

为了迎接俊涛和莉莉的到来，这位大胡子历史学教授将家完全装饰成中国风格，带着浓浓的春节气息，门上贴着春联，屋里挂着中国结和年画，虽然与这典型的英式农庄不搭调。大胡子历史学教授自诩是自从娶了中国太太，每年的春节都成了全家的盛大节日，大胡子历史学教授还掏出四个红包，除了自己的三个孩子，再加上莉莉，每人一个红包，莉莉后来打开红包，里面有一英镑，但孩子们都高兴得上蹿下跳。

如此温暖融洽，又没有任何形式主义的家，让俊涛好生羡慕。除夕那天春晚在英国格林威治时间下午一点钟就开始了，两家人，有的是纯种西方人，有的是纯种东方人，更多的是东西方混血儿，英文夹着中文，中文夹着英文，兴致勃勃品论着，一时热闹非凡，看完了春晚才吃年夜饭，更将气氛推向了高潮。但是由于春节在英国不是法定假日，大胡子历史学教授第二天还要去上班，托尼和安迪第二天还要上课，所以没法闹到太晚，九点以后就睡了。这么多天来，俊涛时差一直没有完全倒过来，这英国乡村的夜晚是格外安静的，可以说是万籁俱寂，突然从热闹变成了安静，俊涛忽然感到空得慌，睡也睡不着。想起自己这几个月来的遭遇，大过年的还跑到了海外躲避媒体，不由得哀由心起，坐在院子里的木椅子上发呆。这时姐姐走了过来，给他披上一件他丈夫的风衣说道：

"英格兰夜里雾气重，担心受凉。"

"谢谢，我就坐一会儿，睡不着！"俊涛说道。

"你的事，妈妈在电话里都跟我说了，既然是来休息，就别什么都记在心上。"姐姐说道。

"没有，这次来英国我真的很高兴，看见你们一家如此温馨和谐，我心里想我是不是也该有所反思，你说这么多年，我为什么和晓梅没有这么快乐过，我们到底错在哪里？"俊涛问道。

"俊涛，你是做企业的，你知道一家企业要运作好，是要用心去经营的，婚姻也一样，并不是想怎么过就怎么过，也是需要用心去经营的。"姐姐说道。

"如果要和做企业一样地去经营婚姻那有多累啊！"俊涛答道。

"任何事情都是要有付出才会有收获，三年前你们全家来欧洲旅游，我就注意到你的婚姻可能存在问题，简单的一次全家旅行，可是你把它变成了自己的商务应酬，你不断在伦敦、巴黎、法兰克福拜见客户、合作伙伴，让导游带着晓梅和莉莉去玩，如果是我的话，我会很生气，我看晓梅虽没说什么，但我知道她心里有想法。"姐姐说道。

"三年前那次旅行，你是知道的，公司刚走出危机，我需要去寻找机会。"

"公司会有危机，婚姻也会有危机，你给过婚姻机会吗？你觉得我婚姻幸福美满，其实我也遭遇过危机，我也就像你说的，帮公司的发展去寻找机遇，我也给曾经的婚姻危机寻找机会，彼此坦诚、妥协，才会给婚姻机会的。"姐姐说道。

"你说得太复杂，我头疼！"

"其实，一点都不复杂，是你在回避，你一直不承认自己的错误，当然晓梅现在犯的错更大，但是如果你当初能给她回避外遇的机会，怎么会走到这一步。也许是你将婚姻看得太容易，你刚不是说如果要和做企业一样地去经营婚姻那有多累，可是我问你，你难道没有在经营企业过程中取得过快乐和巨大满足感吗？我没经营过企业，我是学艺术的，但我知道在学习绘画艺术中，也是经历了长期枯燥艰难的基本功训练，才能有最终体会到创作的快乐。"姐姐说道。

"姐姐，你说这么多，已经晚了，我的婚姻已经失败了。"俊涛答道。

"你怎么能这么说，你才三十多岁，一切都可以重新开始的。我今天只是身为一个女人将女人眼中对婚姻的态度告诉你，以我的感觉来说，首先是你错在先，你没有顾及晓梅在婚姻中的需要，觉得你给予她的已够多了，她感激还来不及，是不是？"姐姐问道。

"我真没想那么多，我只是觉得把工作做好了，才能给予自己家人所需要的。"俊涛答道。

"好了，现在过去就过去了，我听家里说你现在还和第三者打官司，闹得满城风雨？"姐姐问道。

"我咽不下这口气！"俊涛突然间哽咽着答道。

"别这样，好吗？退一步海阔天空，为了别人，也是为了自己，看你都把自己折磨成什么样子了，我相信晓梅现在也不成人形了，那个男人更是不好过日子。"姐姐说道。

"你别说了好吗？我不想提他们！"

俊涛说着低头将头抱着。

姐姐轻轻摸了摸他的头说道："好了，既然来度假，就别想太多，莉莉现在也不容易，你就多带她玩会儿，早点休息吧！"

俊涛答应着，和姐姐互道了晚安，回到了姐姐给他安排的房间，房间不大，但布置得很温馨，都是类似于宜家的那种原木家具。墙上挂着姐姐自己画的水彩画。他忽然想起自己当年住的老房子，也就是西直门附近的那套房子，也是这样的风格，温馨而浪漫，住在那里的几年似乎是他最快乐的几年，晓梅也不似后来那么沉默寡言，她总是愉快地跑来跑去，一切都充满了生机。而对于西山脚下的那栋别墅的生活，虽然住五年了，他几乎都不记得有什么值得纪念的事，难道那只是一个睡觉的地方？

曾经的记忆开始在英格兰的宁静深夜渐渐复活,原来自己的家也曾经似姐姐家般温馨过,记得那年也是除夕,他从日本出差回来,已近黄昏,北京大街上几乎都空了,他喘着气回到家,打开门,突然一声礼炮,他身上满是彩条,晓梅一声尖叫从身后搂住了他,才两岁多的莉莉,一路摇晃着奔跑过来,大声喊着爸爸,爸爸……

他一手搂着晓梅,一手抱起莉莉,每人亲了一口说,左拥右抱两大美女,真是太有艳福了。

想到这里,他眼睛又再次湿润,心中对晓梅的爱从未消失,所有的恨来自于爱,也许他应该原谅她,毕竟走到这一步,他是有责任的。

六

在英格兰的日子,平淡而充满了温馨,北京那边因为春节放假,所有人似乎都不再关心江铭案件了,在这个新闻迭出的年代,也许人们早已转移了目标。大胡子历史学教授抽了一个周末的时间,带着两家的小孩一起去了廷塔杰尔城堡游玩,廷塔杰尔城堡在康沃尔海边的一个角上,其实是一个古老的石头建筑残迹,虽然已坍塌了一大半,但残留的巨大石堆依然能看出当年的雄伟。托尼带着莉莉和安迪飞快爬到了那个悬崖之巅处,体会着亚瑟王当年指点江山的豪情,俊涛也跟着爬上来,他刚爬上来,莉莉就飞奔着跑到他的怀抱说道:

"爸爸,我们合一张影,我要发到微博上去!"

俊涛赶忙摆了一个姿势和莉莉合了一张影。

"来到梦想已久的地方,应该许个愿啊!"他对莉莉说道。

莉莉做了一个鬼脸说道:"我已经许愿了,但不能告诉你,说出来就不灵了。"

说完她就追着托尼跑了。

不远处,姐姐和姐夫抱着小女儿坐在石头上,两人在甜蜜交谈着。姐姐不时将头靠在姐夫肩膀上,而面朝茫茫大海,白色巨浪不断拍打岸边嶙峋山石,天涯海角的苍茫感油然而生,在大自然面前,人显得如此渺小,当年在此指点江山,豪情盖世的一代英豪而今何在?人生何必如此苦苦相逼,纠缠不清，该走的就走了吧，该去了就去了吧，没什么大不了的。

想到这里他不由得笑了笑，也许此刻的心豁然开朗了。

康沃尔的乡间风景是极美的，就算是附近的廷塔杰尔小镇也有看不完的美景，随便取个景都是一幅美丽的画。他们就在小镇上住了一晚，第二天才回到家。

假期很快就要结束了，莉莉也快要开学了，临走前几天她忽然又想起闹鬼的圣菲尔堡没有去，跟俊涛闹着一定要去，圣菲尔堡离姐姐家也不算太远，几十公里的样子，由于大胡子历史学教授学校有事，姐姐的小女儿艾玛又感冒了，俊涛便说自己开车带着莉莉去，托尼自告奋勇做导游，于是在离开英国前一天，三人一起开着车子向圣菲尔堡出发。

其实这天也是江铭案开庭的日子。

圣菲尔堡也是位于海边的一个贵族庄园，属于琼斯家族所有，圣菲尔堡始建于都铎王朝时代，琼斯家族的辉煌历史开始于爱德华六世，因为祖先在对苏格兰战争中显赫的战功，国王陛下把这片庄园赏赐给了琼斯家族，他们的后代在对东方的征服和贸易中获得了大量的财富，奠定了家族庞大而又殷实的基础。历代不断修缮和扩建，终于在十八世纪后半叶成为了远近闻名的庄园，如今琼斯家族的后人都不住在这儿了，琼斯家族的人和当地政府一起将圣菲尔堡建成了一个旅游点和博物馆。

圣菲尔堡虽然雄伟壮丽，但是在英格兰众多的贵族城堡中算不上特别的突出，而它的魅力也是来自于传说，传说两百年前，琼斯家族的祖先安吉尔在征服印度的过程中，被当地巫师诅咒，从此一百多年琼斯家族成员始终逃不出疯了或自杀，或被杀的怪圈，安吉尔疯了以后杀了自己最爱的法国妻子卡翠娜逃亡到遥远的东方，卡翠娜的鬼魂日日夜夜在阁楼上游荡，有人看见她从油画里走出来，喊道安吉尔还会回来的，可安吉尔再也没有回来过。当然后来证实，琼斯家族有家族遗传性精神疾病，在科学发达的今天这情况已不复存在，但人们仍然相信这些古老的传说。

圣菲尔堡的导游见有中国客人来到，还特别解释，人们都说安吉尔最后去了中国，卡翠娜的鬼魂说安吉尔会回来的，他（导游）每次遇到中国客人都会想，是不是安吉尔回来了。俊涛说笑道，他如果是安吉尔，那不知道是几世轮回了。

他们在书房里看见了安吉尔的画像，大家都说笑道俊涛和安吉尔还真有几分相似，用莉莉的话说，都是高富帅。在阁楼上他们看见了卡翠娜的画像，真的是夺人魂魄的美丽，难怪就算她死了，人们也愿相信她的鬼魂永在。

　　就在参观完卡翠娜画像，走下楼的时候，俊涛接到了北京打来的电话，是周宇打来的，说法庭已暂时休庭，江铭方面的律师在法庭上提出，并没有证据表明涉嫌职务侵占，因为他的所作所为是和苏晓梅，也就是方俊涛的妻子共同完成的，这个警方可以证实，当时在云南找到江铭时，苏晓梅和他在一起。苏晓梅当时是方俊涛法定的妻子，方俊涛和他父亲拥有百分之八十的股份，再加上方俊涛的姐姐方郁浓拥有的百分之二十股份，所有财产事实上属于方氏家族，也应属于方俊涛和苏晓梅的共同财产，就算是挪用了，这也只能算是民事纠纷，根本不能算刑事案件。

　　叶进荣律师团队确实很厉害，方信的律师团队几乎没有招架之力，很快法庭就宣布休庭了，叶进荣律师是在记者的重重包围之下冲出来的，很明显，他们又点燃了第二次媒体冲击波。

　　这些天来刚平静的心终于被打破了，刚才还轻松愉快的心情瞬间又降到了冰点，他真没有想到晓梅会为了维护江铭做出如此大的牺牲，而他方俊涛和她九年来的感情，似乎一点都不存在了。想到这里他心中又充满了对江铭和晓梅的恨。

　　后来的参观他几乎什么都没听进去，到了下午三点多参观已结束，他接到姐姐的电话，他告诉姐姐参观结束了，他们马上就回来了。放下电话莉莉和托尼还在兴奋地讨论卡翠娜什么时候会从画里走出来，说爸爸是不是就是安吉尔，两人笑得特别开心。

　　此时英格兰冬季阴郁的天空还下起了一点小雨。俊涛低声说道："走吧！"

　　两人还非常不情愿地上了车。

七

　　俊涛开着车在乡村小道上飞奔着，不一会儿天色就渐渐暗了下来，英国冬天的夜晚总是来得特别早，四点多就天黑了，俊涛想赶在天黑前回到家中，毕竟他对英国的路况不是很熟悉，便更加快了速度。

路上车不多，行走很顺利，眼看就要到家了。这时莉莉在后座惊叫了一声说道：

"爸爸，妈妈在我微博上留言了，说祝我们在英国玩得愉快！"

"是吗？"俊涛答道。

此时他根本不愿提起这个人，说起她心里就难过，她难道就不知道他们为什么来英国吗？

"爸爸，妈妈还问我什么时候回北京，她想见我！"莉莉说道。

"你告诉她，永远也别想见你了！"俊涛答道。

"爸爸，你怎么啦？"莉莉小声问道。

俊涛没有回答，忽然间他觉得两眼模糊了，他试图擦一下眼睛，突然前边路口一辆大货车窜了出来，他大吃一惊，想踩刹车，由于英国的车一般靠左边行驶，俊涛在紧张的时刻突然乱了阵脚，等踩下刹车已经晚了，他的车直挺挺和大货车撞上了。

一瞬间他失去了知觉。

莉莉和托尼坐在后排，强大的惯性把两人甩向了前方，托尼坐在俊涛的后面，所以直接撞向俊涛，被俊涛挡了一下，摔在了右边门侧。莉莉前边的副驾没有人，她越过副驾的椅子，直接飞撞向了挡风玻璃。

大货车及时刹住了车，司机赶紧走下来查看，看见俊涛坐在驾驶座上，绑着安全带，已经晕过去了，身边两个小孩，一个卡在他身边，显然也晕过去了，最可怕的是那个小女孩的头撞在挡风玻璃上，血流如注，全身都在抽搐着。

俊涛很快醒来了，他看见货车司机在打电话，他解开安全带，伸了伸胳臂、腿，发觉自己并无大碍，只是一转头看见莉莉倒在挡风玻璃下，血是哗啦啦地往外流，顿时大脑一片空白，大喊道：

"莉莉，莉莉，你怎么啦？"

莉莉没有回答他，眼睛呆滞地望着他，全身不停抽搐着。

他再转过头，看见了身边的托尼，托尼身上倒是没什么大伤，他赶忙摇了摇托尼，托尼只是微微睁开了眼睛喊道：

"Uncle！"

然后又闭上了眼睛。

第六章

惊慌的他，没有发现自己脸上也满是血迹，而是四处去找手机，手机没有找到，只看见货车司机站在前方打电话，便下了车冲过去喊道：

"给我打电话，快点，快点，给我！"

货车司机吓得赶忙放下电话说道：

"我已经报警了，警察和救护车马上就到！"

这时远处已传来了不知是警车还是救护车的声音，他转身走向车门，突然感到一阵晕眩，眼前一黑，无力倒在了车门口，失去了知觉。

俊涛醒来的时候已经在医院了，他睁开眼睛看见了大胡子历史学教授，忙大喊一声坐了起来问道：

"莉莉呢？"

"正在抢救，应该会没事的！"姐夫说道。

"托尼呢？"俊涛问道。

"托尼没关系，他不过扭了脖子！"姐夫答道。

"不，我要去看下莉莉！"

俊涛说着就要起床，他摸了摸头上，虽然扎着绷带，但并不严重。姐夫欲来扶他，他忙说：

"没关系，我去看看莉莉！"

正说着，托尼戴着颈椎固定器由护士扶着出来了，姐夫问托尼：

"你妈妈呢？"

"妈妈在三楼手术室，听说莉莉情况有点严重。"

俊涛听着马上脸都变了色，撒腿就往外边跑。姐夫喊着他的名字也赶忙跟了上去。俊涛气喘吁吁跑到三楼，看见手术室关门正亮着灯，姐姐坐在外边凳子上发呆，见俊涛来了，忙起身问道：

"你怎么过来了？"

"我来看看莉莉，情况到底怎么样了？"俊涛急切地问道。

"应该关系不大吧！医生说是颅内出血，具体情况要开颅才知道！"姐姐说道。

俊涛只感到一阵晕眩，几乎站不稳，姐夫忙扶住他坐在椅子上。

"哎，怎么会这样？"俊涛念道。

155

"会没事的，你放心！"

姐姐握住俊涛的手说道，但她发现俊涛的手已冰凉。

过了一会儿，手术室的门开了，俊涛和姐姐忙站起来欲问医生情况怎么样，医生戴着口罩一脸严肃地问道：

"请问你们是患者的家属吗？"

俊涛赶紧点头说是。

"患者颅内大面积出血，现在动手术，需要输血，患者是O型血，我们这小医院暂时没有存血，去血库调运可能需要一定时间，你们谁是O型血？"医生问道。

"我是AB型的。"俊涛说道。

"我也是AB型的。"姐姐说道。

"我是A型的。"姐夫说道。

"请问你们都是患者的亲属吗？"医生问道。

"是的，我是患者的父亲，他是患者的姑妈。"俊涛答道。

"AB型的父亲不大可能生出O型的孩子啊！"医生说道。

"什么意思，你怀疑我们不是她的亲人？"俊涛问道。

"哦！没有，我只是随便问一下，如在座的没有O型的，我们就去血库调吧！各位稍等一下。"

"哎，医生……"

俊涛还想问什么，医生已关门进了手术室。

俊涛瞪着眼睛坐了下来，眼神茫然地望着前方。姐姐忙又抓住他的手说道：

"不要着急，没事的，没事的！"

她发觉俊涛的手更凉了，而且还在微微发抖。

"怎么会这样，怎会这样？"俊涛喃喃念道。

"俊涛，你不要想多了！"姐姐说道。

"我真的没有想太多，我只是不明白为什么会变成这样！"俊涛说道。

"好了，俊涛，你也受伤了，到房里休息一下吧！我们在这里守着就没事了。"姐姐说道。

"好的，我去休息一下！"

俊涛说着便站起来，姐夫忙扶住他，送他下楼去了病房。到了病房，托尼已经睡着了。姐夫将俊涛安排在床上躺好，就关了灯出去了！看着房间里安静了，俊涛的泪水突然如潮水般涌了出来，控都控制不住，他微微抽泣着，因为害怕哭出声来惊醒了托尼，只好用力忍着，全身因此而抖得厉害。

　　他想起九年前，晓梅告诉他，她怀孕了，他就觉得意外，那时他刚从美国回来不过两个多月，婚礼的事还在筹办。但他也没想太多，既然要结婚了，怀孕了就怀孕了吧！七个月后，孩子生下了，虽说是有些早产，但小姑娘格外健康漂亮，从此成了俊涛的掌上明珠，爹地前世的小情人。

　　九年来，那一段段成长的记忆，如今竟如刀子般，一刀刀在割裂他的心，所谓亲情爱情竟然如同一场梦！

　　大胡子历史学教授回到了三楼的手术室门前，看见妻子也在偷偷地擦眼泪，便问她怎么啦？妻子哽咽着说道：

　　"我觉得俊涛太可怜了。"

　　"没事的，他能挺过来的！"大胡子历史学教授说道。

　　"你刚才听医生说了没有，这个女儿很可能不是他的亲生女儿，我不知道晓梅到底做了些什么，她为什么要这样对待俊涛。"妻子说道。

　　"你不要这么想，莉莉是俊涛的女儿，这是改变不了的事实，这和血缘的关系应该不大吧？"大胡子历史学教授说道。

　　"你不了解，我们中国人把血缘亲情看得比什么都重要。"妻子说道。

　　"难道一纸基因排序，会比这么多年来的感情更重要？何况这只是医生随便说说的，还没有个定论，你们就不要想那么多了。"大胡子历史学教授说道。

　　"我也希望这只是一个误会吧！"

　　大胡子历史学教授赶紧抱了抱妻子，两人不再说话静静等待。

　　过了两个小时，手术结束了，莉莉全身插满了管子被推了出来，姑妈和姑父忙起身探视，见莉莉面容安详，闭着双眼还没醒来。紧接着医生也走出来了，姑妈问医生现在情况如何。

　　"没有什么问题了，只是出血过多，颅内损伤不大，最快一个多星期就可以恢复。"医生说道。

　　姑妈终于松了口气，随在手术车后回到了病房。

大胡子历史学教授回到了俊涛和托尼住的病房,看见俊涛和托尼都睡了,就悄悄地在沙发上坐下,突然他听见了俊涛病床上有动静,忙问道:

"还没有睡啊?"

俊涛起身打开灯,看见大胡子历史学教授一脸憔悴坐在那儿,便问道:

"莉莉情况怎么样了?"

"还好,手术很成功,并没什么大问题,休息几天就好了。"大胡子历史学教授说道。

"她现在在哪儿?"俊涛问道。

"就在你隔壁的病房,你姐姐守在那里,你放心!"大胡子历史学教授答道。

"我得去看看她!"

俊涛说着穿上衣服便出去了。

姐姐正靠在病房的沙发上,盖着医院借的毛毯打瞌睡,突然听见敲门声,抬头见俊涛已走进来了。俊涛朝她点了点头,径直朝莉莉床边走去,此时的莉莉依然处于昏睡状态中,鼻子上、额头上都插了管子。他忽然想起当年莉莉出生的时候,在协和医院的病房里,也是这个样子,记得那时他还打趣地说道:

"怎么这么丑啊?会是个女孩吗?以后怎么嫁得出去啊?"

谁知满了月后,整个人瞬间长开了,而且越长越漂亮,最终长成今天这样人见人爱的小美女。就像现在这个样子,虽然剃光了头发,头上缠满了绷带,但长长睫毛下紧闭的双眼,那小巧挺拔的鼻子,小小的嘴唇,无一不展现着她的俊俏可爱。

俊涛伸出手,轻轻抚摸着她的额头说道:

"这怎么可能呢?这怎么可能呢?"

姐姐走过来说道:

"什么可不可能,别想太多了,没事的,医生说一个星期后就会痊愈,你也好好休息下吧,这里由我守着就可以了。"

"不,我还是待在这儿吧,如果莉莉醒了,没有看见我,她会害怕的。"

俊涛说道。

说着，他便在旁边的沙发上坐下，抬头看看墙上的钟，此时已是格林威治时间晚上十一点多，原来他们预定了明天下午五点伦敦希斯罗机场直飞北京首都国际机场的航班，已是不可能了。

　　"这事暂时不要和爸妈说，省得他们着急，本来没多大事，要是他们也折腾到了英国，才成了大事。"俊涛对姐姐说道。

　　"我知道，但你也应该找个理由和爸妈解释一下，不然说明天回家，又没回家，他们会更着急的。"姐姐说道。

　　"好，我待会儿就给他们打个电话。"

　　他们就这样有一句没一句地聊着，渐渐睡过去了。等到俊涛醒来的时候，天已经亮了，窗外似乎有阳光照在院子里，将屋内铺上了一层淡淡的暖色调，姐姐已不在身边，他盖着毛毯侧身躺在沙发上。

　　"爸爸，爸爸……"

　　他忽然听见莉莉小声在喊着他，赶紧起身走了过去，看见莉莉已睁开了眼睛，在搜寻着什么。

　　"爸爸在这里，怎么啦？"

　　他摸着莉莉的额头说道。

　　"爸爸，我怎么会躺在这里？"莉莉问道。

　　"昨天爸爸开车，不小心撞了车，把你额头撞伤了，现在在医院里，没事的，过几天就好了。"俊涛答道。

　　"哦，我记起来了，好像是一辆大卡车。"莉莉说道。

　　这时莉莉也看见俊涛头上的纱布，忙问道：

　　"爸爸，你也受伤了？"

　　俊涛笑了笑点头道：

　　"没事的，爸爸没你严重。"

　　"那托尼呢？"莉莉问道。

　　"托尼，扭伤了脖子，住在你隔壁的病房，都是爸爸不好，把你们两人都害了。"俊涛说道。

　　"没事的，爸爸，你别太责怪自己。"

　　俊涛笑了笑，继续抚摸着她的额头。

　　正在这时，病房的门开了，姐姐提着早餐过来了。见莉莉醒了，非常地高兴，忙拉着莉莉的手，跟莉莉说话。姐姐让俊涛去隔壁病房和姐夫以及托尼一起吃早餐，莉莉这边就由她来照顾。

俊涛答应着去了隔壁房间。一个晚上，托尼已恢复了不少，虽然还戴着颈椎固定器，却已活蹦乱跳地四处乱窜了，大胡子历史学教授正厉声喝道让他坐好吃早餐。

吃完早餐不久，姐姐就过来了，说莉莉吃完早餐，又睡了，看样子身体还比较虚弱。这时有人敲门，原来是医生来巡查病房了，俊涛看见了昨天为莉莉动手术的那位医生，待医生询问完情况，他就赶紧跟着医生出去，在门口走廊上拦住医生问道：

"对不起，医生，我想问一下，AB血型的父亲一定生不出O型的孩子吗？"

医生笑了笑答道："这个也只是推测，我想并不一定全对，也许是我说错了，如果对你造成困扰，我感到很抱歉！"

"如果母亲也是O型呢？那么孩子是不是就有很大可能是O型？"俊涛接着问道。

"这个说不清楚，我不是血液或遗传学专家，暂时无法帮助你解答这个问题，非常对不起！"医生答道。

俊涛张口还想问什么，他姐姐走过来，拉住他胳膊说道：

"俊涛，你过来一下，姐姐有事和你说！"

医生微笑着向他们点了点头，然后迅速离开了。

姐姐带着他来到医院的院子里，这个时候他才看清了医院的全景，这是一个维多利亚时代的房子，虽然是冬季，却依然有鲜花在盛开，让这个古老的建筑依然有着一种向上的活力，冬末春初的阳光照在院子里，更添一种温暖的感觉。姐姐带着他坐在院子里的一张木椅上。

"俊涛，你不要再想这个问题了好吗？"姐姐说道。

"我没有办法不想！"俊涛答道。

"你想了又有什么用，孩子都跟你在一起这么大了，就算没有血缘关系，又能怎么样？何况这可能只是个误会！"姐姐说道。

"昨晚我将我和晓梅从恋爱到结婚的过程都回忆了一遍，我发现莉莉有可能不是我的孩子，她是江铭的。"俊涛说道。

"江铭？就是新闻报道涉嫌职务侵占罪的那个，你们究竟发生过什么事？我弄不懂了。"姐姐说道。

"他是我大学同学，也是晓梅的……"

"好了，我明白，这事不要再提了，就当什么都没发生过！好吗？"姐姐说道。

"可我受不了，我会崩溃的！"

俊涛低下头说道，姐姐握了握他的手说道：

"别担心，一切都会好起来的。"

八

俊涛只是受了一点点的轻伤，到了第三天额头上的绷带就解开了，除了一个不大不小的已结痂的伤口，已无大碍。托尼也很快恢复了，他也在第三天戴着颈椎固定器出院了。医院里只剩下莉莉和俊涛了，俊涛没有出院的原因是他包下了隔壁的病房陪同莉莉，令人欣慰的是莉莉一天比一天好，不到一个星期已恢复得差不多了。但是俊涛的心思却一天比一天严重，英格兰的天空永远都是那么的阴郁，就算偶然有太阳出来，也不会持续太长时间，有时他觉得自己在这一个星期里已苍老了十年。

他想尽量不让莉莉看出他情绪的变化，可莉莉好像感觉到了他的变化，有时她会问：

"爸爸，你怎么啦？"

"没什么，宝贝！"他微笑着答道。

"爸爸，我给你说个笑话吧！"莉莉说道。

可等莉莉说完，也只听见莉莉独自在笑，而他只能勉强发出一些笑声，其实他都不知道她在说什么。最可怕的是，有一瞬间，他看着莉莉的脸，忽然发现她的眉目间有着江铭的影子，一下惊呆了。

他的确觉得自己再这么下去，就要疯了。

莉莉在医院住满了一个星期，出院后暂住在姑妈家休养。这天早上起床了莉莉坐在沙发上与托尼聊天，俊涛拿着一把指甲钳走过来说道：

"瞧你，指甲这么长了，也不剪一下。"

莉莉翘着嘴，把手伸了出来，俊涛蹲下来，将莉莉的手指甲修得整整齐齐。

托尼在一旁看着他俩，忽然说道：

"Uncle，我觉得你最近好奇怪啊，是不是撞车时受了刺激？"

"也许吧，Uncle也需要时间恢复。"俊涛笑笑答道。

"莉莉，瞧你Dad，还没有我们勇敢。"

托尼笑着说道，莉莉也跟着傻笑起来。

俊涛拍了拍托尼的脑袋，转身出了门。姐姐正在院子里修花，看见俊涛穿戴整齐出来，便问他去做什么。

"我去伦敦一趟，可能会稍晚点回来，有事我会打电话的。"

"怎么突然说去伦敦了？"姐姐问道。

"明天要回国了，忽然想起还有个老朋友，刚打了一个电话，我去看看他。"俊涛答道。

"那好，路上小心！"

俊涛点了点头，此时他租的车已在路口等候他了。司机是一个四十多岁的中年男人，将车子开得飞快，不到两个小时便将他送到了位于伦敦西北角的著名的私立医院，英国，甚至在欧洲都算是顶级的医院，遗传学也是非常著名的。

俊涛预约的遗传学专家已在等候，一见面他就很肯定地说，血型为AB型的父亲，是不可能生出O型血孩子的，这在医学界是常识。但俊涛说道，他需要一份权威的鉴定报告，说着拿出了莉莉的指甲，医生让他稍等，然后叫来护士给他抽血。

鉴定报告很快就出来了，报告显示，俊涛和莉莉99.999%不可能存在生物学上的父女关系。

虽然是意料中的事，但看到白纸黑字的鉴定报告，他还是颤抖得难以自持。坐在医院的椅子上许久，才顺过气来，缓缓走出了医院，坐上出租车返回姐姐家。在车上他掏出手机拨通了晓梅的电话，这是自离婚后第一次给晓梅打电话。

此时晓梅刚从看守所回来，第一次开庭的初步胜利给了她不少信心，在看守所里的江铭心情也好了许多，也许是胜利在望。北京的天已近黑了，晓梅看着空荡而凌乱的屋子，激动的心情刚平复，忽然手机响了，一看是俊涛打来的，颇有些惊讶，赶紧拿起手机接听。

"晓梅，是我！"俊涛在电话那头说道。

"我知道，有什么事吗？"晓梅问道。

"是的，找你有事，我在英国！"俊涛说道。

"我知道，上个星期我看到了莉莉微博上发的照片，还愉快吗？"晓梅问道。

"不好，我们出了车祸！"俊涛说道。

"啊！车祸，莉莉现在情况怎么样？"晓梅紧张地问道。

"已经出院了，出了很多血，我有个问题想问你，你一定要据实跟我回答好吗？"俊涛说道。

"莉莉现在到底怎么样了，先别说别的。"晓梅急切地问道。

"很好，没事了，我们明天就回来了，你还是先回答我的问题！"俊涛突然在电话那头吼叫道。

"你怎么啦？什么问题，你问吧！"晓梅说道。

"莉莉是我的孩子吗？"俊涛问道。

"怎么不可能是你的孩子，你问这问题干什么？"晓梅答道。

"莉莉出了很多血，我的血型和莉莉完全不相配，医生说我和她不可能是生物学上的父女关系！"俊涛大声说道，反正在英国没人听得懂他说话。

"什么，不可能吧！"晓梅也突然间懵了。

"怎么不可能，她到底是谁的孩子，你最清楚。"俊涛说道。

"俊涛，我……"

"好了，不多说了，我们明天乘英航BA039航班回来，你到时到机场来吧！"

俊涛说完就挂断了电话。

晓梅放下电话，茫然地看着窗户，发现自己心绪已乱到了极点，她猛地将电话甩在地上扑到床上大声喘息着，不明白事情为什么会变成这样。

多少年来，她担心的事终于发生了。

当年离开江铭后，回到俊涛身边，不到一个月她就怀孕了，发现怀孕的时候，医生告诉她已有身孕一个月，她就怀疑这孩子到底是不是俊涛的，但是孩子出生以后，俊涛那么喜欢她，且父女之间的关系那么融洽，怎么看都不会觉得不是俊涛的亲生孩子，她也就打消了顾虑。

没想到时隔这么多年，终于还是证实了她当初的担心。

九

晓梅是在揪心中度过了一天，英航BA039其实是第三天的早上才到达北京首都机场，这天晓梅起得很早，匆匆赶去了机场，说实话，几个月没有见到莉莉了，她也实在是非常想见女儿，加上现在又发生了这样的事，一会儿是车祸，一会儿是亲子鉴定的，她非常担心女儿的承受力。

飞机晚点了半个小时，就在她心急如焚的时候，飞机终于到港了，很远她看见了女儿，虽然瘦了点，带着一顶小绒帽，却依然活蹦乱跳，后边跟着的是俊涛，俊涛看上去则明显瘦了，显得非常憔悴，他戴着墨镜，拖着两箱行李，步伐沉重而疲惫，忽然间她感到了有些心疼。

莉莉很快就看见晓梅，她一路飞跑着过来，扑到她的怀抱里，似乎早前的不愉快都已放下。

"妈妈，我想死你了！"莉莉说道。

"妈妈也想你！"

晓梅说着眼泪就流下来了，她一边擦了擦眼泪，一边摘下莉莉的帽子，抚摸着她头上的小伤疤，眼泪更是哗啦啦地往下流。

"妈妈，没有事的，都已经好了！"莉莉安慰母亲道。

"莉莉，你别离开妈妈好吗？妈妈太想你了！"晓梅说道。

"妈妈，你能回去吗？"莉莉问道。

晓梅摇了摇头说道：

"妈妈回不去了！"

这时俊涛走过来了，他摘下墨镜，朝晓梅点了点头说道：

"你过来下，我跟你说说！"

晓梅看了看莉莉，站了起来。俊涛转过头对莉莉说道：

"莉莉，在这等一下，别乱跑，我和你妈说件事！"

第六章

　　莉莉站在那儿点了点头，眼睛有些惊慌地望着四周，她似乎早已觉察到了不对头的气息。晓梅随着俊涛走到门口，看见周宇和司机已站在不远处。俊涛朝他们挥了挥手，然后从包里掏出一张纸来。

　　"这是亲子鉴定报告，我和莉莉在血缘上已是没有任何关系了，如果我没猜错的话，她应该是你和江铭的孩子！"俊涛说道。

　　"你现在的意思是要做什么？"晓梅问道。

　　"孩子你带走吧，我和她已经没有关系了！"

　　俊涛说着又戴上了墨镜。

　　"莉莉一直那么亲近你，你就忍心吗？"晓梅问道。

　　"正因为这样，我才更难受！"俊涛说道。

　　"那你和孩子告别一下吧！"晓梅说道。

　　"不用了，我面对不了！"

　　俊涛接着将一个箱子交给晓梅说道："这是孩子的日常用品，还有家里的东西，你随时可以过来取。"

　　俊涛说完，头也不回地往周宇和司机的方向走去，周宇见状，赶紧走来接过他的行李，他一言不发上了车，迅速离开了机场。在车上周宇想和俊涛说点什么，忽然发现他带着墨镜，面色铁青坐在那儿，也只好缩了回去，不再说话。

　　晓梅拖着行李回到接机口，看见莉莉孤零零地站在那儿，赶紧飞了过去，一把搂住莉莉说道：

　　"跟妈妈回去吧！"

　　"爸爸呢？"晓梅问道。

　　"爸爸有点事，这段时间就和妈妈待一起，妈妈也怪想你的。"晓梅笑笑说道。

　　莉莉点了点头，便牵着晓梅的手，一起离开了机场。

　　俊涛上车后，一直一言不发，司机就将车直接开回了家，车子在院子里停好后，周宇又赶紧先下来帮俊涛提行李，俊涛示意他停下，自己接过行李后终于开口了：

　　"江铭的那个案子，你给我听清楚了，要不惜一切代价，花多少钱都可

165

以，知道了吗？"

"好的，我明白！"周宇答道。

俊涛点了点头，自己提着行李进了屋。

两老口昨天已接到女儿的电话，知道俊涛今天回家，早已在客厅等候着。却见俊涛孤零零回来了，不见孙女的影子，便有些奇怪地问道：

"怎么就你一个人回来了，莉莉呢？"

"莉莉被她妈妈接走了！"俊涛答道。

"哦！去她妈妈那儿了，什么时候回来啊？"老太太接着问道。

"不知道！"俊涛答道。

俊涛把行李放下，就欲上楼。

老爷子赶紧唤住他道：

"干吗这么着急，来跟爸妈聊一下。"

俊涛无奈又只好回到沙发上坐了下来，老爷子有将近一个月没见到儿子了，自然是想将家里的事，公司的事说个清楚，他虽然七十岁了，身体也不大好，但思维还是清晰的，特别是对江铭案十分关心，本来春节前新闻界已对此事不太关心了，但自上次开庭江铭方律师认为晓梅的介入应认定是民事纠纷后，新闻界又对此案有了很大兴趣，很多人已不关心案件的本身了，已变成探寻豪门婚变背后的三角恋。

"你这事得早点了结，不然会影响到公司的发展。"老爷子说道。

"不会就这么了结的，我要奉陪到底。"俊涛说道。

"年轻人不要一条黑道走到底，你听爸的没有错！"老爷子拍着桌子说道。

俊涛无语了，他拨弄着头发不知道该怎么解释，这时老太太忽然发现了俊涛头发下额头处的伤疤，惊呼道：

"俊涛，你这是怎么弄的？"

俊涛吓了一跳，忙把头发放下答道：

"没什么事，不过是撞了一下而已！"

"撞了哪儿？怎么会有这么大一个伤疤？"老太太急切地问道。

"开车不小心撞了一下而已，早没事了！"俊涛答道。

"你怎么这么不小心！"

老太太走过来仔细察看着。

老爷子看着眼前的一切，又回想这一个多月来俊涛异常的表现，抬起头问道：

"莉莉呢？她受伤没有，她现在到底在哪里？"

"我说了，在她妈那儿！"俊涛答道。

"我问她受伤没有？"老爷子厉声问道。

"爸，她也受了点轻伤，但没事了！"俊涛答道。

"什么叫没事了，晓梅住在哪儿？她那什么条件，我都清清楚楚，你让莉莉住那儿干什么，你到底在隐瞒我们什么？"老爷子说着就站起来了。

"爸，你别逼我了！"俊涛说着也站起来了。

老太太见情况不好，忙按住老头子道：

"儿子刚回来，让他歇歇吧！什么事待会儿再说！"

老爷子喘着气坐下了，老太太又忙让俊涛上楼去休息。

老爷子确实是对俊涛近来的表现不满，虽然后院失火不全是他的错，但是牵连出这么多事，闹得满城风雨，那也是他的处理不当。做生意不能感情用事，可现在的情况似乎使他陷入了这个漩涡不能自拔，搞不清轻急缓重，怎么能让人不对他担心。

"他到底在英国出了什么事，我们还是打电话问问他姐郁浓。"

老爷子说着拨通了郁浓的电话。仔细问了一遍在英国的情况，特别是车祸的事。

"爸，没什么大事了，只是当时吓了一跳，托尼扭了脖子，莉莉做了一个小手术，也很快恢复了。"

"是吗？都动手术了，还不严重，关键是现在俊涛他自个儿回来了，莉莉没有回来，说是被他妈接走了，这到底是怎么回事啊？"老头子问道。

"什么，莉莉没回家，被她妈妈接走了，俊涛怎么能这样？"郁浓惊声问道。

"到底发生什么事了，郁浓，你要告诉爸爸，不能让爸妈担心！"老爷子说道。

"这事……哎呦，爸，我真的不知道该怎么说，你还是自己去问俊涛吧！"

"你也这么跟爸不说实话，我怎么去问，他又不说话！"

"你也不要去逼他，他心情够糟了，你就让他先歇一会儿吧！"郁浓说道。

老爷子问了半天，见也没问出什么，无奈与郁浓道别挂了电话。老太太坐在一旁，伸着脖子听了许久，半听半猜的，已急得不行了，见老爷子放下了电话，忙问到底发生了什么事。老爷子叹了口气答道：

"郁浓也不肯说，让我们自己去问俊涛。"

"那让我去问吧，瞧你气冲冲那样，人都吓死了。"

老太太说着便起身去了楼上。

到了楼上，老太太敲了敲门，见没有回应，就推门进去了，见行李就扔在地上，俊涛慵懒地躺在沙发上，闭着眼睛。

"睡着了吗？"老太太问道。

俊涛微微睁开眼睛答道：

"没呢！"

老太太走过去，坐到他身边，然后握住他的手问道：

"怎么这么凉啊？"

他笑着摇了摇头。

"你别这个样子，让妈担心，妈也是快七十的人了，有什么没见过，有什么心事跟妈说说好吗？"老太太说道。

"妈，我没事，休息休息就会好了！"

"我知道你有心病，这两个月来我就一直担心，希望你去英国休养一段时间会好些，走之前，看你们父女还好好的，现在，现在这到底发生了什么事，无论发生了什么事，莉莉也是你的亲骨肉，我的亲孙女，你不能瞒着妈妈，妈心里难过啊！"

老太太说着就开始抹眼泪。

"妈，莉莉她……"

俊涛说到一半说不下去了，眼泪也刷刷地往下流。

"她到底怎么啦？"老太太紧张地问道。

"妈，莉莉不是我的女儿，她是江铭的女儿！"

俊涛说完终于放声大哭起来，这么久以来，他第一次如此放声大哭，把心中压抑的委屈释放出来。

老太太忙抱住儿子，拍着他的头说道：

"不要着急，不要着急，慢慢说！"

俊涛好一会儿才控制好情绪，将在英国发生的事说了一遍，老太太才明白发生了什么事，不由叹着气说道：

"我们方家到底作了什么孽，发生这种事……"

但他们不知道，此时在那个狭小的出租屋里，晓梅抱着已熟睡的莉莉，也在流着泪问道，上辈子到底是作了什么孽，让她今生受到如此惩罚。

十

晓梅带着莉莉开始了新的生活，在那个狭小陈旧的出租屋里，莉莉开始生活得极不适应，她一直在等父亲接她回去，她说她的阁楼魔法世界还没布置好，晓梅只能无奈笑了笑。晓梅虽然希望将所有的爱，补偿给莉莉，但她无论如何是力不从心的，江铭下周又要出庭接受审判，无论结果如何，江铭的羁押期限已到，他将取保候审回家，她不知道如何和江铭解释，也不知道该如何与莉莉解释。

莉莉的学校即将要开学上课了，但是她父亲那边还是没有任何消息，晓梅打电话给俊涛，俊涛也不接电话，她只好去找媛媛，希望媛媛能帮助她。媛媛听了也大吃一惊说道：

"这怎么可能，俊涛和你们家莉莉可是天生一对，我从来没见过如此逗趣的父女，是不是弄错了？"

晓梅摇了摇说道：

"错不了，有英国权威机构的鉴定报告，而且俊涛不会没事拿莉莉来说事，这个我了解他。"

"你有什么想法，我能帮到的，一定帮你。"媛媛问道。

"我知道我很对不起俊涛，我已没有什么脸面再见他，求他做什么，但是看在他与莉莉九年的缘分上，他能不能不要对莉莉这么绝情，也抽空见见莉莉，还有莉莉去学校上课的事，他能不能帮忙解决一下。"晓梅说道。

"好的，我去找他，希望能帮上忙！"媛媛答道。

媛媛是在办公楼的地下停车场的后门堵住俊涛的，俊涛看见她扭头想躲起来，媛媛大喊一声"方总"，几大步冲了过去，却没想到保镖走过来，一把拦住了她，怎么也不让她过去，她忙大声喊道：

"俊涛，你给我听着，你跑，我就乱写，下期杂志你看我写什么！"

俊涛又折回来了，面无表情地说道：

"我给你们这些做媒体的吓怕了！"

"我不是来采访你的，我是来看望你的。"媛媛说道。

"好，我们上去再说吧！"

保镖松开了手，媛媛赶紧跟在俊涛后边，一路上俊涛都没说话，一个多月没见他，真觉得他的性情大变了。

到了俊涛的办公室，他才开始说话：

"找我有什么事啊？"

"我是受晓梅的委托来找你！"媛媛说道。

"哦！是吗？说来听听。"

"你真的就这样不管莉莉了吗？可莉莉一直在念叨你，就算她不是你亲生的，但是九年的感情，你总应该有所表示，别让孩子太伤心。"媛媛说道。

俊涛冷冷地看了媛媛一眼答道："莉莉是无辜的，我知道，我疼爱她这么多年，其实我也放不下，如果她不是江铭的亲骨肉，管她是谁的孩子，我都认了。可错就错在她是江铭的孩子，如果我什么都能原谅，我成了什么？乌龟？王八？"

俊涛说着激动得全身颤抖起来，他站起来，掏出一根烟，点燃抽了起来。

"你什么时候抽烟了？"媛媛惊讶地问道，在她印象中，俊涛是不抽烟的，而且从未见过他抽烟。

"这个，你管不着，我爱怎么样就怎么样！"俊涛说道。

媛媛走了过去，一把夺过俊涛手里的香烟说道：

"俊涛，你不能这样，你现在变得我都不认识了，什么事不能冷静下来想一想，也许会找到更好的解决办法。"

"你凭什么管我，你要说教，不要来这里找我，你去找晓梅，去找江铭，你告诉他们，不是我要和他们作对，是他们在逼我！"俊涛拍着桌子说道。

"好，你的话我会转告他们的，我今天来的目的还是莉莉的事，你说莉莉的事到底该怎么解决？"媛媛问道。

俊涛沉默了许久，最后一字一句说道：

"莉莉不是我女儿，要找请去找江铭，他才是莉莉真正的父亲。"

媛媛无言地盯着俊涛，她忽然觉得，眼前这个她欣赏了近二十年的男人，此刻陌生得像从未认识过一样。

晓梅得知了俊涛的态度，非常难过，这倒不是为了自己，而是为了莉莉，他曾经那样宠爱的女儿，说抛弃就抛弃了，虽然说这怪不了他，是个男人都会接受不了这事，何况俊涛一直以来就是青年楷模般的领袖级人物，但是孩子是无辜的，大人的情感纠葛让孩子去承担是不是有些太残酷了。

就在她心烦的时候，莉莉又念叨起爸爸，说这么久了爸爸怎么还不来接她，她一气之下大声说道：

"你不要再念叨爸爸了，爸爸不要我们了，你以后只是妈妈的孩子。"

"不可能，爸爸不可能不要我，我又没有犯什么错，不像你一样，在外面找了第三者。"莉莉喊道。

晓梅冲动之下，挥起手打了莉莉一巴掌。莉莉马上大哭起来。忽然，她又觉得自己太过分了，马上又抱住莉莉，哄着她说道：

"好了，别哭了，都是妈妈的错，爸爸只是一时想不开，有事去了嘛，等他想开了，有时间了，一定会来接你回去的。"

"不，我要去找爸爸，我要问他为什么不要我了。"莉莉哽咽着说道。

"好了，宝贝不哭，改天妈妈带你回家去找爸爸。"

晓梅就一直这样拍着女儿，哄着女儿，直到女儿哭累了，自己睡过去，才停了下来。望着窗外无尽的夜色，她觉得自己的命运可能也像这夜色一般，没有尽头，她放下女儿，走到窗前，看着十四层楼下的路灯，突然有跳下去的冲动。

第二天下午，因为第二次审判即将开庭，晓梅安排好莉莉在家做作业后，便和律师约好去了看守所，自上次开庭后她就再也没有见过江铭了，江铭还是老样子，因为上次庭审占了优势，所以他的心情还不错，见到晓梅笑得特别开心，如同春风一般让她沉重的心情渐渐复苏了，她想，只要江铭出来了，什么都好说了。

谈完该谈的事，突然晓梅对江铭说道：

"有件事我不知道该不该和你说。"

"什么事不能说的，说吧！"江铭笑笑说道。

"俊涛带着莉莉在英国出了车祸！"晓梅说道。

"哦！"江铭收敛起笑容，接着问道，"莉莉没什么事吧？"

"受了点伤，但现在好了！"晓梅答道。

"哎！好了就好，你不要太难过。那个俊涛呢？他没有被撞死啊？"江铭问道。

"江铭，撞出新的问题了。"晓梅答道。

"怎么啦？"江铭急切地问道。

"莉莉出了很多血，要输血的时候发现俊涛的血型不对，最后经过鉴定莉莉不是俊涛的孩子。"晓梅答道。

江铭忽然间呆住了，睁大眼睛望着晓梅半天，忽然大笑一声问道：

"莉莉是我的孩子对不对？"

晓梅点了点头。

"哈哈，真是老天长眼啊！"

江铭站了起来，拍着脑袋喊道，低下头，却发现晓梅在流泪。

"晓梅，你怎么啦？"他重新坐下来，关切地问道。

"可孩子是无辜的！"晓梅答道。

"俊涛对莉莉做了什么？"江铭问道。

"莉莉已经和我生活在一起了，俊涛说他不再管莉莉的事了，可是莉莉什么都还不知道，她从小就和俊涛的感情特别好，是俊涛的掌上明珠，现在突然发生了这些事，我怕她承受不起。"晓梅说道。

"是啊，现在最好不要和她说什么，等她长大以后才可能会理解。"江铭说道。

"莉莉从小就被优裕的生活包围着，俊涛把她捧成个明珠似的，放在手上怕摔了，放在嘴里怕化了，什么都是最好的给她，现在我们这样的情况，怎么能养得活她啊！"晓梅说道。

江铭听完以后，沉默了，过了一会儿他说道：

"我们这么对俊涛是不是太过分了？"

"我不知道，我现在真有些糊涂了。"晓梅摇摇头说道。

江铭叹了一口气，握住晓梅的手，久久不知道该说什么。

十一

晓梅离开家以后，莉莉跑到阳台上，望着妈妈走远了，赶紧将自己上上下下收拾了一番，跑了出去，在路边打了一部出租车，直奔西山下自己的家方向去了。

此时俊涛正在公司和律师团讨论过两天江铭案开庭的事项，昨天于崇交给俊涛的一张光盘，让案件有了新的进展，如果江铭不是有意谋划对公司的财产进行侵占，他为什么要在香港设下陷阱，让公司财务总监于崇落入圈套，然后进行威胁。这个重要的证据是俊涛与于崇谈了很久，于崇才交代有这回事的，现在有了这个证据在手，击败叶进荣律师团队就有了可能，这不禁让俊涛心情大悦。但是江铭的羁押期限已至，如果这次不能将江铭定罪，江铭就要出来了，这是他一万个不愿看见的。所以他要求律师向检察机关申请，延长羁押期限，因为按照法律，对犯罪嫌疑人可能判处10年以上有期徒刑刑罚的，可以申请延长羁押期，江铭案涉及资金达一个亿，属于金额特别大，完全符合申请延长羁押期的规定。

就在俊涛开完会，难得放松心情准备提前回家时，莉莉已经到达家门口了。莉莉按响了门铃，保姆出来一看，是莉莉回来了，不知情况的保姆赶紧开门让莉莉进来了。

老两口正从小区体育馆打完羽毛球回来，一进屋就看见一个小姑娘坐在沙发上吃零食看电视，原来是莉莉，一个多月没见，莉莉瘦了不少。

"爷爷，奶奶！"莉莉低声喊道。

老太太当场就有些控制不住了，流着泪就冲过去抱着莉莉喊道：

"宝贝，让奶奶想死了！"

倒是老爷子把持住了，他微微笑了笑说道：

"莉莉来了,先陪奶奶聊聊天。"

老太太抱着莉莉问道:

"最近待在妈妈那儿还好吗?"

"还好,就是妈妈心情总是不好。"莉莉答道。

这时老太太发现了莉莉额头上的伤,赶紧摸着她的额头说道:

"苦命的孩子,怎么会弄成这样!"

莉莉笑了笑答道:"没事的,早就好了,爸爸怎么不在家里?"

老太太擦了擦眼泪说道:

"爸爸还没下班,等会儿就会回来了。"

"妈妈说爸爸不要我了,我想问下爸爸!"莉莉说道。

"不会的,不会的!"

老太太已经不知道该说什么了。老爷子则躲到了书房里,不断地叹气,想了好久,他拿起电话拨通了俊涛的电话。

"俊涛,莉莉回来了,你说怎么办?"

"啊!莉莉回来了?她怎么回来的?"俊涛惊声问道。

"她自己跑回来的!"

此时俊涛的车子已开到了小区门口,他惊呼道:

"停车!"

司机吓了一跳,也不敢多问,赶紧刹车,将车子停在了路边。

晓梅从看守所回来,发现莉莉竟然不见了,里里外外翻了个遍都不见人影,打她的电话,电话也关机,她本来就不常开机的,除非是发微博。晓梅意识到她可能回俊涛家了,便匆匆拦了一辆的士往西山那边奔去。

俊涛在车里边待了许久,不知道是该进还是退,司机见他不说话,也不知道怎么办,只好一直在路边等着,过了一会儿,俊涛看见一部的士开了过来,晓梅匆匆从里边下来,才缓了口气,他知道晓梅是来接莉莉的。

他下了车,让司机将车开走,他不想让晓梅他们出来的时候看见他的车。他绕着道步行到了自己家门口,看见院子里静悄悄的,似乎如同从前一样,晓梅和莉莉总是在里边等待他回来,让他心里总是充满了踏实的感觉。

此时此刻,他也明白晓梅和莉莉就在里边,可现在那感觉却如此的陌生，陌生到让他害怕。

忽然他听见屋里传来了动静，似乎有人要出来了，便赶紧躲到屋子的侧边。他听见晓梅在大声训斥着什么，接着是莉莉的哭声。

"我不走，我不走，我要见爸爸！"莉莉在尖声喊道。

他偷偷将头伸了出去，看见晓梅双手夹着莉莉在往外拖。莉莉拉着奶奶的手，奶奶也是泪水止不住往下流。

"我说了爸爸不要你了，你怎么脸皮这么厚？"晓梅继续训斥道。

"不，我不相信，爸爸那么爱我，怎么会不要我了！"莉莉说着大哭起来。

晓梅没有再说话，她双手将莉莉抱起就往外走。莉莉继续哭喊道：

"我要见爸爸，我要亲口问他，他是不是不要我了。"

俊涛看见晓梅面色铁青地往前看着，赶紧将头缩了回去。不一会儿，晓梅的脚步声远了，莉莉的哭声也远了，他才迈出缓慢的脚步走了出来，抬头看见老太太还站在门口望着，眼中的泪水还未擦去。

老太太看见他走了过来，摇了摇头，叹了口气，转身回了屋子。屋子里一片凌乱，保姆在忙着收拾东西，老爷子坐在那儿，面色比死了还难看。他看了看屋里的一切，转过身向楼上走去。这时老爷子忽然站起来说道：

"俊涛，我想和你谈一下。"

"我太累了，不想说话。"

俊涛回答着继续往楼上走，老爷子大喊一声：

"我跟你说话呢，你给我站住！"

俊涛没有回答，也没有停止脚步。

老太太忙拖住老头子道：

"你就别为难他了，他够难受了。"

老爷子哼了两声，气喘吁吁坐回到了沙发上。

俊涛回到了屋里，发觉全身难受，头晕脑涨，便脱了衣服上床睡觉，可是躺到了床上，怎么也睡不着，胸口似乎有一团火在烧，让他辗转难眠。这时他想喝水，想爬起来，发觉自己已有气无力，只好这么躺着。

保姆做好了饭，摆上了桌子，呼喊大家来吃饭，老爷子和老太太坐好了，见俊涛半天没有下来，老太太又在楼梯口喊了几声，还是没有见到动静。

"这怎么回事啊？"

老太太说着就爬上楼去，推开俊涛房间的门，屋里没有开灯，但可以看见俊涛悄无声息躺在床上。她忙打开灯，走了过去问道：

"俊涛，你怎么啦？下来吃饭吧？"

"我不舒服，不想吃了。"俊涛答道。

老太太听儿子说不舒服，赶忙用手去摸他的额头，不摸不知道，一摸吓一跳，滚烫得可以煎蛋了。

"怎么会这样！"

老太太忙让老爷子找来感冒药和退烧药，让他吃下去。吃了药以后，一股倦意上来，他很快进入了睡眠状态，但是梦中全是妖魔鬼怪，吓得他喊也喊不出，跑也跑不动，全身大汗淋漓。其实他不知道，他已经在开始说胡话了。把老爷子老太太吓得要死，老爷子深更半夜驾着车子将他送到医院，打了三天的吊针才将烧退下来，整个人消瘦得都失去原形了。

就在他住院这几天，法庭上的争斗更为激烈，随着于崇到法庭作证，和重要光盘的出现，情况再次发生了逆转，于崇和江铭在法庭上发生了激烈的言语冲突，让媒体大呼比美剧还精彩。真是一环套一环，一波未平，一波又起。

由于双方争执不下，法庭无法宣判，只好接受了方信的请求，延长羁押期两个月，择日开庭再审。

十二

不知道怎么有媒体知道俊涛在医院住院，跑到医院外边守着，期待获得第一手资料，更有记者不知道怎么绕过了保安，混到了医院里边，直接找到了俊涛的病房，对准正在喝水的俊涛就是一顿连按快门，让所有在场的方家人，方信的员工都目瞪口呆。

记者拍完撒腿就跑，反应过来的方信人也从后面紧追不舍，最后终于在医院大门口被保安拦截，方信的人要求记者把相机拿出来，把照片删掉，记者不肯，守候在门口的媒体开始起哄，不少人围了上来吵吵闹闹，方信的人说如果不把相机拿出来,不把相机里的照片删了,就报警,双方僵持了许久,记者才将相机交了出来。

打开相机,发现相机储存卡是空的,记者辩解道根本没有拍着,方信的人不信,猜测他们可能临时换了储存卡,或者刚才有同伴趁混乱的时候,已将储存卡转移了。如果明天俊涛在病房憔悴的模样上了报纸,肯定会对俊涛和方信产生影响,俊涛和老爷子肯定也会非常生气,方信方面只好选择了报警。

找不到储存卡,警察也没有办法啊,现在无论做什么都要证据啊!大家只好求助于老爷子,老爷子找到了老领导,通过老领导的关系找到了这家报社的上级主管单位,终于将这件事平息了,报社保证不将不合时宜的照片刊登出来。

可老爷子也不是万能的,现在新闻自由的时代,只要不是诽谤,你管得了人家怎么写,就算你想管,能管得过来吗?管得了平面、电视媒体,管得了网络吗?一时间各种关于方信的文章出炉了,正经点的,就当前江铭案对方信或俊涛的前景影响进行分析,不正经点的就盯着案件背后的男女关系,进行深度挖掘,满足广大群众的窥私欲。最不正经的是某些网络媒体,添油加醋,发挥想象,早已脱离了实际,加上网友推波助澜,弄得面目全非。

由于案件本身的影响,再加上俊涛身体和精神状态极差,老爷子准备亲自出山了,家人都劝老爷子这么大年龄了,就不要瞎折腾了,十年来商界和社会的变化都极大,方信也在俊涛手里脱胎换骨了,老爷子你虽还是挂名董事长,坐在那里也是摆相的。

谁知老爷子答道,是,我就是摆相的,现在俊涛有困难,没人管事,谁知道公司里的小人们会不会在这个时候趁机出头,我坐在那里就算是个摆设,也能让那些图谋不轨的人有所顾忌,江铭事件对公司影响已经够大了,如果再出什么事就不可想象了。

老爷子就这事征求俊涛的意见,俊涛二话没说就答应了,他似乎已万念俱灰,所有世事置之于身外的形态,让老爷子和老太太都心疼不已,就在这个时候,俊涛竟然提出要去浙江天台山休养。

话说天台山某名刹的思明方丈和老爷子是故交,当年思明大师每次抵京老爷子都亲自接待,老爷子为了寺庙的修缮和法事活动费了不少力。近年大师因为年事已高，早已不再出门，老爷子偶然也去天台山小住一段时间，和思明谈谈心，那里有间客房是专供老爷子备用的，所以俊涛也跟随着去过许多次，思明大师非常喜欢俊涛，小时候就说了俊涛必定是有出息之人。

按理说老爷子、老太太都一心向佛，如今俊涛也愿去庙里休养，老两口应该高兴才是，但在这么关键时刻，俊涛这样的表现，却又让人担心，老两口只有这么一个儿子，虽说早已结婚生子，可最后老婆孩子都是别人的，老两口还指望着他传宗接代，继承家里亿万财产，如果俊涛就如此四大皆空了，那怎么办？

自然老两口是一万个不同意。俊涛也没强求。

俊涛出院的那天，本来一切都安好，医院也做足了安保工作，但还是在刚走出电梯的时候，就有一女记者不知道从哪里冲出来问道：

"请问方先生，外界有传你为情自杀，这是不是真的？"

俊涛皱着眉头低着头，一言不发向停车处走去，上了车才发现，大门口处有长枪短炮对着他们一行人拍摄。车子驶出大门有摄影记者甚至对着车窗一顿拍摄。回到了家，发现家门口也有记者蹲守，真是令人惊叹如今媒体强大无比的信息搜索能力。

谁知第二天有网络媒体刊出了文章《方俊涛昨日出院现身，头上疤痕卓然显示为情自杀？》，原来昨天俊涛出院的时候，被大炮筒近距离拍摄到了在英国车祸还未消除的疤痕，文章还翻出了两个月前，俊涛在出席某公开活动时的清晰照片，显示俊涛额头上没有伤疤，所以据此推测俊涛是因为自杀或自残未果而住院，文章发挥自己的想象，推测他自杀时的心态，到底是跳楼还是上吊自杀时被人解救而摔下来导致额头受伤，还是有其他的原因。

这篇文章又引爆了网络新一轮的讨论热潮。

第七章　痛苦的领悟

一

　　不堪媒体骚扰的老两口终于同意让俊涛去天台山休养一段时间，即将离开北京城的俊涛心情似乎好了许多，甚至打电话给了媛媛，媛媛这段时间也只能从媒体上得知他的消息，能接到俊涛电话非常意外，但也非常高兴。原来是俊涛希望她能代他转交一百万的支票给晓梅，作为莉莉的学费和生活费。但是晓梅拒绝了，一百万元的支票原封不动地退了回来，并让媛媛转告俊涛，莉莉的事以后不麻烦他操心了。

　　那天俊涛正准备启程去天台山，为了这事媛媛见到了俊涛，很久以来，他都没有见外人了，俊涛的状况似乎比媒体上偷拍的照片更差，消瘦、苍白、双眼无神，如果在街上遇见，媛媛也许就认不出他了。

　　她不由感到一阵心酸，曾经的他是如此意气风发，为什么一场风波，一场婚变让他变成了这个样子，听说他要去天台山休养，更是觉得诧异，忙问道：

　　"你是不是有什么想不开的地方？"

　　"没有，我只是不堪骚扰，想去清静和休养一段时间。"

　　"到了那里就可以什么都忘了吗？"媛媛问道。

　　"我没这意思，你怎么和我爸妈一样，我只是去休养，没其他事，我才三十多岁，还没那么高的觉悟呢！"俊涛说道。

　　"万一在那顿悟了什么呢？"媛媛问道。

　　"我会有那造化？"俊涛冷笑道。

　　媛媛笑笑说道："瞧你，老是那样没正经，我说你真想不开了，就想想我，我可等你十多年了！"

　　"你这样说，我责任可大了，难不成你变成'齐天大剩'，都是因为等我？"俊涛问道。

　　"不怪你怪谁，反正你离婚了，我就缠上你了怎么着？"媛媛答道。

　　"难不成你还得跟着我去天台山？"俊涛问道。

　　"去就去，我还怕什么？"

媛媛话虽这么说，但真还没这时间，俊涛也就把它当玩笑了。

第二天清晨，在避开媒体后，俊涛带着两个秘书和助理，乘坐商务包机去了宁波，然后在宁波办事处人员的陪同下，乘汽车到达天台山。

一行人到达庙里，天色已晚，思明大师已近八十，近年来已少见人，听说是俊涛来了，才出来，并陪同俊涛用斋。大师虽头发已全白，但鹤发童颜，看上去颇为健旺。上次见大师是三年前来接在此小住的父母返京，正值俊涛春风得意，带着娇妻爱女，好不快活，当时国家刚摆脱国际金融危机影响，公司业务在四万亿的拉动下，从低谷冲上新高，和前一年完全不一样，俊涛那个心花怒放，马上捐出善款一百万，并请大师赐话。大师告诫道：

"春暖花开，秋冬必然衰败；宗亲欢聚，终要生离死别；财宝车马，实为五家共有，妻妾美色，可谓爱憎之本。贪欲导致忧虑、怖畏。若无贪欲，则能无忧无畏。凡夫处世，结怨招祸，痛苦万端，莫不皆由贪欲所起。"

当时俊涛听了此话，挺不愉快，俗话说，吃人家的嘴软，拿人家的手短，这一百万都没换来一句大吉大利的话，让他不舒服，所以，三年都没有来了。

不过有时他也琢磨这句话，但一切太顺，也很快就忘了。

前段时间他突然又想起了这句话，三年了，如果当时他能体会这句话，也许就不会把事情弄得这么糟，所以才提出要去天台山休养。

大师久居山里，清心寡欲，自然不知道外边发生了什么，见到俊涛颇为高兴，便问了父母近况，俊涛只是说一切都好，只是最近自己甚觉烦恼。大师笑笑说道：

"人生烦恼不外乎放不下、想不开、看不透、忘不了，你说是不是？"

俊涛笑笑说道的确是，道理却是明白，可世间事不是说放下就放下的。

大师又道：

"当舍于懈怠，远离诸愦闹；寂静常知足，是人当解脱。"

俊涛欲再深究，大师却转而不再谈这些事，反而就山间鸡毛蒜皮的小事和俊涛说得津津有味。

用完膳，大师即道了晚安，回房休息去了。俊涛睡的还是父母住的老房间，其实也是一个标准间，二十多平米，带卫生间，干净而整洁，随行人员睡在隔壁的另外一个房间。换了一个环境，俊涛似乎心情就好多了。洗了澡，打开窗户，南方的春天来得早，带着山野特有的清香迎面扑来，清凉而不寒冷，躺在床上，即刻便入眠，再无前日之辗转难眠，梦中也无妖魔鬼怪追赶，一觉醒来，天已大亮。

昨夜不知道什么时候下起了绵绵细雨，窗外山峦俊俏，薄雾在山间飘荡，门外是阵阵念经之声，如同已臻化境，让人的心不得不宁静。

当舍于懈怠，远离诸愦闹；寂静常知足，是人当解脱。

俊涛念叨这句话，细思量着，若有所悟般念道：早知如此，又何必当初呢？

二

俊涛自到了天台山，心情顿时好了许多，每日除了休息，四处走走，偶然能与大师谈天说地，日子可以说过得颇为惬意。时值三月，正是天台山杜鹃花盛开的时候，民间也称映山红，火红的、粉嫩的开遍了山野，让人流连而不知回返。

因为悠闲，也是因为情绪使然，俊涛半年多未动的微博账号，在兴致之下，他竟然拍下了多张杜鹃花盛开的图片，发在微博上。

这天清晨早饭后，俊涛拜访了一会儿大师，出来的时候忽然听见有人说话的声音，那声音似曾相识，便走出去看看，这一看不打紧，遇上熟人了，这熟人不是别人，正是媛媛，跟着媛媛的，还有两个人，都是衣着时尚的前卫人士，其中一人还背着摄影设备，在这深山古刹里显得特别突兀。媛媛一看见俊涛，马上不说话了，双手合十，向俊涛行了一个礼道：

"听说方先生在此修行，特来探望！"

俊涛笑了笑道：

"免了吧，让人觉得别扭！"

"谢大师了！"

"好了，别在这里装腔作势了，让人家笑话，既然是来探望我的，就到我房间里坐一会儿！"

俊涛说着转身而去，媛媛赶紧跟了上去。

181

到了房间里，俊涛给她泡上天台山云雾茶，然后正襟危坐那儿望着她。她也四处浏览了一番，俊涛穿着一身运动装，显得休闲随意，短短几天不见，气色也好了许多，可见在此休养还是有用的。

"你真是来探望我的吗？"俊涛问她道。

"在北京的时候，我不是就说了，我会来的。"媛媛答道。

"来了就来了，还带了好几个人，带着照相机，有什么图谋？"俊涛问道。

"哈哈……"媛媛笑了两声，然后喝了一口茶继续说道："我早就想来了，苦于工作太忙，谁也不能像你方总，说走就走了，一挥挥手，不带走一片云彩，我可得找理由啊！你前天发的那个微博，可正给我逮住机会了，没想到天台山风景那么优美，还有这漫山遍野的杜鹃花，我就带着编辑和摄影师过来了啊，准备做一个专题。"

"呵呵，原来醉翁之意不在酒！"俊涛说道。

"你能知道我的意思就可以了。"媛媛答道。

俊涛无奈笑了笑，既然人家是为他而来的，再怎么也不能失了礼节，于是带着他们去拍杜鹃花。天台山的杜鹃可不是路边随随便便就可以欣赏到的，虽说有盘山公路，景色却不在路边，能随便看到的风景肯定不是好的风景，车子开到一定的位置，还要走一段泥泞的山路，那些长在高山之巅的花才是最美的，高山上的杜鹃被终年不散的云雾缭绕，造就了天台山独有的云中花景，云雾绵延缠绕，花团若隐若现，一时一景，绝不雷同。

两人是在第二天清晨，带着文字编辑和摄影记者出发的，由俊涛开着他们来时的那辆路虎，一路冲上了华顶，看见远处一片绯红的云霞，在山间若隐若现，花在云中开，云在花中绕，美不胜收。

因为俊涛从小就来过很多次，一路向他们解说着，让他们三人兴致更高了，媛媛自然不用说，能和俊涛在一起，看如此美丽的风景，是她多年的梦想了。下了车，一行四人就往花海深处去了，走着走着，遇见一小溪，也许是因为前日大雨冲毁了独木桥，因而要涉水过去，那两个编辑都是男人，大家马上脱了鞋子，挽起裤脚过去了，只剩下媛媛大喊着该怎么办，能怎么办？大家都知道她对俊涛的意思，平时搞户外运动时从未看过这么娇气，自然是装着给俊涛看的，俊涛也还配合，说道：

"那好，我抱你过去吧！"

　　话音落，俊涛便将双臂摊开，等着媛媛上来，真到了这个时候，媛媛还有些不好意思了，磨磨蹭蹭的，半天不知道是该先动手，还是先动脚。直到俊涛喊了一句，快点！才纵身跳上去了。

　　第一次与俊涛如此的亲近，让媛媛有些晕眩，已越过了小溪她还沉醉在其中，似乎还没有下来的意思。

　　"好了，下来吧！"俊涛说道。

　　媛媛不大情愿地下来了，此时编辑和摄影记者已经走到前边去了，忽然剩下他们两个人，气氛有点难堪，看着俊涛泰然自若走着，她一时不知道该说什么了。

　　"俊涛！"媛媛忽然呼喊道。

　　"怎么？"

　　"刚才感觉如何？"媛媛小声问道。

　　"什么刚才？"

　　"就是你刚刚抱我过河的时候？"

　　媛媛问着脸都红了。

　　俊涛笑了笑答道：

　　"这不是已经放下来了吗？"

　　"可是你放下来了，我还没放下来！"媛媛小声说道。

　　"只要心静，什么都能放得下来。"俊涛说道。

　　"我就不信，你什么都能放得下！"媛媛突然又提高了声调说道。

　　俊涛低头，没有回答。媛媛转过头，忽然一片绯红，似朝霞，如彩云的花海已在眼前了。

　　面对眼前的美景，媛媛一行三人都忙开了，俊涛想起自己前几日发的微博竟然能引来他们一群人在此忙碌工作，突然觉得很有意思，于是又举起他的黑莓手机，拍下眼前的风景，发到微博上。忽然他发现他上次发的微博又有人留言了。

　　"爸爸，你在看映山红吗？我也看见了许多的映山红。"

　　是莉莉的留言，忽然间他的心就沉下去了。

三

　　江南的春天，雨总是不停地下，这天夜里淅淅沥沥的雨声，惊动得他辗转未眠。佛说，我心之境如一花一世界，一叶一菩提，宁静方能致远。纵有电闪雷鸣，狂风暴雨，仍能专注磨打手中之剑。

　　这春雨就能将人心打乱，可见他终究是放不下的。这样空寂的夜晚，他忽然又想起了很多，晓梅，还有莉莉，她们现在到底在干什么呢？

　　辗转了许久，终究是睡不着，他拿出手机，查看着自己的微博，莉莉的留言依然在，他犹豫了许久，最后终于鼓起勇气，点击进入了莉莉的微博，自英国出事后，他再也没有进去过了。

　　"也许我真不该待在这里了，妈妈一天到晚忙个不停，爸爸不要我了，如果我真的去了远方，可会有人怀念我？可会有人记得曾经的欢乐时光？但是我现在真是一个多余的孩子，怀念的只有我自己。"

　　微博配图是莉莉拍的自己的双脚，那双鞋子还是在英国时姑妈送的。时间显示是三天前。

　　"我又和妈妈吵起来了，妈妈不理解我为什么总是这样，她总是说爸爸不要我了，可是我真没做错什么，为什么爸爸不愿意再见我，也许我真的是一个做错了事的孩子，可我做错在哪儿，会有人告诉我吗？"

　　微博配图是莉莉面对着镜子自拍，眼神中满是忧愁。时间显示是四天前。

　　"爸爸，我想你，你能感觉到吗？我不知道去哪里才能找到你，难道我真的再也看不到你了吗？你能亲口告诉我是怎么回事吗？"

　　微博配图是窗外北京灰蒙蒙的天空。时间显示是五天前。

　　俊涛看着眼睛就湿润了。他快速将时间翻过，很快到了英国，在英国发出的最后一篇微博是在圣菲尔堡游览时发的，他和莉莉在安吉尔的画像前的留影，莉莉笑得极为灿烂，虽然他只是微笑，但也是快乐的：

　　"我和我家的高富帅在他的前世画像前，原来我们家的高富帅在古代也是高富帅。"

　　再前边是在廷塔杰尔城堡前，是他面对着大海的背影，莉莉写道：

　　"我们家高富帅站在亚瑟王曾站过的地方，不过高富帅最近心情不好，希望他能快乐点。"

再后来是在英国的种种合影。忽然他看不下去了，整个都乱了，他把手机往墙上一扔，手机摔成了几块。

乱了就是乱了，这冰冷的山里怎么能和温暖的家里比呢？俊涛再也睡不着了，起身去了外边四处走走，此时已近凌晨，檐外是淅淅沥沥的春雨，檐内只有路灯下长长的影子，除此之外，能看到的就是无尽的黑暗。忽然他看见有一个屋子里还亮着灯，原来是媛媛的房间，怎么这么晚了，媛媛还没睡，是不是也和他一样辗转难眠？

他走了过去想敲门，但是回想这深更半夜的，去敲一个女人的门多不好，就转身离去了，可走了不远，又不知道该去何处，檐外的山风夹带着春雨吹到檐内，带来了一股寒意，让他不禁打了个喷嚏。于是他又往回走，又抬起手敲门，却又思量着该不该敲。就在这个时候，门开了，媛媛抬着头，望着他问道：

"找我什么事啊？在门外走来走去的，我注意很久了。"

俊涛的手还举着，他难堪地笑了笑说道：

"没事，睡不着，想找人聊聊天。"

"那进来吧！"媛媛说道。

"这个方便吗？"

"放心吧，我吃不了你！"媛媛说道。

俊涛又不好意思笑了笑。走进去了。桌上媛媛笔记本的文档还开着，原来她还在加班审稿。

"这么晚了还在忙啊？"俊涛问道。

"是啊！工作上的事多啊，就算出了远门也丢不下，不像你说放下就放下了。"媛媛答道。

"哎，世间的事说放下就能放下就好了！"俊涛叹息答道。

"你白天不是说了，只要心静就什么都能放下来？"媛媛问道。

俊涛没有说话，只是低着头，像一个做错了事的小孩般。媛媛见他这般模样，心中忽又升起一丝怜惜感，于是又忙放低了声调说道：

"我知道你心中根本就放不下，到这山里来也只是逃避，或许根本就是自己欺骗自己，我了解你，比晓梅了解你多了，因为我一直就在关注你，你外表比谁都强悍，可是内心比谁都柔软，所以，莉莉亲近你。晓梅正好相反，看上去她比谁都柔弱，可她真正要面对问题比谁都坚强。"

"也许是吧！我现在都弄不清自己是什么人了，我不知道以后该怎么办，我甚至不知道该去相信谁。"俊涛说道。

"就算这个世界的人都欺骗了你，请你相信，我会一直在你身边。"媛媛说道。

俊涛似乎有了些感动，眼睛都湿润了。

"谢谢你！"他说道。

"不用谢！"媛媛笑着答道，接着她又说道："我知道你最放不下的还是莉莉，其实莉莉就是你的女儿，我们不管什么血缘不血缘，九年的亲密无间还不能表达什么吗？就算她在血缘上是江铭的女儿，就算江铭带给你那么多伤害，可她已和江铭没有任何关系，她无法带给江铭快乐，她的心也不在江铭身上，而她自始至终都把你当父亲，带给你快乐，带给你幸福，这些对江铭来说，也是最大的损失，难道你不明白？"

"我也曾是那么想的，可我走不出自己内心的障碍。"俊涛说道。

"可见你终究是放不下，你放不下的太多，晓梅你放不下，她背叛了你，江铭你放不下，他伤害了你，其实你放下了他们，你才能再次接受莉莉。"媛媛说道。

"你说的话我都想过，如果心中没有冲突，也不会有痛苦了，终究是心中的问题没有解决。"俊涛说道。

"你既然明白，你的痛苦来自于内心的冲突，你既然明白现在的问题不是莉莉是不是你的亲身女儿，而是在于晓梅和江铭，你为什么不抛开晓梅和江铭，而直接面对莉莉。"媛媛又说道。

"可是这问题绕得开吗？莉莉是晓梅和江铭的女儿，我原谅不了他们。"

"可见你走来走去，走到了原点，当然放不下，你始终在原处，如果我问你你会爱我吗？你现在回答！"媛媛说道。

"为什么说这个了？"

"你不愿回答，说明你并不爱我。你心中依然爱的是晓梅，所以你无法原谅他们，如果你的心离晓梅远去，也无所谓江铭了，莉莉在血缘上与谁有关系就无关紧要了，重要的是她只认你是她的父亲。"媛媛说道。

俊涛摇摇头答道："你别说了，头晕。我不想再谈这个问题了，它让我难受。"

"你就一直选择逃避吗？你逃不了，如果你一天放不下，它就会一天缠绕着你，如果你一辈子放不下，它就是你一辈子的阴影，如果……"

"够了！"俊涛突然大喊道。

媛媛吓了一跳，赶忙不说了。过了好一会儿，她才重新开口说道：

"对不起，我不是有意的。"

俊涛深深吸了一口气答道："没关系，说对不起的应该是我，这一向情绪太差了。"

他低下头，用双手蒙住眼睛，似乎情绪有些难以控制。媛媛忽然间觉得他有点像个无助的孩子，忙用手抓住他的手腕说道：

"别这样，会让人笑话的。"

他猛地抬起头，一把抓住媛媛的手说道：

"是的，就是有人要看我的笑话，看我怎么痛苦，你说晓梅这十多年真的爱过我吗？我现在想起来，根本就没有过，这不是一个最大的笑话，我前辈子做了什么，今生要付出这么大的代价。"

"赶紧放下来！"媛媛大喊道。

俊涛低头一看，他紧紧捏着媛媛的手腕，而媛媛的目光诧异而紧张。

他忙松开，将手放了下来。

媛媛突然笑了笑说道："其实没什么，我说的是你的心要放下来，别总想着这些不愉快的事。"

俊涛忽然间笑了，他说道："谢谢你！"

"没什么的，希望你能真的放下！"媛媛低下头说道。

这时，两人突然不知道该说什么，气氛一时有些难堪。

"我该回房了，谢谢你陪我聊这么久。"俊涛站起来说道。

"好的，我也很高兴能和你聊聊！"媛媛答道。

俊涛点了点头，转身走出了媛媛的房间，抬头看见东边的天空已隐约出现了鱼肚白，山中不知道何处传来阵阵钟声，催人阵阵心悸。

由于昨夜一夜未眠，上午俊涛补了一觉，中午起来，见媛媛一行已不见人了，问工作人员，才知道早上便出去了。也许又是去拍摄风景了。

下午甚觉无事，他也随处去走了走，昨天一夜的风雨，让山间流水丰足，小的涓涓溪流也成了奔腾的小河，大的潺潺流水，已如飞瀑潮流，山中云雾缭绕，缥缈如幻，几度让人分不清天上人间。

只有打开手机，才让人感到还是真实的，不过这年头，管它是天上，还是人间，电信运营商都不会留信号空白点。他打开微博，想发几张图片，忽然看见莉莉的微博更新了，赶紧点击进入，他看见莉莉的一张照片，莉莉微笑着站在一片鲜红的花朵中，下边写着文字，我和映山红在一起。

他看着，忽然微微笑了。收起手机，信步走了回去。

晚饭时，见到媛媛一行回来了，俊涛问他们去哪儿了。

"我们去追踪了徐霞客的足迹。"媛媛说道。

"那你们追上了吗？"俊涛问道。

"追不上，都过去五百年了，我哪追得上！"媛媛答道。

"那接下来还准备干什么？"俊涛问道。

"我们明天走了！"媛媛答道。

"怎么这么着急就走了？"俊涛赶忙问道。

"红尘俗世太多事，放不下啊！不像你，想要放下，我是放不下！"媛媛答道。

"放得下在哪儿都放得下，放不下在哪儿都放不下。"俊涛说道。

媛媛白了他一眼答道：

"呦，山中方七日，你都成仙了，说的话人都听不懂了。"

俊涛难堪地笑了笑，见媛媛情绪不大好，也就不自讨没趣了。

回到了房间，俊涛坐在那儿一边看电视，一边胡思乱想，忽然想起莉莉在映山红花丛中的笑脸，觉得有些不对头，北京哪儿有映山红啊，还那么一大片的。莉莉莫不是没在北京了？想到这个问题，他马上坐立不安，打电话给晓梅，晓梅电话关机。于是赶紧去找媛媛，让媛媛问下莉莉的情况。

"你不说你不管了吗？"媛媛说道。

"我让你打你就打，你问这么多干什么？"

媛媛翘起嘴拨打晓梅电话，可还是关机。

"你还有什么办法能联系到晓梅吗？"

"没有了，只能手机联系，要么回北京才能找到她，什么事这么着急啊？"媛媛问道。

"哦！没什么，没什么，不好意思，打扰了！"

俊涛说着就出去了。他径直去了思明大师处，大师正准备歇息，见俊涛这么晚过来，就问他有什么事。

"我想跟你告辞了，明天我就回去了。"

"呵呵，好啊！这几日心情可否好了些？"大师问道。

"有些事始终忘不了，放不下！"俊涛答道。

"其实很多事忘记并不等于从未存在，留存美好，忘记悲哀，一切自在来源于选择嘛，你说呢？"大师笑笑问道。

"可有些该忘忘不了，不该忘都忘记了，很多事就像做梦一般，让人无法释怀！"俊涛说道。

"呵呵！"大师笑着接着说道："说人生如梦，是因为人生存在不可知的未来；说梦如人生，是因为有梦才存在生活的欲望。注定的相识，如春季花开的声音，悦耳的清脆。注定的离别，像晨曦的露水，平静的美丽。放得下的，放不下的，都是缘，是不是？"

"哦！"俊涛忽然像是明白了什么，点了点头。此次天台山之行，他彻底喜欢上了和思明大师谈话，每一次都让他蠢动的内心渐渐平息，而此次离去后，不知道什么时候再来，他想，只要有时间，有心情，他是会常来的。

四

第二天早上，媛媛收拾东西准备离去，离去前想和俊涛告别一下，敲了半天门，却无人答应。打俊涛电话，也半天无人接听，她想着就算了，和同事一起上了租来的越野车。但就在车子发动起来，准备开动的时候，一个人冲了出来，拦住了车子。

"怎么不和我说一声，就准备走啊？"

原来是俊涛，俊涛一身户外装束，背上还背着一个大的户外包。

媛媛心中一阵欢喜，赶紧停了车，但还是故意绷着脸说道：

"怎么着，我们走，你放不下吗？"

"啥事都放下了，我也跟你们走！"俊涛说道。

"啥，放下了，四大皆空了啊？那你留在这里算了！"媛媛笑起来说道。

"哎，还是放不下，我随你们走算了，六根未尽，成不了佛的。"俊涛说道。

两人逗趣般的对话，让车上其他两人笑得喘不过气来，这谁跟谁啊？刘主编都算了，他们知道平时她喜欢装，那时在这个位置上不得已，这个方俊涛，著名青年企业家，这段时间的新闻人物，没想到会像个小孩般有趣。

媛媛瞧了瞧他，见就他一个人。

"你的手下呢？别弄得陪你来修行的人修成佛了，你却随我回到了万丈红尘中。"媛媛问道。

"我放他们假，这段时间随便他们玩，我说我得回北京了，有急事。"

俊涛说着就钻进了车子里。媛媛得意地笑了笑，启动了汽车，飞速向山下奔去，按计划先到杭州，然后再从杭州坐高铁返回北京。

俊涛说的急事，还是莉莉的事，无论他说的放不下，还是放下了，都是关于莉莉的，昨晚他在微博上给莉莉留言了，问莉莉在哪儿，今天清晨莉莉回复说她已在湖南乡下了，更是让他吓了一跳，不知道究竟发生了什么事，只好抓紧时间赶回北京，只有找到晓梅当面问清楚，才能知道发生了什么事。

俊涛一行在杭州乘坐中午的高铁，到达北京南站已是当天晚上七点多了，他没有惊动家人和公司的人，而是在车站打了一部出租车，和媛媛直奔晓梅的住处。

晓梅也越来越感到疲惫了，这场迟迟没有结果的官司几乎花光了她的积蓄，虽然马丽芬愿意资助她，但她不愿意，毕竟马丽芬对江铭有种暧昧的情愫在里边，是她不愿意看到的。上次在法庭上于崇出庭作证，情况遭到逆转，让江铭的情绪再一次陷入了低谷。

因为引起了新闻界的关注，叶进荣律师再一次成为关注焦点，在很长的一段时间里，叶进荣的事务所几乎成为江铭和晓梅的代言人，可是再怎么，晓梅也已是身心疲惫，为此，叶进荣决定减免江铭的律师费，稍微减轻了晓梅的压力。

律师费的问题解决了，可生活还是存在问题，如果是晓梅一个人，倒是没问题，现在莉莉在身边，要读书，要吃饭，要消费，莉莉从小生活在富贵之家，什么东西都是用最好，现在情况不一样了，她自己也明白，什么专门法国的钢琴老师，俄罗斯的舞蹈老师，想都不要想了，现在连正常的教育都是问题。

所以晓梅想到去工作，可她虽名牌大学毕业，毕竟有近十年没有工作了，年龄也不算小了，何况人家知道她是方俊涛的前妻，现在又在新闻关注期，没人敢聘用她的，后来在叶进荣律师的介绍下，去了一家民营企业做文秘，地址在方庄，每天六点多就要出门，回来的时候已是晚上八点多了，还得和九零后小姑娘竞争，上了两天班，就已受不了了。

也许爱情遇到现实，就看人的意志力了。

江铭建议晓梅暂时将莉莉送回到他的湖南老家，他的父母会照顾莉莉的，再说父亲曾是中学老师，会给莉莉一个好的读书环境的。

于是她利用了一个周末，再请了一天假将莉莉送回到了江铭老家。江铭的老家在湖南偏远的一个小县城，到长沙还要坐六七个小时的汽车。一路上莉莉并不知道是做什么，但是边城的优美风景吸引了她，她们到达那儿的时候，路边的油菜花盛开得铺天盖地，在碧蓝晴朗的天空映照下，灿烂得有些耀眼。

莉莉开始以为是来旅游的。后来晓梅带着她见到一对慈祥的老人，晓梅让她喊爷爷奶奶，她有些纳闷儿了，怎么又跑出一对爷爷奶奶，可她不敢多问。当天夜里，晓梅告诉她，要她在这里待一段时间，莉莉哭得惊天动地，要和妈妈一起回去，晓梅好些安慰了一番。莉莉终于睡去了，第二天早上，趁莉莉还未醒来，她便悄悄离去了，然后一路哭着到了长沙，坐上飞机回到了北京。

她终于又回到了独身的生活，没有想到的是俊涛很快上门兴师问罪了。

这天她刚下班回来，疲倦得几乎想马上倒床而睡，却听见一阵急促的敲门声，打开门，看见俊涛和媛媛站在门外。

"你怎么来了？"她惊讶地问道。

俊涛笑了笑答道："我来看看莉莉！"

俊涛说着就走了进来，这是他第一次来到晓梅的住所，他简直不敢想象晓梅住着的就是这样简陋的一居室，四周墙壁斑驳，家具和家电似乎都是几十年前的旧货。但是屋内收拾得还不错，整整齐齐的，有种温馨的感觉。

"莉莉呢？"俊涛继续问道。

"莉莉不在家！"晓梅答道。

"不在家，她去哪儿了？"俊涛问道。

"这个不用你管，她又不是你的孩子。"晓梅答道。

媛媛听了赶紧抓住晓梅的手说道：

"晓梅，你别这样，人家俊涛也是一片好心啊！"

"那莉莉要见他的时候，他去哪儿了？"晓梅答道。

"晓梅，我们坐着好好说啊！"媛媛说道。

"好的，你们先坐吧！"

晓梅说着给他们两位倒了两杯茶，让他们坐在沙发上，她自己则拿了一把小凳子，在旁边坐着。

"晓梅，我没别的意思，我只是想知道莉莉现在还好不好？"俊涛说道。

"很好的，你放心就是！"晓梅答道。

"我想见见她可以吗？"俊涛说道。

"你见她干什么，让她伤心，让她难过？"晓梅问道。

"没有，有些事我想通了，无论怎样，莉莉都还是我的女儿！"俊涛说道。

"那你想怎么样？"晓梅问道。

"我想莉莉能回到我身边。"俊涛说道。

晓梅冷笑了两声答道："不可能，莉莉不是你的女儿，你不能想要就要，不想要就不要了。"

"晓梅，我知道你也有情绪，我们能好好谈谈吗？"俊涛说道。

"谈什么，你说吧！"晓梅眼睛望着媛媛说道。

"莉莉现在在哪儿？"俊涛问道。

"她在哪儿与你没有关系。"晓梅答道。

"怎么会没有关系，她在哪儿我有权知道。"俊涛站起来说道。

"你有什么权利知道，你和莉莉什么关系？现在什么关系也没有！"晓梅答道。

"不管莉莉现在和我是什么关系，但是我们离婚时，离婚协议书上面写的我是莉莉的监护人，在监护人没有变更之前，我怎么会没有权利知道莉莉在哪儿？"俊涛大声说道。

"那又怎么样，难道你现在又想和我打监护权官司，你是不是打官司上了瘾，你是不是觉得毁了江铭还不够，你还要毁了莉莉，你是不是要毁了我所有爱的人，方俊涛，我告诉你，不是有钱想得到什么就能得到什么的！"晓梅也大声说道。

"我是要毁了你所爱的人，因为你们毁了我，让我没有家庭，没了亲情，晓梅你自己好好想想，你对得起我吗？"

眼看两人就要吵爆发了，急得媛媛不知道怎么办，她赶紧一把抓住俊涛说道：

"好了，好了，你先回去吧，别吵了！"

"我没有吵，是她先不讲道理的，我才是莉莉的监护人，要想打官司是吗？我奉陪到底。"俊涛怒吼道。

"好了好了，走吧！"

媛媛拉住俊涛往外推。

"方俊涛，你去死吧，我怎么会遇见你！"

晓梅大哭着喊道。

媛媛将俊涛拖到了门外，迅速将门关上，说道：

"你们俩太不冷静了，怎么能这样！"

"我没有不冷静，是她太情绪化。"俊涛说道。

"好了，你先回去吧，我再去安慰一下晓梅，我做一下她的思想工作。"媛媛说道。

"我不回去了，我住酒店。"俊涛说道。

"好了好了，随便你住哪儿，赶紧走吧！"媛媛说道。

"好，这事拜托你了！"

俊涛说着转身离去。

五

晓梅上了一天的班,再加上又动了脾气,忽然感到特别累,这时又响起了敲门声。她有气无力地问道:

"谁啊?"

"是我,媛媛!"

晓梅赶忙起身将门打开,见俊涛已走了,松了口气说道:

"你怎么把他带来了,我现在特别不想见到他。"

"是他求着让我带他来的,我也不好拒绝啊!"媛媛答道。

"我就知道你,见了他心就是软的。"晓梅说道。

媛媛不好意思笑了笑,然后问道:

"真的,我问你,莉莉去哪儿了?"

"我把她送湖南江铭的老家了。"晓梅答道。

"啊,送那么远的地方干吗啊?"媛媛问道。

"不说这事了,想着都烦,我特别的累,你陪陪我吧!"晓梅说道。

"好,我陪你!"

媛媛说着便抱住晓梅,晓梅躺在她怀里说道:

"我好累,有时真的不想活了。"

"别这样,心情开阔点。"媛媛说道。

"你说像我这般的人怎么才能快乐起来,活在两个男人的冲突之中。"晓梅说道。

"我说你就是傻,做阔太太的时候不满足,现在遇到了这么多事,是个女人都会崩溃,你还能支持住,我倒是有些佩服。哎,我要是你,才不会这么去瞎折腾,俊涛和江铭都是好男人,珍惜其中一个就可以了……"

媛媛说着,突然发现晓梅没有声息了,低头一看,晓梅已经睡着了。想来她也确实太累了。媛媛起身轻轻将她移到了床上,再盖好被子,才带上门走了。

俊涛打了一个电话给周宇,让他开了车过来接他,然后一起去了酒店,安顿好后，周宇想向俊涛汇报江铭案的进展情况，谁知俊涛说道：

"不要说了，我现在不想听这个。"

周宇便赶紧不说了。

"好了，你先回去吧！不要告诉任何人我回来了，特别是我家老爷子。"俊涛接着说道。

周宇点了点头，便匆匆离去。俊涛洗了个澡，便给媛媛打电话，问对晓梅的思想工作做啥样了，媛媛打了个哈欠说道：

"你就不能让人喘一口气吗？你不心疼我，也该心疼一下晓梅啊，你看她都折磨成什么样子了？"

"我都去心疼你们了，谁来心疼我啊？"俊涛答道。

"我不是在心疼你吗？我不是为了你的事，跑前跑后的，装疯卖傻的，我图个啥啊？图个你们当面吵架，背后亲热啊？"媛媛说道。

"我跟谁亲热了！你就多帮帮我，我现在也不知道找谁帮忙，到时我一定会感谢你的。"俊涛说道。

"那你先说怎么感谢我？"媛媛问道。

"那你要我怎么感谢，以身相许吗？"俊涛问道。

"那倒不至于，等莉莉回来了，让我做莉莉后妈就可以了。"媛媛说道。

俊涛没一口笑喷，这不就一个意思吗？

"得了，你别得寸进尺啊，你帮我把事搞定了再说！"

俊涛挂了电话，忽然觉得自己和媛媛在一起怎么就这么轻松，这是和晓梅在一起十多年都没有过的事，他想着想着，不由摇了摇头，又笑了。

第二天晓梅又是忙到很晚才下班，在回家的路上接到媛媛的电话，媛媛问她在哪儿，她说她还在路上，媛媛问她吃饭了没有，她说还没，媛媛就说请她吃饭，她一口就答应了。

在约好的餐馆见面，晓梅到达的时候，媛媛等候已久，一向打扮夸张张扬的她难得低调，只是穿着一件米黄色的呢子衣。这是一家高级餐厅，原来晓梅也常约媛媛来这儿一起吃饭，聊天，然后去做美容逛街什么的，但时过境迁，这里已不是她能消费得起的地方了。

媛媛点了很多菜，都是晓梅喜欢的。晓梅高兴地吃着，一边问道：

"今天怎么有心情请我吃饭啊？"

"我还不是瞧你太累了，让你放松一下。"媛媛答道。

"无事献殷勤,非奸即盗，你快说到底什么事，不说，我抹完嘴就走了。"晓梅说道。

"瞧你，我啥事都逃不出你的眼睛，我还能有什么事，俊涛托我跟你说说事。"媛媛说道。

"我就知道是俊涛，你能不能不和我说俊涛，说起他我心烦！"晓梅说道。

"哎呦，晓梅你能不能别这样，上次你让我去找俊涛说莉莉的事，你说我费了多大的力气，在地下停车场里堵住了他，把你的意思传达了，为了莉莉的事，我做他的思想工作，给他讲道理，陪他去拜佛，现在他思想通了，你思想又不通了，你让我这人多难做啊！"媛媛说道。

"媛媛，你能不能不要管这事了。"晓梅说道。

"我是不想管这事啊！是你们俩把我卷进来的，现在俊涛每天都求着我来找你，你说我怎么办？我一走了之算了，那当时干吗在地下停车场里对着他大喊大叫的，我神经病啊？"媛媛说道。

"不好意思啊，我也没想到事情会发展到现在这样子。"晓梅说道。

"其实很多矛盾是缺乏沟通，最后才发展到不可收拾，其实俊涛是个好人，你们之间很多事是缺乏沟通，像莉莉这事，是个男人开始都接受不了，都想不开，你应该理解他开始无法接受莉莉的心情，过了一段时间，让他冷静下来，就想通了，就这么简单，你就别念着那点不愉快，把孩子的前途都毁了。"媛媛说道。

"媛媛，你并不了解这一个多月来发生的事，如果说以前我对俊涛还有愧意的话，现在可以说什么都没有了，他动用了他所有力量希望能置江铭于死地，我能把江铭的女儿还给他吗？何况并不是有钱就有幸福，有前途，莉莉和我们在一起，一样有前途。"晓梅说道。

"我也没说有钱就有幸福，有前途，莉莉从小就在俊涛身边长大，熟悉那样的环境和生活，你们现在把她放到了湖南乡下，你说她会有什么想法，你告诉她一切真相了吗？你肯定没说俊涛不是她的父亲，是你和俊涛结婚前怀上的她，你们也知道她幼小的心灵接受不了这样的变故，可你能瞒到什么时候，孩子在长大，疑问会越来越多，遇到挫折会越来越叛逆，你该怎么办？"媛媛说道。

"好了，你不要说了。我承认你很会说，很会讲道理，但现在这已不是我一个人的事，还有江铭在，莉莉就不能回到俊涛身边。你回去告诉他，他死了这条心吧，莉莉是我和江铭的孩子，与他无关！"

"晓梅，你真的别这样固执了，你看你都成什么样了，那么憔悴，都是自己和自己过不去啊！"媛媛说道。

"好了，不要再说了！"晓梅敲着桌子大声说道，"你再说俊涛，我就走了！"

敲击声和说话声惊动了邻座的一些顾客，还有服务生，他们都在向这边张望。

"唉！"媛媛叹了一口气，不再说了。

六

俊涛听了晓梅的话自然是非常恼火，难道事情就这么完了吗？大不了他自己去湖南，媛媛听了自然觉得不妥。怎么样才能说服晓梅，她想了很久，晓梅是个倔强的人，俊涛也是一根筋的人，真让她不知道该怎么办。

"你不要冒险去湖南，这样很危险，我知道你一定会找到莉莉，但是你太不顾及晓梅的感受了。"媛媛告诫道。

"她没有顾及我的感受，我为什么要顾及她的感受！"俊涛吼道。

"你对我吼有什么用，你有话去和晓梅说啊！"媛媛也尖声喊道。

"你没瞧见，她根本不让我把话说完。"俊涛说道。

"她不会让你把话说完，你就不会吼吗？把你的意思，把你的想法吼出来就是了！"媛媛大声说道。

"你以为我不敢？"俊涛说道。

"那就去啊！"媛媛杏目圆瞪地望着他。

他一咬牙便走出去了，媛媛赶紧跟在后边。此时夜色已浓，空气中散发着春天的迷人气息，但是谁也没有心思沉醉其中。

晓梅下班回来，吃了饭，正准备洗漱休息，忽然门外又响起了敲门声，她问是谁啊？门外答应的是媛媛。

"你怎么又来了，我想你的时候你不来，我不想你的时候，你天天来！"

晓梅说着便去开门，打开门，她看见了媛媛，还有身后的俊涛，她见状赶紧去关门，谁知媛媛紧紧顶住了门说道：

"我今天来也不是为了谁，我是要让你们俩打开天窗说亮话，以后谁也别来烦我！"

媛媛说着冲进了屋子，一屁股坐在沙发上，并将双脚搁在茶几上。

俊涛也顺势走了进来。

"你们俩给我听着，谁不把话说清楚谁就是孙子，别支支吾吾的，在我面前装！"媛媛继续说道。

"好，今天咱们就打开天窗说亮话，你先说，到底想怎么样？"俊涛说道。

晓梅似乎惊呆了，一时不知道该说什么，她搬了一张凳子坐在旁边小声说道：

"那还是你先说吧！"

"好，那我先说了，首先我说声抱歉，我不该将我们之间的矛盾发泄在莉莉身上，现在我很后悔，莉莉是我的女儿，九年的感情是什么也取代不了的。我们之间的矛盾可以以后再谈，现在我们谈莉莉的事，你为什么要将她送到湖南，是不是就是为了报复我？"俊涛说道。

"我没有报复你，你不知道我们的难处，你以为只有你爱莉莉吗？莉莉是我身上掉下来的肉，我没道理把她变成报复你的工具，你不知道她的难处吗？我们把官司打成了这样，新闻到处在报道，你以为她就什么都看不见，听不见吗？我为什么要把她送到湖南去，就是想让她耳根清静，这是我送走她重要的原因之一。"晓梅说道。

"这是原因之一，还有之二吗？"俊涛问道。

"其他的你管不着！"晓梅答道。

"我为什么管不着，你别老是这句话，你看过你女儿的微博吗？你有没有试图了解女儿的处境和想法？如果你不了解，你过来看看。"

俊涛说着将手机递给了晓梅。晓梅拿过手机，看见莉莉发出的几条微博：

"爸爸，我想你，你能感觉到吗？我不知道去哪里才能找到你，难道我真的再也看不到你了吗？你能亲口告诉我是怎么回事吗？"

"也许我真不该待在这里了，妈妈一天到晚忙个不停，爸爸不要我了，如果我真的去了远方，可会有人怀念我？可会有人记得曾经的欢乐时光？但是我现在真是一个多余的孩子，怀念的只有我自己。"

……

晓梅看着眼泪就流下来了，她放下手机，叹了一口气，不再说话。

"晓梅，你怎么啦？"媛媛关切地问道。

晓梅摇了摇头说道："我难过，我也不想事情弄成这样，莉莉太可怜了，因为我们之间的恩怨而亲人离散，为什么会这样，俊涛，你说啊？"

晓梅说着便放声大哭起来。

媛媛赶紧走过去抱着晓梅说道：

"都这样了，退一步就会海阔天空的，你们为什么都要把对方往绝路上逼呢？你们到底谁又赢了呢？"

俊涛无语地看着眼前一切，不知道该说什么好。

晓梅哭了一会儿，擦干了眼泪对俊涛说道：

"好，我答应你，去湖南带莉莉回来。"

俊涛睁大了眼睛看着晓梅，好半天才说出一句话：

"晓梅，谢谢你！"

第八章　回归之路

一

俊涛和晓梅是第三天才搭上了北京飞长沙的飞机，晓梅本来想向公司请三天假，但是她离上次请假才一个星期，所以上司不同意，一个新晋员工，才上了不到二十天班，就请了两次假，这能叫上班吗？既然公司不同意，晓梅就干脆辞职了。

春天的湖南总是春雨连绵，飞机从厚厚的云层中钻出来，见到的都是潮湿和淡灰色的世界。俊涛来到长沙没有惊动别人，他让周宇委托在长沙的朋友借了一部三菱的越野车，两人未在长沙停留，直接就上路了。

从长沙到江铭的老家有将近六个小时的车程，如果一切顺利到达，也是傍晚时分了。两人一路无语。出了长沙，汽车沿着高速公路飞速地向前飞奔着，两个小时后，汽车下了高速，上了一条还算宽敞的省道，这时一直下着的小雨，渐渐变大了，远处还传来轰隆隆的雷声。

晓梅望着车窗玻璃上的雨滴，已模糊了窗外的风景，所谓绿的树，红的花，黄的花都如同被水溶解了般，成为印象主义的绘画作品。

雨越下越大，而道路似乎也越来越不平，晓梅忽然感觉到有些头晕和恶心，俊涛见状将车稍微开慢了些。

雨一直下着，丝毫没有减弱的趋势，前方的路似乎出现了拥堵，走走停停近两个小时，也只走了五十公里，此时时间指向下午五点。而距离目的地还有近两百公里的路程。

晓梅忽然有些着急，问道：

"这个样子，我们什么时候才能到啊？"

"不知道！"俊涛答道。

晓梅不再多问了，靠在椅子上望着窗外。而此时的窗外已看不见什么风景了，天色渐暗，雨势越来越大，连印象主义的绘画也不见了。

车子继续走走停停一个小时，终于彻底被堵死在道路上了，俊涛冒着大雨打开车门，走出去看了看，前边的车龙望不到边，全歪歪扭扭停在路边。

"你带了伞没有？"俊涛问道。

晓梅点了点头从包里拿出一把小伞，她是湖南人，知道在这个季节不带伞是不行的。

"我去前边看看，你待在车里别动。"

俊涛说着撑起伞走出去了。此时天色已黑了一大半，乡村的道路旁也没啥路灯，而道路两旁都是山丘和田地。俊涛打着伞，深一步浅一步走着，这虽然是一条省道，路面也铺着柏油，但是因为雨水的冲刷和阳光暴晒等自然力量的作用，已是坑坑洼洼，走了不一会儿，他的鞋子就湿透了，衣服也淋湿了一半。

走了大约几百米，他终于遇见了两个在维持秩序的交警，交警说是前方因为暴雨的冲击，出现了山体滑坡，将道路堵死了，现在政府正在组织人抢修，但是因为天黑了，还不知道能不能修好，交警还说，此处荒郊野岭的，为了安全还是在车子里等候为好。

俊涛无奈只好返回了车里，此时天色已完全黑了，冷雨夹带着冷风让他直打哆嗦。

"前边怎么样了？"晓梅焦急地问道。

"情况不大好，发生了山体滑坡！"俊涛答道。

"那今天还能到吗？"晓梅问道。

"不知道！"

俊涛说着打开了车内的灯，这时晓梅才看清了俊涛全身已被淋湿，面色因为寒冷而苍白，赶忙问道：

"怎么弄的，这样会感冒的！"

"没事的，我打开空调！"

俊涛脱掉了外衣，打开空调，靠在椅子上不再说话。也许是因为太疲倦，他靠着靠着竟然就睡着了，直到晓梅将他推醒，他睁眼看见晓梅拿着一个面包递过来说道：

"时候不早了，先吃点东西吧！"

这时他才真感到有些饿了，道了一声谢，便接过将面包吃了，也许是因为空调的作用，或是吃了一些东西，忽然间他有了些温暖的感觉，精神也好了一些，便问道：

"江铭读书的时候，要回一次家不容易啊！"

"是啊，他那时一年才能回一次家，那时交通条件还没现在这么好，回一次家，路上就是两天。"晓梅答道。

"他也挺不容易的。"俊涛说道。

"是啊,他这人就是喜欢较真,活得太累。"晓梅答道。

"他现在情况还好吗?"俊涛问道。

"他好不好,你难道不清楚吗?"晓梅反问道。

俊涛没有回答,而是将头扭到了另外一边,车窗外是一片漆黑,什么都看不见。刚刚释缓的气氛,瞬间又凝固了。他伸手关了车灯,将头平躺在靠椅上,等待前边能忽然出现松动的奇迹。

忽然有人在敲车门,他赶紧起身打开车内灯,摇下窗户,看见窗外有几个人穿着雨衣,打着伞在说什么。

"这里不能待了,晚上还会有大雨,随时还可能会发生山体滑坡,你们随我们去镇上过夜吧!"

原来一行来人是镇政府的工作人员。

"我们怎么去啊?能开车过去吗?"

"不行的,路都断了,你们把车停在这里,我们走路过去,大概还有三四公里。"工作人员说道。

俊涛抬头看了看,镇上工作人员身后还跟着几十个人,看来今天确实走不了了,只能去镇上过夜了。俊涛锁了车,带上必须的用品,和晓梅共撑一把伞随着工作人员去镇上了。

由于大路被山体滑坡冲断了,一行人只好在工作人员的带领下走小路,小路要从山上插过去,这条只是铺着煤渣的山间土路,在大雨的冲刷下,早已是泥泞不堪,每走一步都是那么的艰难。

忽然间雨又下大了,夹带着闪电和雷声,哗啦啦的如同泼水,镇政府的工作人员打着手电筒,两个在前边带路,两个压后,大呼小叫着,但是风声大,雨声大,雷声更大,几乎再也听不见除此之外的声音,所有的人都只能互相搀扶着缓慢向前走。

晓梅的伞很小,根本够不着两个人,不一会儿,两人身上都湿透了,但晓梅却依然刻意保持与俊涛的距离。忽然晓梅打了一个喷嚏。俊涛望了望她说道:

"靠里面些吧,没关系的。"

晓梅低了头,将身体稍微向里边靠了靠,但依然隔了一点距离。

因为道路崎岖不平,三四公里的路,一行人走了将近两个小时才到达镇上,这是一个不大的镇,四条街,人口充其量不过一万人,此时已是夜里十一点，镇上早已进入了睡眠中，街道上悄无声息。

镇里的招待所，就在镇政府旁边，突然而至的几十人将所有的房间都填满了，毫无疑问，俊涛和晓梅被安排到了同一个房间，俊涛拿着钥匙准备进房间，这时晓梅赶紧拦住工作人员问道：

"对不起，请问还有单独的房间吗？"

"已经全满了，不好意思啊！"工作人员答道。

晓梅难堪地笑了笑，随着俊涛进了房间。房间很简陋，只有一张大床，还有一个小的卫生间。因为全身已经湿了，俊涛到了房间里赶紧将衣服脱了，不一会儿全身只剩下一条内裤了，晓梅见状，赶紧将头扭了过去。

"没关系吧，你先去洗洗，洗完了我再洗！"

俊涛说着就往被子里钻，忽然他闻见了被子里一股潮湿的霉味，让他眼前一阵晕眩，五脏六腑都在翻腾。

二

晓梅洗完了澡，俊涛赶紧从被子里跳了出来去卫生间里洗了个干净。出来的时候，他看见晓梅靠在沙发上已经睡着了，很明显，她不想和俊涛睡到同一张床上去。于是俊涛就拿了一张浴巾，悄悄地给她盖上，这时晓梅醒了，道了声谢谢，侧身又睡过去了。

刚才一身疲惫的俊涛，在洗完澡后，觉得倦意全消了，再闻一闻被子上的潮湿的霉味，更加没了睡意，只能穿好衣服坐在床头发呆，他想看看电视，但看见晓梅在睡觉，又只好打消这个。他把视线转向了晓梅，晓梅似乎早已进入了熟睡状态，睡眠状态中的她，仿佛完全放下了这几个月的冷漠、仇视，展现在眼前的是安详和宁静，这也许是她当年最吸引俊涛之处，今天的她虽然美丽依旧，可是为什么就找不到当年的感觉了？

想起这几个月来发生的事，他忽然感到特别难过，放下，还是放不下，总是又在瞬间跳了出来。

窗外的雨一直在下，夹带春天的寒气从窗户里渗了进来，三月底的湖南温度还很低，晓梅盖着单薄的浴巾睡过去了，在梦中她总感觉自己似乎还在雨中艰难地行走，而雨水模糊了身边人的面容，犹如印象派绘画作品，分不清是江铭还是俊涛，忽然一声闷雷将她惊醒了，她睁开眼睛，看见俊涛坐在床头望着她。

她难堪地低声咳嗽了一声，俊涛见状赶紧将眼睛移开。

"这么晚了，还没有睡觉啊？"她问道。

"哦！是啊，睡不着，你怎么醒了？"俊涛答道。

"太冷了，不睡了！"

俊涛移了移身子，说道：

"那你到床上来睡吧，我坐一会儿！"

"算了，不睡了！"

晓梅说完，在沙发上转了转身子，将双腿从沙发上放了下来。俊涛情不自禁又朝晓梅方向看了看，她穿着一件碎花的睡衣，这衣服原来在家里常穿，他熟悉这件衣服下的气息和感觉，如今想来仍有丝丝冲动。

晓梅转过身，发现俊涛又在看着她，赶紧扯起浴巾，盖住了身子。

俊涛意识到了她内心的抗拒，马上再一次将眼睛移开。一时气氛有些难堪，都不知道该说什么，该做什么。

忽然俊涛抬起头说道：

"晓梅，能问你一个问题吗？"

"什么问题，你问吧！"晓梅答道。

"这十多年，你真的爱过我吗？"俊涛问道。

突然而至的问题，让晓梅从睡梦中忽然清醒了，十多年里细节太多，如果真要找出像是与江铭般疯狂的记忆还真不多，她和俊涛的日子大多数是按部就班，平淡如水的。

"怎么突然问这个问题？"晓梅说道。

"我想知道。"俊涛说道。

"爱过！"晓梅小声答道。

晓梅这么回答，并没有撒谎，她的确是爱过俊涛，是内心对他深深的眷恋，特别是莉莉出生后，她已完全将心融入对这个家庭的爱中了，这种爱曾让她的内心充满了幸福。

"谢谢，还有一个问题我想问你，我和江铭相比，我到底哪一点不如他？"俊涛问道。

"你没有哪一点不如他，相反，你几乎所有的地方都比他强。"晓梅答道。

"你在安慰我！"俊涛说道。

"不是的，几乎所有的人都不理解我为什么会离开你，因为你真的太优秀了。"晓梅说道。

"谢谢你，可你终究是不爱我了！"

"对不起，希望你能原谅我。"晓梅答道。

"可我想知道，江铭是哪一点吸引了你？"俊涛问道。

"俊涛，我可以不谈这些事了吗？"晓梅说道。

"可我想知道。"

晓梅沉默了一会儿，答道：

"也许是相似的成长经历和相似的内心吧！"

俊涛听后，忽然冷笑了两声说道：

"我和江铭那么多年的朋友，没想到最后会这样，我真一点都不了解他，他到底是怎么样的一个人？"

"他很普通，只是与你是生活在两个世界的人而已，你不了解他很正常，可我了解。我希望你能原谅他，原谅他带给你的伤害。"

晓梅说着，眼泪就流下来了。

"他究竟生活在什么样的世界，让他变得如此的偏执？"俊涛继续问道。

"这个，你都看见了，这是一个多么偏远的地方，他和你生活的世界完全不同，他的每一步都是付出了巨大的努力，他走的每一步都是那么艰难，如果你认为一切都是应该，对于他来说，不属于他才是应该的。你说他偏执，我承认他是有些偏执，但是处于社会底层的人，如果不是对某件事有近乎偏执的狂热，他怎么才能取得成功？真的，他不如你，唯一比你强的地方，是我懂他。"晓梅说道。

"他真有那么难吗？我没觉得，他想要得到的，都得到了，比如你，比如打击我，他都做到了。"俊涛说道。

"俊涛，你不知道他的经历，也许你不该恨他，你要恨就恨我，他真的很难，因为我的背叛，让他患上严重的神经衰弱症，总是整夜整夜睡不着，我和你结婚后他就离开了北京，一直在家里休养，后来稍微好了些，他就去了云南找到他堂兄，在湄公河上跑运输，原来人们都不了解在湄公河上跑运输有多么难，糯康事件才让人们知道湄公河曾经是一条死亡之河，他经历了多少事，克服了生理上、心理上多大的困难，没人能知道，我所知道的是有一年他在缅甸境内被一伙劫匪抢去了所有货物，还被打伤，在医院躺了两个多月。也许还是算他命大，最令人难过的还是和他一起跑运输的堂哥最后死于劫匪的枪口下。你说，他为什么要冒着这么大的生命危险，在虎口下赚钱，他为的就是有朝一日能在你面前能抬得起头，能让我瞧得起他。"晓梅说道。

"有这么难吗？其实无论在哪，只要努力都会有收获的，其实江铭人还真不错，在我手下的那几个月，我看到了他的能力，如果能在正道上，他会成功的。"俊涛说道。

"你以为成功都像你那么容易吗？如果你处在江铭那个位置上，你去试试。你无法了解，可我深有体会，有时候没有希望真的就是没有希望，那一年你去了美国，有没有试图了解我的处境，你和米娜的事我都知道，你可曾知道我有多绝望，没有江铭，现在我身在何处都还不知道。"晓梅说道。

"我和米娜是个误会，我承认我在美国和她有过一段时间的纠葛，但是后来就真的什么都没有了，你在离婚的时候总是指责我和米娜怎么样，一直拿米娜来说事，让我很难过。"俊涛说道。

"你能说米娜回国后，没有和她纠缠过？去年十月你们在南锣鼓巷是干什么去了？"晓梅问道。

"去年十月在南锣鼓巷，我们是在吃饭啊，谈工作上的事，还有周宇、于崇也在，我能做什么？"俊涛说道。

"我都看见了，你和米娜搂着抱着，十点多就出来了，可你凌晨两点才回家，我问你干什么去了，你说和江铭在一起，那天晚上是我和江铭在一起的。"晓梅说道。

"我是真的和江铭在一起，那天我吃完饭，就和米娜告别，在回家的路上接到江铭的电话，他说他有急事找我，所以我就去了办公室。"俊涛答道。

"是吗？"晓梅带着迷惑的眼神问道。

"江铭那天晚上是什么时候离开你的？"俊涛问道。

"看见你和米娜从会所出来后，他就开车送我回家了。"晓梅说道。

"我明白了，江铭他知道我的行踪，他是刻意带你去见这一幕的，然后将你送回家，再把我叫走，就可以制造出我和米娜约会的假象。"俊涛有些激动地大声说道。

"算了，都过去了，知道真相也没什么了。"晓梅淡淡地回应道。

"如果没有这些误会，你是不是不会离开我？"俊涛问道。

"我不知道，现在说这个已没有意义了。"晓梅答道。

"可我在乎，我一直都在乎你和莉莉，你难道不明白，虽然我有时工作忙忽略了你的感受，可我从来没有做过对不起你的事，这么多年，你难道就真的一点也不了解我的为人？"俊涛说道。

"俊涛，你别这样，就凭你的条件，什么样的人都可以找得到。"

"但是感情的事不是说来就来的，我喜欢有家的感觉，在我的心中，家就是你和莉莉，我现在没有了，你说我去哪儿找？就是找一个女人吗？我承认，只要我点头，要多少有多少，可我真的只是在乎你！"俊涛站起来大声说道。

晓梅听了这些话，忽然有些动情，忙握住俊涛的手轻声说道：

"对不起，俊涛，你别这样好吗？"

"晓梅，这次接到莉莉，我们就一起回去吧，我会赔偿江铭的。"俊涛满怀着期待说道。

晓梅赶紧摇了摇头，话还没说出来，俊涛便一把将她抱住。

"你别这样！"晓梅说道。

但是她的嘴很快被俊涛的嘴堵上，怎么挣扎也发不出声音。忽然，她想起了江铭，似乎江铭在远处看着她，终于使出了全身力气挣脱了俊涛的双臂，大声喊道：

"俊涛，不要！"

"不，我要！"

俊涛也大声喊道，又一步冲了上来，抱住晓梅，无奈中晓梅只好伸出手，重重扇了俊涛一记耳光。

这一记耳光将俊涛打清醒了，也彻底打懵了，他捂着脸，退了两步坐在了床头，呆呆望着晓梅。此刻晓梅也急了，忙走了过去说道：

"俊涛，对不起，我不是故意的。"

"没什么，是我错了！"俊涛喃喃说道。

此时窗外的雨又下大了，哗啦啦的，急促得如涨潮的大海。两人各自坐着，没有再说话，凌晨的寒冷空气凝结成水汽，渐渐弥漫了整个屋子，夹带着霉湿的气息，让人感到一阵窒息。到了黎明时分，东边的天空渐渐亮了，俊涛才感到了一丝极度的疲倦，迷迷糊糊中，陷入了睡眠之中。

三

俊涛醒来的时候，天已经大亮了，他身上和衣盖着被子，窗外的雨已经停了，但是天空依然是郁浓得化不开的厚云，屋檐下依然有水在滴落。他赶紧爬起来，屋子里静悄悄的，晓梅已不在屋子里了。

看看手表，时间已指向上午十点，他带着疑惑走到窗户边，看见屋外零星有几栋房子，都是黑瓦红墙典型的南方式屋子，再往前看则是田地和山丘，在飘荡的薄雾中若隐若现。忽然门被推开了，他回头看见晓梅走进来了，她手里提着一个小的塑料袋。

"你起来了啊？"晓梅问道。

"是啊，起来了！"俊涛答道。

"来，吃点早餐吧！"

晓梅说着就从塑料袋里端出一碗一次性纸碗装着的湖南米粉，和一杯现磨豆浆。顿时米粉特有的浓郁香气飘散在了整个房间里，让他顿感饥肠辘辘，忙道谢后低下头，埋头苦干。

吃完了早餐，他顿感精神好了许多，抬头看见晓梅仍在忙碌着收拾东西，将洗好的衣服装袋打包，忙问道：

"你很早就起来了啊？"

"是啊，后来睡不着，就收拾了一下，这些是你的衣服，我已经帮你洗了，到了江铭家你把它晾好就是。"晓梅说道。

"好的！"他点头道。

"还有，工作人员说，那边的路快修通了，待会儿会通知我们统一坐车过去的。"晓梅继续说道。

"好的！"

俊涛看着眼前的一切，忽然想起往日的出游，都是晓梅这样在收拾和忙碌，他不是和莉莉在讨论去哪里玩，就是看电视，或者上网聊天。可惜这样的日子逝去不再有了。

他起身打开电视，电视里正在播出吵吵闹闹的肥皂剧，到底在演些什么，他没看懂，也许他需要的就是这种感觉。

午饭过后，工作人员过来了，说路修通了，众人欢欣不已，叫着喊着随工作人员上了院里停着的一辆大巴，疾速开到昨晚停车处。虽然已过一个晚上了，但是车子还是排着长龙停在原地，后边的车子又跟了上来，起码连续有数公里长。

被山体滑坡冲断的路，路基已被冲毁，经过当地政府的抢修，也只是修好了半边的路面，刚够一辆车子的通行，在交警的指挥下，一辆一辆车子逐一通行，俊涛到了下午三四点钟才终于通过了冲毁地段。

过了这个关卡，前边就是一马平川了，视线的开阔，让人的心情也好了不少。晓梅也没再板着脸，两人一边走着，一边聊，终于赶在天黑之前到了江铭家所在的小县城。暮色隆重的小县城比想象中似乎要好一些，主要的大街上也是车水马龙，灯火辉煌，人们在混乱的马路上大声喧哗着，争吵着，透露出浓浓的生活气息。但是车子拐了几个弯，喧闹和辉煌的背后小街却是凌乱和萧条的，路也是坑坑洼洼的，很多路灯不亮，只能凭着车灯慢慢寻找，晓梅将头探出车窗寻找了许久，终于在一条黑暗小街深处找到了江铭的家，是一栋三层楼的红砖墙自建的小楼。在这样的小县城里，绝大多数的本地居民都住着这样的小楼。

虽然住的是小楼，但是屋内装饰都还是比较简陋的，好一点的墙面粉刷了，地面也贴了地砖，差一点的，就是红砖的墙面和水泥的地面。江铭家好像算是中等，墙面粉刷了，但地面却是水泥地面。

江铭家的人等候已久，这栋三层楼的屋子里住的人不多，一楼出租给了一家收废品的做门面，二楼三楼才住人，除了江铭的父母外，还有一个五六岁的小男孩，听说是江铭姐姐的儿子，江铭的姐姐在市里上班，只有周末才回来探望下父母和儿子。可是却不见莉莉的人影，江铭的父母解释道，他们送莉莉去了离县城二十里外的一所私立寄宿学校上课，那儿的教学质量比较好，今天天色已晚，明天早上去接她也不晚。

江铭的父母大概六十出头，母亲低调而忧愁，始终话不多，典型的小城家庭妇女模样。父亲却显得精干和精明。

他们做了一满大桌子的菜，来招待远方来的客人。上座了后，江铭的父亲，俊涛也就称之为江叔，给俊涛斟了满满的一杯自酿米酒说道：

"不管你是谁，今天能来我们家，就是客，咱们先喝两杯再说！"

"好，谢谢江叔的关照，那我先干为敬了。"

俊涛说着，便一口将酒干了，自酿的米酒醇厚清洌，让人回味无穷。俊涛赶紧又起身为江叔和自己斟满。

江叔笑了笑举杯说道：

"方先生，你可能是第一次见到我，十多年前我可在北京就见过你，你们老家离我们这不过是百十里，你祖父的大名咱们这可也是无人不知，无人不晓。我们家的江铭能和你是同窗，我当年是深感荣幸的，只是没想到这些年与你生出些纠葛，我作为父亲的，在这里向你赔罪了。"

江叔说着便站起来给俊涛鞠躬。俊涛大惊，赶忙扶着他坐下说道：

"江叔，你不必这样，我和江铭之间的事我回去后自会解决的，咱们先喝酒。"

江叔坐下将酒一口喝光后又说道：

"我们家江铭做出如此大逆不道的事，我很难过，关于莉莉的事，我绝不为难方先生，她和你生活了近十年，始终在念叨你，我明白你们的感情很深，于情于理你都该是她的父亲，在这里，我没什么好说的。"

"其实发生了这些事，我们都有责任的，有些事我也想清楚了，并不能完全怪江铭。"俊涛说道。

"可无论如何，我觉得还是我们家有愧于方先生，你再怎么对江铭都是不过分的，可是在这里我还是想求求方先生，我们都是做父亲的人，希望你能原谅江铭……"

江叔说着声音就哽咽了起来，眼眶中有泪水在晃动。

"江叔，你不要这样，我刚说了，我和江铭的事我自会在法律框架下解决的，你放心就是。"俊涛忙说道。

在一旁的江铭妈早已是泣不成声，江叔擦了擦眼泪，忙接着说道：

"那好，那好，我们先喝酒，吃菜！"

江叔说着就给俊涛夹上大块的鸭肉，湖南风味的家常菜是非常美味的，酒也是醇厚的，让奔波了两天，疲惫且饥饿不堪的俊涛非常喜欢。

四

酒醉饭饱后，江叔即安排他们洗漱和睡觉，晓梅睡在二楼江铭姐姐的房间里，俊涛则睡在三楼的一个房间里。

俊涛仔细打量了这个房间，大概十五六平方米，布置简单，几乎没有什么修饰，有一张小床，一张书桌，一张木椅子，一个书柜，一个老式大衣柜，家具都有着相当长久的年份了，像书桌的油漆也几乎掉光，边角磨得锃亮，一切都泛着岁月的痕迹。

不过虽然简陋，但还是非常干净整洁的，床上的被子似乎是新的，柔软而散发着新鲜棉花的气息。俊涛坐在床头看着窗外，此时窗外又下起了小雨。他转过头看见书柜上的书，上面既有文学名著，也有工具书，还有他们大学时发的教科书，毫无疑问，这是江铭的房间，他顿时对这里的一切有了兴趣。他走到书柜前，拿出一本《大学政治经济学》课本，当年他在课堂上老是与教授较劲般钻牛角尖，江铭还劝他老这么较真干什么，课本上的东西背熟了，考试及格就够了，他还在寝室里批评江铭没有批判主义精神，他想到这里，不由笑了笑，他翻开书，书上还有当年画重点的痕迹和江铭记下的笔记。

忽然书中掉出一张照片，他赶忙捡起，照片是当年出游时照的一张集体照，照片中有江铭，晓梅，还有他自己，加上其他的人，大概有十多个，背景是箭扣长城，他想起了，就在这里他第一次见到了晓梅，那年晓梅十九岁，自己也才二十岁，如此的青春，又如此的美好，每个人都笑得如花一般的灿烂。

其实当年他也是有这张照片的，只是后来不知道弄到哪里去了。

除了《大学政治经济学》课本，书柜里还摆着好些教科书，竟然还有高中的教科书，这些书他原来都有，现在都早就不见了，难得江铭还能保留，激起了他很大兴趣。

他拿了一本语文书，坐在书桌前读了起来，记忆似乎就回到了当年。读到兴奋处，他抬了抬腿，触到了书桌的抽屉，抽屉没有上锁，他稍微顶一下，抽屉就出来了一截，里边似乎也有一些书籍笔记本什么的。

本来这些都是私隐性的物品，他想来也不该偷看人家抽屉里的东西，但是他又控制不住强烈的好奇心，更因为是江铭的缘故，他犹豫了一会儿，打开了其中的一个抽屉，抽屉里有相册和几个笔记本，封面上都落了好些灰，似乎已很久没人动过了。相册里是江铭从小到大的照片，当然不乏他们大学时代的照片，而那几个笔记本是什么呢？

俊涛抽出其中一本，竟然是日记。江铭从高中就开始记日记了，他的日记就如同他的人一般，细腻而纠结，常常为了一个事要说许多话，当然在高中的时候都是些关于学习的鸡毛蒜皮的事，到了大学渐渐有了情感：

"今天去接新生，接到了一对父女，这父女特别有意思，女孩子总是不说话，父亲总是和我说这说那，女孩子的父亲告诉我，他们也是湖南人，要我以后多多关照他的女儿，都把我当什么了，难道是校长吗？我回头看了看她，发现她有时也在偷偷地看我，很可怜的样子，模样也挺漂亮的，既然你父亲把你交给了我，那我也就不客气了，我偷偷翻看了她的报名通知单，苏晓梅，哈哈，好了，我以后就记着了……"

时间是当年的九月一日，新生报到的日子。

俊涛试图回忆一下这天他做什么去了，可怎么样也记不起了。

再看后边的日记：

"我是怎么弄的，难道我对晓梅动心了吗？早前对她父亲的承诺不过是一句玩笑，可是现在真的是一日不见到她就难过，我该怎么办？可见承诺是不能随随便便说的，上天都在看着你，你不执行他会折磨你的，她现在就在折磨我的心，也许我得赶紧采取行动或表白，不然她会被别人追求去。"

这是几个月后写的了。不过俊涛很奇怪，他和江铭住的寝室就在隔壁，为什么就没发现他整天围着一个女生跑呢？为什么他就一直没有注意到晓梅呢？答案只有一个，那时他根本就很少住寝室，下了课常开着自己家的车回家了，或者带着米娜出去兜风了，米娜那时俏得不行，每次去兜风，还得求爷爷告奶奶的。

他接着往下看，忽然看到有一页提到了自己：

"我想还是算了吧，能做晓梅信任的哥哥也不错，我没钱，没背景，晓梅不可能看上我的，唉！要是能像方俊涛那样就好了，有钱，有背景，有外貌，可是像他条件那么好的人，去追求米娜，米娜还爱理不理的，要是我，那不是去自讨没趣吗？其实我真没觉得米娜有多漂亮，晓梅和她比并不差，只是没她那么多衣服，化妆品，如果我有钱了，也可以买那么多衣服和化妆品给晓梅的话，晓梅足可以把米娜从校花的位置上赶下去。"

俊涛不由笑了笑，那时他的确是这样子，特别喜欢虚荣，大家都说米娜是校花，他就去追米娜，米娜得意得不得了，谁让那时追她的人多，在他追米娜的时候，米娜说有位导演也在追她，她是要去做明星的，现在想起来，真是幼稚到了极点。

他接着往下看：

"时间过得很快，一个暑假没有见到晓梅了，还真的想她，我认识她有一年了，喜欢她也有将近一年了，错过了好多次表白的机会，今年我一定要向她表白，就算她不喜欢我，也得让我清清白白放下来。"

俊涛摇了摇头说道："真傻！"

相比当年的俊涛，江铭是太过于纯情了，那一年他追了一年的米娜，见米娜太难追，又换了去追另外一位美女，情诗都从网上下载的，感动得那美女啥样的，就在美女马上要投入俊涛怀抱的时候，晓梅出现了，他们的第一次见面，江铭在日记里也有详细的记载：

"没想到俊涛也来了，我真不希望他出现，他各方面都太优秀，又花心，连媛媛眼光那么高的人也对他神魂颠倒，整天将俊涛挂在嘴上，早几天晓梅在问我，方俊涛是谁啊？被媛媛说得像个神一样。现在传说中的神出现了，还眼睛滴溜溜地围着晓梅转，问我晓梅有没有男朋友，还问我是不是对晓梅有意思，我真不知道该怎么说，这女孩子被他看上了，是难逃出他的手掌，我得赶紧想个办法。"

俊涛不由得皱起了眉头，他没想到自己当年在同学中是这么一个印象。这本日记已记到了最后，他低下头在抽屉里找到了另外一本，是接这本日记的：

"越是担心什么事，就越会发生，俊涛还真看上了晓梅，今天俊涛找到我，要我转一份情书给她，谁知道他又是从哪下载的，我该怎么办，我真不知道……"

"我把情书交给了晓梅，她问我是什么？我说是情书，她用着非常异样的目光看着我，我又赶紧告诉她是俊涛的情书，她惊讶地大叫了一声，看来女孩子都抵挡不住俊涛这样男人的攻击，从她的表情我能看得出，她心中根本没有我。不过也没关系，也许俊涛是图一时的新鲜，过后还有数不清的女孩子在等他，而我，真的只喜欢她一个人，相信俊涛很快会离开她，而我无论在何时何地，都会是她的归途，也许那时候她才会更加懂得珍惜。"

俊涛放下日记，叹了一口气，说实话，他那时对晓梅的喜欢并没有达到一种特别的程度，远不如日记中江铭对晓梅的感情，如果那时江铭能大胆地跟他说，他也喜欢晓梅，已经喜欢很久了，希望俊涛能够放下，俊涛是会答应的，因为还没到非追不可的地步。但是生活中不存在如果，那时年少不懂事，或张扬，或懦弱，或迷茫，所以才成今天剪不清，理还乱的结果。

俊涛继续往下翻，时间又过了几个月：

"最近很少能看到晓梅，她几乎脱胎换骨了般，也许是因为爱情的滋润，或是因为金钱的魅力，让她看上去不仅愈发的美丽，且更加时尚。今天晚上遇见了媛媛，问到晓梅的情况，媛媛说俊涛似乎对晓梅越来越迷恋了，每天一下课就开着车到寝室下面来接晓梅，让米娜差点气疯了。也许是我想错了吗？俊涛对晓梅是真心的？可是这个世界上最爱晓梅的人是我，俊涛他终究是个花心的人，我等着他离开晓梅的一天。"

这段日记让俊涛想起了最甜蜜的时光，他真正爱上晓梅的时间是那年的冬天，她的纯真，她的温柔恬静，彻底打动了他的心，他相信这才是他的初恋，所谓米娜之流都是闹着好玩的，那时他每天下课了就开着车去寝室楼下接她，因为他俩开始同居了，是朋友借给他的一间单身公寓，那里有着他们爱之初的所有记忆。

俊涛继续往下翻着，后边江铭记载的关于晓梅的内容渐渐少了，因为在大学最后一年半时间里，俊涛和晓梅的感情稳定，也许江铭也失去了耐心，到了最后的半年，几乎再没提起，说的都是找工作的事：

"工作的压力很大，一个岗位有三四个实习生在竞争，工资还没见得有多高，这样下去，在北京买房还不知道要等到哪年哪月，李谦、方俊涛他们毕业后就去美国留学了，我也希望能去美国留学，可惜没有钱，如果能考上全额奖学金就好了，我明年再试试看……"

"雅思成绩下来了，7.5分应该算是很不错的成绩了，老师都说我去美国应该没有问题了，至于奖学金的问题可能还要参加一些院校的面试，下个月是哥伦比亚大学和堪萨斯大学，我得赶紧准备。这一年来英语成绩提升这么快，得感谢马主任，不过马主任脾气时好时坏，让人搞不懂是什么，也许大龄女青年都是这样……"

"堪萨斯大学的通知来了，是全额奖学金，虽然期盼已久的哥伦比亚大学没有申请到奖学金，但能去堪萨斯大学也不错，马主任说她也许会去美国进修一段时间，希望能和我在美国相聚……"

俊涛看到这里很惊讶，江铭获得美国大学全额奖学金的事，似乎谁也不知道，堪萨斯大学虽不是美国一流院校，但也是全美排名前几十位的大学。很不错了，可是江铭为什么终究没有去？难道是为了晓梅？

俊涛急切地翻到后面：

"今天竟然遇见晓梅了，很伤感很忧郁的样子，原来她和俊涛分手了，俊涛在美国和米娜好上了，看来我当初的预言是正确的，多少次擦肩而过，最终还是相遇，也许这是上天在考验我，我一定得好好把握，去不去美国读书我得考虑了……"

原来江铭在接到美国大学入学通知后不久就重新遇到了晓梅，是他放弃去美国的重要原因。说到当年和米娜的感情，俊涛也是有一肚子的苦水，由于英语水平的问题，到了美国的大学，俊涛有一段时间跟不上课程，心情特别郁闷，又身在异乡，孤独丧气，这时米娜的出现，让他有了一丝安慰，而且米娜那么主动，让他左右为难，而李谦那个大嘴巴，无中生有，把若有若无的事说得有鼻子有眼的，传回国内，晓梅听说后，一会儿大吵大闹，一会儿悄无声息许久，弄得他憔悴不堪，几门功课挂科，不是米娜在帮助他，他早就被学校劝退了，所以最后在美国投入米娜怀抱，是有原因的。

俊涛继续往下翻看着，时间又过了半年：

"也许我应该满足了，每天醒来可以看见晓梅，但是我又是那样的不满足，我似乎总有一种感觉，我并没有完全进入晓梅的内心，好像我们在做地下工作，昨天我说，我们请同学们吃个饭吧，公开我们的关系，她却沉默不语，难道她的心中还无法将俊涛抹去？"

"今天我发了脾气，晓梅也哭了，说她心里只有我，她不想这么快向同学们公开我们的恋情是因为不想给同学一个刚分手，又马上找了一个的坏印象，我知道晓梅是个好女孩，可能是我太性急了，后来她说，要么下个月我生日，把同学们都召齐，顺理成章向大家公开我们的关系，想想也是很好的，女孩子的心思就是细腻。"

俊涛看了这篇日记的日期，是他即将回国前的半个月，也许后面发生的事才是重要的，但是这本日记到了这里戛然而止，忽然一声惊雷将他从往日岁月的记忆中拉回，窗外忽然又下起了哗啦啦的大雨，有雨点飘了进来，带来强烈的寒意。他赶紧起身将窗户给关上，坐在书桌前，打开抽屉寻找下一本日记。可是这个抽屉没有，他又去寻找另外一个抽屉，终于在抽屉的最底下找到了：

"她走了，我还是输给了俊涛吗？他为什么能一而再，再而三从我手中抢走我最爱的人，也许是我根本不配和他这样的人相提并论，她凭什么要放弃一个有着良好家庭背景的，有着丰富物质条件的，有着良好外表和素养的人，而和我这样一个，虽也算是白领，却感觉一直在底层，住在地下室里的穷光蛋，也许社会就是这么现实，我无法要求她太多，虽然我一度相信她不会是这么庸俗，也许当初我是应该去美国的，我已没有力气再来第二次。"

俊涛抬起头，看着窗外，窗外一片漆黑，大雨依然在哗啦啦地下，透过反光，他看见了自己，还有背后似乎也坐着一个人，似乎是江铭，他在静静诉说往日的故事，让他第一次知道了在背后还有这么多的故事。

他转过头，屋里却空空如也，只好低下头继续翻看后边的日记：

"我说我们走吧，到哪里我都会努力给你想要的生活，我说，我在西客站等你，我知道这是一个幻想，我知道永远都等不到你了，我站在候车大厅等待的是给自己的一个告别，再见了，北京，请埋葬我所有的爱与梦……"

"我这是怎么啦，只要一闭上眼睛就会想起晓梅和俊涛，是他们毁了我，我是那么地爱她，她却头也不回地走了，也许我该恨她，可恨之外更多是爱，我永远爱她，我真正要恨的是俊涛，他凭什么，就凭他有钱吗？原来有钱就可以有一切吗？可以夺走我的爱，我所有的梦，如果是这样，我也要不择手段去发财，俊涛，你等着，我总有一天要将你打败！"

俊涛看完这一段，赶紧将日记本合上了，这文字让他感到内心一阵颤抖。他真的没有想到会伤害到江铭，让他如此歇斯底里，也许他对晓梅的爱是远远超过自己的，至少在当年看来，如果说在那时晓梅已是他的全部，很明显，在那时，在俊涛眼里不是，他始终把事业当作最重要。直到失去了，才明白什么是最重要的。

但是，如果自己没有事业，没有背景，晓梅会选择自己吗？

答案已给出，没有疑问。也许今天晓梅对江铭做的一切，是对当初伤害江铭做出的自我救赎。而他呢？难道就是牺牲品？他接着往下看，时间又过去了两年多了：

"澜沧江，湄公河，这是一条罪恶之河，我不知道，我是否能守住自己的底线，不去做那些伤天害理的事，可是我怕自己抵挡不住那些诱惑，深陷进去。在澜沧江上做运输，并不如传说中那么赚钱，能赚钱的都藏在看不见的夜色中，昨在电视上看见俊涛了，我该怎么办，如果只是这样下去，我永远无法企及他的高度，或许我永远也只能在梦中去寻找晓梅。我恨我自己，更恨方俊涛，如果可以，不如让我的灵魂先毁灭吧！"

江铭说的抵挡不住那些诱惑，伤天害理的事到底是什么呢？俊涛觉得应该是毒品，那个地方本来就是金三角，毒品的大本营。不过，江铭并没有获取暴利，没有犯案，他应该是守住了底线。

可是随着时间的推移，江铭对于晓梅的感情，并没有变淡，反而更强烈了。到了后来，他写的日记越来越少，有时甚至几个月才写一篇：

"在医院已经躺了一个多月了，我几乎要疯了，不仅仅是肉体上的痛苦，更是精神上的折磨，这次受伤，我也许又得改行了，这么多年，碌碌而无为，还谈什么晓梅，可是我一闭上眼睛全是她，她无孔不入，她还是这样在折磨我，我怎么样才能忘了她。昨天马姐千里迢迢从上海跑过来看我，她看着我这个模样，都哭了，她对我如此之好，我却无以回报，整天为了另外一个女人歇斯底里，我该怎么办？"

俊涛觉得这个马姐应该就是马丽芬，马丽芬应该是甘心为江铭做一切的，所以他以前猜测的马丽芬操纵江铭是不正确的。

"一切都结束了，我该何去何从……"

这是最后一篇日记，只有寥寥的几个字，却沉重得让人难以呼吸。合上日记本，他似乎听见了江铭的叹息声，而这个屋子里，江铭存在的痕迹无所不在，如果不是今天看到这些日记，他从不曾了解江铭是如此的自卑，又如此的自负，在当年，他虽视江铭为好朋友，却从没有试图真正去了解他，总是自觉一切都是应该属于自己的。

窗外的雨依然在下着，没有要消停的意思。看看墙上的钟，已指向了凌晨一点，想想明日清晨还要去学校接莉莉，他便上了床，盖好被子，虽然是极累的，却辗转无法入眠。

五

俊涛忽然听见了一阵叹息声，好似在门口，他起身问是谁？来人不说话，他走了过去，将门打开，却看见一个瘦高的背影转身离去，感觉好似江铭，他赶紧跟了上去喊道：

"是江铭吗？"

来人不说话，下了楼。深夜的楼道静悄悄，除了屋外的倾盆大雨，只有那人的脚步声。他跟着那人一直走到一楼，打开门，有雨点夹带着寒意飘了进来，那人忽然转过身，在微弱路灯的映照下，他看清了那人的面孔，是江铭，真的是江铭，他怎么会回来了？

"哎，你过来！"俊涛喊道。

江铭没有理睬他，转身冲进了倾盆大雨中。俊涛好生奇怪，追了上去，也冲入了大雨中，冰冷的雨水让他几乎喘不过气来。忽然他感觉这不是在下雨了，简直是泼水，不是，是潮水在涌过来，几乎能将人窒息。

他大声喊着江铭，可江铭已不见了踪影，四周只有水，是水从四周涌来，这时他听见了一个熟悉的声音在喊：

"爸爸！"

他回头，看见莉莉站在大雨之中，他赶忙问道：

"莉莉，你怎么回来了？"

他说着想走过去，却被涌来的浑水阻开，他怎么走也走不过，而涌动的潮水愈来愈大，莉莉站在雨中，身影越来越缥缈，几乎被风声雨声淹没。

"莉莉！"

他大声喊道。

这时一个大的水浪冲过来,将他卷入了茫茫激流中。

他惊叫一声,醒了。原来是噩梦,此时天已亮了,窗外一直在下着大雨。起身,发现里衣都湿透了,忙起身换了衣服,穿上外衣走出了房间,下楼看见江叔夫妇正在厨房忙碌着。

"这么早就起来了?"江叔问道。

"是啊,我想早点过去,下这么大的雨总让人觉得不踏实。"俊涛说道。

"春天下这么大的雨也很少见的。"江叔说道。

"你能给莉莉他们班主任打个电话吗?我想今天就带她走。"俊涛说道。

"好的!"

江叔答应着,拿来手机拨打班主任电话,可是那边一直无法接通。

"等一会儿吧!可能那边有事。"

这时,晓梅也下楼了,她看着窗外的大雨说道:

"下这么大的雨,今天能到达长沙吗?"

"不知道!"俊涛答道。

江叔端了两碗米粉说道:"先吃了粉再说吧!"

俊涛点了点头,坐下来和晓梅吃早餐,虽然这猪骨头汤下的米粉是极其美味的,但大家似乎都没了心思,门外的雨势一直没有减弱。吃完早餐,俊涛又问江叔:

"江叔,这样子,我们能出发吗?"

江叔见他焦急的模样,点了点头说道:

"没事,我们出发吧!"

俊涛和晓梅忙收拾了东西,带着江叔上了车。俊涛将车掉了一个头,然后冲入了茫茫雨幕中。也许是因为清晨,或是因为大雨,整个小城已没有了昨日的烦乱景象,空荡荡的路上,只有俊涛的车在疾驶着。

不一会儿车子就出了城。通向学校的路还算不错,雨势稍微减小了些,俊涛加快速度向前飞奔,不多一会儿,前边车子渐渐增多了,有一些车子停在路边张望着。过了一会儿,后边传来了警车呼啸的声音,接着几部军车随后飞速而过。

"发生什么事了?"俊涛问道。

一种紧张的气氛在车内弥散开来。

"可能是涨水了吧!"江叔答道。

"莉莉那儿会有事吗？"晓梅问道。

正说着，前边出现了警察，示意停车。俊涛忙摇下车窗问道：

"警察同志，前边发生什么事了？"

"昨晚大雨，山洪暴发，前边的路已被淹没，部分路基被冲坏，所以不要再往前走了，目前洪水还在上涨，为了安全，尽快掉头吧！"警察说道。

"那个什么学校来着，现在怎么样了？"俊涛问道。

"就是建桥中英文实验小学。"江叔忙补充说道。

"这事我不大清楚，你可以到指挥部去问问，但是车子不能再往前开了！"

警察说着向前边指了指。

"好了，谢了！"

三人下了车，随着警察指的方向往前方走，雨势稍微小了点，但寒气依然逼人。走了一会儿，前边的车已排成行停在路边，路边有座民房，很多车子停在门口，不少穿着雨衣的人在匆忙跑来跑去，步话机不停响来响去，俊涛觉得就是这里了，就上前问其中一个在指挥停车的年青工作人员道：

"请问这位同志，这里是指挥部吗？"

"是啊，有什么事吗？"工作人员问道。

"我们想问下，建桥中英文实验小学的情况怎么样了？"俊涛问道。

俊涛忽然感觉到晓梅一把扯住了他的衣袖，他转过头看到她的表情似乎极其紧张，忙用手拍了拍她的胳膊。

"前边的交通、通讯都已中断，我们已派人乘坐冲锋舟涉水去那边查看情况了。"工作人员说道。

工作人员刚说完，晓梅已控制不住开始流泪了，全身颤抖得厉害。俊涛赶紧搂着她的肩说道：

"不要着急，我们等前方的消息！"

"不，我也要去前边看看，要是莉莉有事怎么办啊？"

晓梅说着就哭出声了。

"要么我们再到里边问问吧！"江叔建议道。

"不好意思，领导现在很忙，不要进去了。"工作人员说道。

俊涛忙说道："你看这都是为了孩子，要么你再帮我们打听打听。"

突然，从指挥部里传来了一阵哭闹声，有工作人员一边拖着一个中年妇女往外走，一边好言相劝道：

219

"不要着急，我们一有消息就会通知你的。"

"要是我的孩子出了问题，你们能负责吗？"

中年妇女一边哭着，一边吼着。旁边角落里，蹲着一个抽烟的中年男人，男人见状，起身走过来说道：

"你不要闹了，人家也是没办法，咱们自己去打听算了！"

中年妇女正好情绪没地方发泄，一把冲了过来，对着自己男人喊道：

"你去打听，你说到哪里去打听啊！我可怜的崽啊，你要是有个三长两短，我就不活了，我也死了算了！"

说着又瘫软在地上使劲大哭起来。晓梅见状也大哭了起来。

正闹得不可开交，又有一对夫妻焦急地跑了过来问道：

"听说建桥中英文实验小学被淹了，是不是真的？"

这对男女穿着都比较考究，看来还是比较有身份的人，工作人员一见，忙称呼道：

"张局长啊！你好，你好！"

这个大约三十七八岁的张局长伸出手与工作人员握手说道：

"早上一起来，就听说学校被淹了，电话也打不通，就赶紧过来问问。"

"你儿子，也在那读书啊？"

"是啊！"张局长点了点头说道。

张局长的夫人站在一旁焦急地问道：

"情况到底怎么样了嘛？"

坐在地上的中年妇女见状，又摆开架势，大声哭喊起来：

"不行了，不行了，都淹了，我可怜的崽啊？你要当娘的怎么办啊？"

工作人员对这中年妇女忙喝道：

"你不要造谣生事了，现在情况到底怎么样，还不知道，你这是干什么！"

说完又转过头，对张局长夫妇说：

"现在情况到底怎么样，我们也不清楚，那边的交通、通讯都已中断了，现在部队已到前边救援了，还没有新的消息传过来。"工作人员说道。

"我想见下你们刘书记可以吗？"张局长说道。

"可以！"

工作人员带着张局长往里边走。晓梅一看，也跟了上去，另外一个工作人员拦住说道：

"对不起，现在是非工作人员禁止入内。"

"那他们怎么进去了？"晓梅喊道。

"人家有事嘛！"

"我也有事，为什么不让我进去。"晓梅说道。

中年妇女见吵起来，忙也爬起来说道：

"是啊，干吗不让我们进去。"

说着还去抓工作人员的脸，工作人员也惹怒了，欲将这中年妇女的手抓起来，这时中年妇女的老公见自己老婆受欺负了，丢掉烟也干起来了，现场乱成了一片。眼见门口的局势失去了控制，屋里冲出几个人，将几个闹事的人往外推。看见晓梅站不稳了，俊涛赶忙跑上去，一把抱住晓梅说道：

"别这样，我们等等消息再看！"

"你放开我，我要进去，我要问个清楚，到底怎么样了！"晓梅挣扎着喊道。

"你不要太着急了，人家有消息还能不告诉你吗？"

俊涛一边说着，一边将晓梅往外拖。

"他不是你女儿，你当然不着急啦！"晓梅大声喊道。

俊涛突然愣了一下，松开了晓梅，站回原地发呆。晓梅似乎也意识到自己说话过分了，停止了喊叫，默默回过头，走到俊涛身边。

张局长夫妇出来了，俊涛见状忙上去递给张局长一支烟，自我介绍道：

"我女儿也在那里读书，现在情况怎么样了？"

张局长望了望俊涛，摇了摇头，叹了口气说道：

"去车里说吧！"

俊涛点了点头，随着张局长而去，晓梅和江叔自然是赶紧跟上。那对情绪激动的夫妇，也跟着去了。

张局长的车就停在不远处，根据他掌握的消息，一行人对大致的情况有了初步的了解，由于昨日持续降雨，河流的水位已经很高了，昨晚又倾盆大雨，造成山洪暴发，洪水泄洪不通畅，所以从下半夜开始，河流两岸的水位暴涨，防洪大堤被撕开一条口子，洪水越过大堤，已将下游的很多农田、房屋、道路冲毁，目前从省气象局传回的卫星图来看，学校是在洪水范围之内，但受灾情况还不清楚，现在上游的洪水还在源源不断流向下游，所以现在抢险救灾分成了两路，一路是堵住缺口，一路在援救灾民，学校已是重点目标，也许很快就会有消息的。

"既然是这样，我们就再等等吧！"俊涛说道。

张局长瞧着俊涛问道："你们夫妇看样子不像是本地人吧？"

俊涛笑笑答道："我们从北京过来，今天本来是接女儿回北京的。"

张局长笑着递给俊涛一支烟问道："原来从天子脚下过来，难怪瞧着老兄气宇不凡，那老兄是在政府机关还是做生意啊？"

"唉，瞧你说得，做点小生意而已。"俊涛答道。

两人就这么聊了一会儿，张局长的电话响了，看着局长渐渐变得严肃的面孔，大家的心都在往下沉。

"有消息了吗？"

张局长刚放下电话，俊涛就焦急地问道。

"情况不大好，指挥部刚刚联系上救援小组，学校已被洪水包围，目前水位还在上涨，已经开始了救援，但是水流很湍急，救援有一定难度，特别是要在两小时内将全校800多师生转移到安全地段，时间很紧，按照现在洪水上涨速度，两小时后学校就会淹没。

听此消息，几个女人马上又难以控制地哭了起来，男人们也心忧难以自持。

"我可怜的孩子啊！你要是有个三长两短，我就不活了！"中年妇女又大哭大喊了起来。原来这对中年夫妇姓吴，在县城开饭馆的，家底还不错，头一个孩子在七岁时得白血病死了，现在这个儿子是三十五岁时才生的，夫妇俩疼爱得不得了，特地送儿子读这个县里最好的私立学校，却没想到又发生了这样的事。

"我看求人不如求己，我们自己找路看！"吴老板说道。

"自己去找路，可哪有路，这么大的洪水？"俊涛问道。

"我们家那儿有办法，我从小在河边长大，那打鱼的啥水没见过，我小时见过的洪水比这还大，人家照样去河对岸。"吴老板说道。

"这真行吗？"俊涛问道。

晓梅急不可耐地说道："你能去，把我也带上吧！"

"行，不过路不大好走。"吴老板说道。

"可以开车过去吗？"俊涛问道。

"可以的！"吴老板答道。

"那好，我们也跟随你过去。至于钱的问题，都好说！"俊涛说道。

吴老板的老婆顿时来了精神，赶紧站起来说道："我们赶紧吧！你车子在哪，我们坐你车子吧？"

"唉，别急，我们也去！"张局长说道。

"好，那我们就出发！"吴老板尖声喊道。

六

张局长开的是一部帕萨特，而吴老板夫妇见俊涛开的是三菱越野车，自然是二话不说上了俊涛的车。俊涛怕路上危险，江叔年龄又大了，就让他先回家了，说有消息就给他打电话报平安，江叔这才恋恋不舍告辞，坐了路边一辆三轮车回去了。一行六人开着两部车又重新上路。

车子倒回去沿着大路走了没多久，便绕上一条小道，此时又开始下雨了，这条铺着煤渣的路，坑坑洼洼，崎岖不平，基本还是能走，但是随着雨势渐大，山林更为茂密，路势越来越差，走了大约十多分钟，帕萨特就陷入泥浆中出不来了，急得张局长满身大汗，走在前边的俊涛见状，忙将车子倒回来说道：

"车子就停这里算了，我们挤一挤，时间要紧啊！"

张局长无奈，只好抹了抹头上的汗，带着老婆挤上了俊涛的三菱越野车。雨势越来越大，几乎又变成了倾盆大雨。而山路更加崎岖不平了，开始还能见到铺着煤渣的路面，到了后面则尽是黄泥路，被车轮压过的地方都会有一条深深的轮印。

"还有多远啊？"俊涛问吴老板道。

"翻过前边那个坡就是了。"

俊涛加大了马力向前冲，此时大雨已模糊了挡风玻璃，雨刮器不停在运动着也不管用。忽然，车子颠簸了一下，好像轮胎陷入了一个水坑中，不断加大马力，车子也只是在原地打滑。

俊涛打开车门，车外的雨水像海浪般扑了进来，让每个人的脸上都扑了一层水雾，他走下了车，低头看着后面轮胎，原来水坑下都是泥浆。

下车几十秒，大雨就几乎将俊涛全身淋湿，这时晓梅打了一把雨伞遮在他头上，他转过头道了声谢，仔细研究怎么样才能将车子开出来。

挤坐在后座的吴老板老婆拍了下吴老板的脑袋说道：

"你坐着干吗？下去帮忙啊！"

"我下去能帮什么忙啊？"吴老板说道。

"推车啊！"

吴老板无奈摇了摇头下了车，张局长也跟着下了车。可是两人在后面推了一阵车，全身都溅满了泥浆，车子还只是摇晃几下，怎么也出不来。

"算了，我们走过去吧，就只有一两里路了。"吴老板说道。

"那就走算了，这么弄还不知道弄到什么时候，车子就放在这儿吧！"张局长应和道。

俊涛点了点头，便撑着伞下了车。几个女人也随着下了车，外边风大雨大，让人几乎抵挡不住，吴老板的老婆带了两把伞，就借了一把给张局长夫妇。

两对夫妇紧紧抱着，都打着一把伞，还有俊涛和晓梅这对前夫妇也共撑一把伞，但是他们两人没有紧紧抱在一起。

翻过这座土坡，前边果然有座小村庄，大片的油菜花在雨中盛开正茂，只是吴老板嘴里所说的弯弯小河已变成了一条咆哮的大河，夹带着泥浆，树桩等杂物汹涌向前奔腾。

但是小村看着就在眼前，可在大风大雨的情况下，每走一步都是那么的艰难，不一会儿，每个人的衣服都湿透了。

突然，晓梅打了一个大的喷嚏。俊涛转过头看了看她，她似乎有些支撑不住了，面色惨白，嘴唇发紫。俊涛赶紧用手揽住她的肩说道：

"怎么啦？很难受吗？"

晓梅点了点头说道："是啊，好冷！"

俊涛感觉到她的全身在颤抖。

"是不是那个来了？"俊涛问道。

晓梅低下头"嗯"了一声。

"靠过来点吧！"

俊涛说着将她的肩往怀里揽，这次晓梅没有抵抗，更没有拒绝，几乎将整个身子埋进了俊涛的怀抱里。渐渐的，晓梅感觉到没有那么冷了，甚至能感到一丝温暖的气息从俊涛的身体里散发出来。

走了将近半小时，一行人终于到了目的地，雨势也瞬间小了许多，但六人都变成了落汤鸡。

吴老板要找的船家就住在河边的小山坡上,是一个六十来岁的干瘦的老头,吴老板称呼他为严爹,家人听说了情况后都不让他出去,严爹却说:

"没事,这年头,这方圆几十里,也就我能驾驭这水势这天气了,救人要紧啊!"

说完就戴好斗笠和穿好雨衣过来了。

严爹扫视了他们一眼又说道:

"船上坐不了这么多人,女人都请回吧,三个男人跟我走就是。"

三个女人一听说,似乎不大情愿,晓梅更是脱口而出:

"不,我也要去!"

严爹摇了摇头,转身而去。

下了坡不远,水边就停靠着船家的小船,严爹轻身跃上小船,丝毫看不出都是六十岁的人了。

"我们走吧!"他抬头说道。

吴老板和张局长赶紧跟着上了船。

"我也上船了!"

俊涛对晓梅说道,转身欲上船。却被晓梅叫住。

"怎么?"俊涛疑惑地问道。

"俊涛,对不起!"晓梅说道。

"这,这哪儿的话啊?"俊涛笑笑说道。

"俊涛,你一定要平安!"

晓梅说着走到他的面前,看着他,眼泪就要涌出来了。

俊涛似乎有所动,一时情绪所致,伸出双臂抱住晓梅说道:

"你怎么啦?我肯定会平安的,莉莉也会平安的。你等我回来。"

晓梅似乎没有感到意外,更没有拒绝,反而将头埋在他的胸口上说道:

"我等你回来,我等你和莉莉一起回来,你一定要记得!"

"好的,你放心就是!"

严爹等得有些不耐烦了,"唉唉"叫了两声,吴老板和张局长都忍不住笑了起来,俊涛才不好意思和晓梅分开,跳上了小船。

七

严爹撑着竹篙，驾着船驶入了湍急的洪流中，岸上的人和物都渐渐消失在雨幕之中，除了风声，雨声，就是洪流的声音，雨点敲打在水面上，发出巨大的轰鸣声。小船之外，全都是水，上面，下面，左边，右边，前边，后边，不知道岸在何处。

佛说，岸在心中，不在此也不在彼，所谓岸，即一个归处，敢问哪里是归处？也只有自己最明了。

俊涛站在船头，忽然感到一阵悲凉。江上有木头、家具、死猪什么的飘过去，严爹摇着船桨，灵活地躲避着。

没多久，他忽然听见了喧哗声，似乎是有人在说话，在茫茫江上显得如此的不真实。难道彼岸，只是虚幻，可是那人声鼎沸的声音为何如此真实？

突然，眼前的雨幕被撕开了，前方出现了一堵大堤，堤上有许多人在跑来跑去，有普通民众，也有军人，原来他们是加固加高大堤的。

三人下了船，向堤上的人打听建桥中英文实验小学的位置，有人告诉他们，顺着大堤一直走，大概三四里路，不过听说那边决堤了，很多地方都淹了，解放军战士都在赶往那边抢险，三人一听，更加焦急了，一路小跑着往前走。走了约两里路，终于看见了决堤处，听说不远处有一处更大的决堤，但是决堤处已不能靠近，一百米之内拉起了警戒线。警戒线之外有村民在看热闹，问道建桥中英文实验小学，他们指向一座小山包的背后，有个尖尖的红色屋顶，那里就是。

决口之处的洪流，已将堤岸之下的平地和农田淹没，相比那些摇摇欲坠的农舍，那处尖尖的红色屋顶，看上去还比较安全，让人的心稍有了些宽慰。

小山包连着大堤，顺着路人的指引，三人欲从小山包绕道到达学校的背后，但是小山包上没有路，遍地都是荆棘灌木，偶尔刮在皮肤上让人觉得生疼。雨似乎没有先前那么大了，但是冰冷的水挂在树梢上，滴在人的脸上，衣领内，更觉得彻骨的寒意。

三位男人没有再说话，只是低着头奋力攀爬着小山坡。虽然山道艰难，但毕竟只是一个小山包，不一会儿他们便越过了山脊，不过在那一瞬间，几个人都惊呆了，学校已毫无遮挡展现在眼前，两处决堤的洪流汇集到此处，因为这里是一个三角地带，后边是小山坡，左边是一条公路，公路的路基很高，水暂时没有淹上来，洪流在此形成一个回流，造成几个大的旋涡，不断冲刷着学校的校舍和小山包，发出巨大的撞击声，间隙还能听见石块滑落的声音。

俊涛感到双腿一阵发软，一下没站稳，被脚底下的稀泥所滑倒，大喊了一声，滚下了山坡，幸亏山上多是灌木丛，滚出十多米，就被挡住。他抬了抬手和胳膊，虽然有些疼痛，但没什么其他问题，他侧过头，忽然看见一丛绯红的云霞，再仔细一看，原来是一丛盛开正当时的映山红。

吴老板和张局长吓了一跳，忙飞奔过来扶起俊涛问道：

"小心点，看你老婆那么担心你，你可别女儿还没见上，就自己出事了。"

俊涛笑了笑说道：

"没事！"

他拍了拍身上的泥土，站起来。忽然极目之处，都是映山红，如红色云霞般一直铺到了山脚下，他想起了莉莉在微博中的照片，原来他离莉莉已如此之近。

山脚下的公路上，停了许多军车，还有密密麻麻如黑点般的人群，随着大风的吹袭，带来隐约的喧闹声。看着目的地已在眼前，三位男人一鼓作气冲下了山，跑到了公路上，公路上挤满了人，有来来往往的学生、老师，还有在寻找学生的家长，在人群中穿梭来往的军人，更多人挤在公路边朝洪水淹没的一个方向观看，不时有冲锋舟运送着学生和老师过来，每有人到岸，人群就发出欢呼声，有些家长冲了上去，抱着孩子使劲哭。

也不知道这么多家长是怎么赶到这里的，不是说交通通讯中断了吗？但所谓八仙过海各显神通，天下的父母心，是能够劈波斩浪的。

在公路的另一侧，老师带着一群一群的学生在集合，吴老板和张局长走了过去大声呼喊着自己的孩子的名字。这时一个年长一点的老师走了过来问道他们的孩子在哪一个班级。

"好像是五年级，哪个班我不记得了！"张局长难堪地笑了笑说道。

"你呢？"老师转向问吴老板。

"好像是四年级吧，其他我也不知道。"吴老板答道。

"你们做家长的，怎么做的？连孩子班级都不清楚。"老师有些恼火地说道。

"还有我的孩子，她叫方莉莉，也是四年级的。"俊涛跑了过来说道。

"四年级哪个班的？"老师又问道。

"我，我也不大清楚，我打个电话问问！"

俊涛说着掏出电话，但无论打谁的电话都是不在服务区内。

就在这时，他突然听见一个小男孩的尖叫声：

"爸爸，爸爸……"

一个小胖子活蹦乱跳地跑了过来，扑到张局长的怀里。张局长高兴得眼泪都流出来了，把胖儿子抱起，使劲亲着儿子的肉脸。

"好儿子，好儿子，可把爸爸担心死了！"张局长喘着气说道。

张局长那幸福劲可羡慕死了吴老板，吴老板又对着人群大声呼喊道：

"吴勇，吴勇，你给我出来！"

可是吴勇没有一蹦一跳跑来。吴老板正失望时，一个小女孩走了过来说道：

"吴勇还没出来。"

吴老板顿时像被雷劈了般，脸色一下变成灰白色了，好一阵子才缓过气来问道：

"他究竟干什么去了？"

小女孩睁着眼睛摇了摇头。

俊涛忙也问道：

"你知道方莉莉吗？"

"方莉莉也还没出来。"小女孩答道。

俊涛也感到一阵腿软，缓了口气问道：

"你和方莉莉、吴勇是同一个班的吗？"

小女孩点了点头。

"你们班主任在哪？"俊涛问道。

小女孩指了指五十米开外，一位守着一大群学生的中年女老师说道：

"在那，许老师。"

说着转身向许老师的那个方向跑去了。

许老师此时也是非常着急，别的班的学生已差不多到齐了，就她这个班还差两个，方莉莉和吴勇，现在方莉莉和吴勇的爸爸都找过来了，更是心急火燎，不知道该怎么办。只好让他们先去找正在参与救援指挥的校长。

　　校长是个四十多岁的男人，已经快要虚脱了，听说还有两个孩子没有出来，只得强打精神找到参与救援的解放军指战员，了解情况。

　　一个年青的上尉连长说道："我们还有两艘冲锋舟在校园内搜救，我们绝不会放过任何一个角落的，你们放心就是！"

　　既然救援还没有结束，俊涛和吴老板只能怀着一丝希望焦急地等待。过了十多分钟，救援的冲锋舟还没有回来，水势还在上涨，眼看就要漫上公路了，而且公路路面已开始出现裂痕，指挥部命令师生及救援人员马上撤离公路到安全地带，命令下达后只有几分钟，停靠在公路上的军车就载着师生走了绝大部分，公路迅速在喧闹中归于寂静，只有洪水敲打路基和建筑物的回声。

　　过了一会儿，最后一艘冲锋舟也回来了，船上的战士说，已寻找了几遍，没有发现任何人。

　　"不可能，活生生的人怎么可能不见了？"俊涛说道。

　　"是啊，能不能再找一下？"吴老板哀求道。

　　连长看了看校园的水势，没有说话，这时连长的对讲机响了，对方在说，学校背后的山坡已松动，出现了滑坡迹象，要求马上撤离。

　　那座红色的尖顶主教学楼后面就是山坡，如果发生滑坡，主教学楼就可能会坍塌。

　　俊涛看着那个尖顶的教学楼，若有所思，那个尖顶有些像北京西山脚下他们家的那个方形小尖顶，于是问道：

　　"那里面会不会还有人？"

　　"今天早上没有上课，学生直接就在宿舍集合等待救援，何况我们已对教学楼搜索过了。"校长答道。

　　"你们那个尖顶里是不是有个小阁楼？"俊涛问道。

　　"是啊，但是我们平时都是上了锁的，不会有学生进去的。"校长说道。

　　"那不一定，也许孩子就在里边！"俊涛说道。

　　连长看了看教学楼，问冲锋舟上的战士道：

　　"你们去了尖顶的阁楼吗？"

战士摇了摇头。

"好了,我命令你们马上去阁楼里搜寻一遍。"连长斩钉截铁地说道。

话刚落音,一个巨浪扑来,公路如同发生地震般在摇晃。

连长跳上冲锋舟说道:

"校长,还有这两位同志,你们坐我们的军车先撤吧,我们搜寻完,结果会通知你们的。"

"不,我不走,我要等我女儿被救出来!"俊涛说道。

这时又有一个巨浪打来,公路已明显感到在移动了,吴老板拉着俊涛的手说道:

"走吧走吧,留得青山在,不愁没柴烧!"

俊涛没有说话,他甩开吴老板的手,猛地跃上了冲锋舟说道:

"好了,我们走吧!"

连长带着佩服的眼光看了看俊涛,递给他一件救生服,然后对岸上的人说道:"好了,你们先走吧,我们稍后就回!"

吴老板和校长赶紧钻进了车里,随着车子撤出了公路,他们刚离开不久,公路就被撕开一条大的口子,洪水猛地灌进来,没有几分钟,公路的路面就被水淹没。

八

俊涛没有猜错,莉莉和吴勇就待在阁楼里,这个阁楼莉莉一来就发现了,让她想起家里的小阁楼,只是大了许多,虽然大门是锁着的,但她发现门上面的窗户并没锁,只要一推开,刚好够一个小孩子爬进去,所以有时她会偷偷爬进去玩,甚至在里面午睡。里面放了许多的实验器具,让她想起魔法师的秘密房间,觉得非常有趣。

这天早上洪水已开始漫进操场了,老师们要求这时本该在做早操的同学都在宿舍等候救援,莉莉却往教学楼里跑,在路上她遇见在教学楼里撒尿的吴勇,就告诉他,这个学校里最高的就是教学楼里的这个尖顶了,所以这里才是最安全的,吴勇听着觉得头头是道,就跟着莉莉躲进了阁楼里。

外边风大雨大,什么事情他们俩一点都不知道,后来玩累了,就睡着了,丝毫没有感觉到危险临近。不久后面的山坡已出现大面积裂缝,终于在午后发生了第一轮的滑坡，泥浆夹带着大量的石块冲下山坡，直冲到教学楼的下面，教学楼剧烈抖动了几下，惊醒了还在午睡的两位孩子，他们惊恐地睁开眼睛，发现一切东西都在摇动，吓得赶紧抱在一起。

待震动稍稍平息了，他们赶紧从窗户里爬了出来，顺着楼梯跑下，发现三楼以下都是水了。这时第二波滑坡来袭了，教学楼摇得更厉害了，墙上出现了大面积的裂缝，吓得两个孩子又赶紧跑了上去。

就在惊恐的时候，莉莉忽然听见风雨声中传来一个熟悉的声音：

"方莉莉同学，吴勇同学，你们在哪儿啊？"

"是我爸爸来了！"莉莉惊声尖叫道。

她忙拉着吴勇走到一间教室里，打开窗户，看见不远处有一艘小船，船上有三个人，其中一个就是爸爸，爸爸手里还拿着一个喇叭，在大声呼喊道：

"方莉莉同学，吴勇同学，你们在哪儿啊？"

"爸爸，爸爸，我们在这！"

莉莉拼命挥手呼喊道。

冲锋舟很快看见了他们，俊涛端着喇叭喊道：

"你们不要动，在窗口等着，我们就过来接你们。"

就在这个时候，第三波的滑坡来袭，这一次是夹带着巨大的岩石滚了下来，撞到教学楼上，教学楼前后摇晃，天花板都开始坍塌了，左边已有一个角垮了下来。

"爸爸，爸爸……"

莉莉吓得已经哭起来了。因为她后面的一堵墙已经倒了。

连长赶忙抢过喇叭喊道：

"你们赶快往下跳。"

话刚落音，小战士已跳到了水里，奋力向前方游去，俊涛见状，也跟着跳了下去。

吴勇见小战士已游过来了，忙对莉莉说道：

"方莉莉，你赶紧跳吧！"

此时他们在四楼的窗口，离水面还有一层楼的距离。

"我怕！"莉莉哭着说道。

这时教学楼摇得更厉害了。

"你不跳我先跳了！"

吴勇说着，爬过窗台，跳了下去，他在水里沉浮了几下，被小战士抓住，拖住往回游。不一会儿，俊涛也游过来了，他浮在窗户下喊道：

"宝贝，不要害怕，爸爸在这，跳下来。"

可是莉莉仍在哭着摇头，不敢往下跳。

"宝贝，你闭上眼睛，往下跳就是，爸爸接住你。"

莉莉这次战战兢兢爬上了窗台，这时最致命的一波来袭，整个教学楼开始散架，框架七零八落般散开。

"跳，赶紧！"俊涛大吼道。

莉莉闭上眼睛，终于跳了下去，正好跳到了俊涛怀里。俊涛抓住莉莉赶紧往回游，但此时散落的建筑材料纷纷往下掉，突然一根木头掉了下来，浮在水面上以极快的速度朝着莉莉冲了过来，俊涛大喊不好，用力将莉莉甩到一边，木头直挺挺撞过来，直接撞在俊涛的胸口，他感到一股血腥味涌上鼻孔和口腔，骤然失去了知觉。

连长见状，赶紧跳下了冲锋舟，奋力向前游去。

九

俊涛醒来的时候，已经在病房了，他睁开眼睛，房间里摆满了鲜花，他转了转头，看见晓梅和莉莉坐在床头边。

"爸爸醒了！"莉莉尖声喊道。

晓梅赶紧回过头，握住他手笑了起来，可马上又哭了。

"你怎么啦？"俊涛小声问道。

"没什么，我高兴！"晓梅说道。

俊涛笑了笑，伸出手，将晓梅搂住，又伸出那一只手抱住莉莉，就像往常在家里一样，用他自己的话说，一边一个美女，艳福不浅啊！

尾　声

半个月后，俊涛康复了，俊涛和晓梅带着莉莉乘飞机返回了北京，在接机口，他们远远就看见了江铭，江铭捧着花慢慢走了过来。俊涛看着他，笑了笑说道：

"对不起，让你受苦了。"

江铭不好意思笑着答道：

"我没什么的，这花献给你，最勇敢的父亲。"

俊涛接过花道了声谢，然后接着说道：

"我把晓梅交给你了，好好生活，我祝福你们！"

"谢谢你，俊涛！"江铭哽咽着说道。

"好了，我和莉莉要回家了，有什么事我们多联系。"

俊涛说完朝他们挥挥手，转身欲离去。

"俊涛！"晓梅忽然喊道。

俊涛站住了，转身问道：

"怎么啦？"

晓梅走上前去，似乎想说什么，却又说不出来，突然她猛地抱住莉莉说道：

"妈妈会想你的，妈妈会常来看你的！"

"妈妈，我也会想你的！"莉莉说道。

晓梅抬起头，看了看俊涛，缓缓松开了莉莉说道：

"再见！"

俊涛点了点头，带着莉莉走出大门。

走出大门没多久，突然他发现不远处站着一个人，打扮得十分娇媚，仔细一看，原来是媛媛，今天的媛媛似乎抛弃了先前的前卫风格，走向了优雅女人风，她站在那儿低着头问道：

"你回来了，一切还好吗？"

"托你的福，一切都还不错，走吧，我请你吃饭，怎么样？"俊涛说道。

媛媛的脸忽然笑得像一朵花般灿烂，赶紧迈开脚步跟了上去。

在后面的江铭和晓梅走出机场,远远看见俊涛和媛媛离去的背影,忽然相视笑了笑,然后情不自禁拥抱在一起,那清新的气息,布满在这春末夏初的空气中,就像多年前初次相见的感觉,虽然一路走来,经历了风雨和坎坷,但是春色依旧不减来时路。

劲　行

2013年4月23日